Rahsia Cinta Ibu
(Mom's Secret Love)

Love & Life

AMOORA ABOODY

PARTRIDGE
A Penguin Random House Company

To order additional copies of this book, contact
Toll Free 800 101 2657 (Singapore)
Toll Free 1 800 81 7340 (Malaysia)
orders.singapore@partridgepublishing.com

www.partridgepublishing.com/singapore

Hidup dan Cinta

Hidup dan cinta sebagai seorang ibu
Bagai badai yang datang melerai
Tiba-tiba menjelang tanpa sebab yang terang
Sukar dirasa, berat dipikul
Namun nyata, kasih ibu tak terbilang . . . walau ia dijelang
Tiada air mata dan darah sanggup membayar kasih sayang dan cintanya . . .

Bukanlah satu kesalahan, jika memohon pada semua jangan pernah mengukir segala peristiwa lama yang dialami, peristiwa yang takkan dapat diterjemahkan dengan segala kata-kata, air mata ataupun senyuman. Tak juga dengan segala hadiah, kasih sayang dan kemewahan.

Ia juga tak dapat dibandingkan dengan segala kesederhanaan dan keikhlasan yang tidak berbelah bagi. Diri ini hanya terpaku seolah-olah tiada lagi kata yang dapat terucap, sungguh bingung, diselubungi gelisah yang tak pernah reda dan berkesudahan. Tak tahu lagi harus berbuat apa, hati nan gundah kerana terguris tajam dan sangat pedih menusuk luka yang amat dalam, sehingga ia menusuk kalbu. Jiwaku tak pernah tenang, walau segala daya upaya, untuk cuba mencari jalan penyelesaian yang menggembirakan.

Tiada kasih seindah dan sesuci kasih ibu. Segala simfoni tak lagi bermakna, namun hidup ini harus diteruskan agar kita dapat menebus segala dosa. Tak kira berapa besar dosa yang dilakukan. Terfikir olehku, dapatkah hidup ini bertahan lebih lama? Mengapa Allah muliakan hidup ini? Aku terduduk dengan hembusan nafas panjang dan tak dapat lagi bercakap apa-apa.

"Seharusnya dia sudah berada dipelukanku!" suara kecil yang berbisik seolah-olah muncul dari dalam hati, tetapi diri ini tak dapat melakukan apa-apa, hanya terdiam kaku melihatnya.

Tiba-tiba, kepala ini terasa berat, pandangan jadi kabur, tak dapat lagi melihat siapa yang berada di depan, lalu jatuh tersungkur. Penyesalan demi penyesalan tak lagi bermakna. Dan hakikat hidup yang nyata harus diterima tanpa kompromi.

Hati kecil ini terus berbicara sendiri, adakah salah? Adakah berdosa? Namun mengapa dia yang harus menjadi mangsa? Mengapa dia yang tercinta harus pergi meninggalkan dunia ini, demi wanita yang menyeksa cinta dalam hidupnya?

Dia selalu menangis dan marah, namun mengapa ia sanggup mengorbankan hidup dan cintanya? Sungguh, tak pernah terfikir dan terbayang, hidup ini seperti dalam dunia khayalan.

Walau mulai sedar, tetap terfikir dalam hati ini, adakah manusia yang penuh dengan dusta dan nista ini dapat apa sahaja yang terbaik di dunia? Tapi mengapa? Mengapa Ya Allah? Hatiku menangis. Namun, tak setitik air mata dapat tercurah dari kelopak mata yang tajam, cantik berkilau dengan warna coklat muda berkaca-kaca yang indah menawan.

Prahara cinta telah membawa hidup ini bagaikan sebuah lagu yang menderu tak henti hingga ajal datang menjelang. Benar-benar memalukan, tak tahu harus berbuat apa dan menceritakannya pada siapa.

Hati ini terus bertanya, ke mana lagi hidup ini harus diteruskan? Jika bumi dipijak tak lagi sanggup memaafkan dosa-dosa ini? Diri ini bukanlah wanita yang kejam seperti apa yang digambarkan dalam segala bentuk drama atau filem! Juga bukan malaikat yang selalu baik dan terus mengabdikan dirinya untuk kebahagiaan dan kemaslahatan orang lain! Hatiku menangis lagi.

Amatlah penting untuk beritahu pada semua agar tak mengikuti jejak ini, tetapi sangatlah sukar untuk beritahu pada dunia, apatah lagi bahasa pertuturan ini, hanya dimengerti oleh dua bangsa dan negara, yang mempunyai sejarah hidup serupa walau tak sama.

Kenangan dalam hidup ini amat bernilai dan takkan dapat diganti dengan apa pun.

Wahai ibu segala ibu, dengarkanlah isi hati ini! Dalam setiap kata-kata dan esak tangisnya tercurah segala rahsia cinta, berpuluh tahun terkenang, dan tak pernah cuba dilupakan, sucinya niat dan cinta yang pernah wujud menutupi segala pintu kejahilan.

Tapi, apakah tanggapan dunia akan tulisan ini? Coretan pena seorang ibu yang mempunyai rahsia tentang cinta masa lalunya. Banyak yang perlu dan harus diceritakan untuk berkongsi perjalanan yang penuh kenangan ini! Terfikir telus dalam hati.

Walau banyak yang berkata, bahawa aku adalah seorang pahlawan yang sudah berusaha untuk menyelamatkan dunia dari perang. Kedua-dua tangan inilah yang menolong para pesakit, ibu-ibu yang menderita kerana melahirkan sang bayi suci, menolong mangsa perang, serta lelaki yang cuba membela nasib anak, isteri dan ahli keluarganya.

Betapa hebatnya Maha Pencipta menjadikan kedua-dua belah tangan ini cekap menyelamatkan mangsa perang saudara yang berkecamuk dengan segenap kebencian tanpa setitik rasa kemanusiaan.

Inilah hamba, wanita yang mengabdikan dirinya untuk mencari keredaan Allah, Tuhan Yang Esa semata, walau terkadang keimanan ini amatlah nipis bagai sifon yang begitu mudah terkoyak.

Kasih, yang terasa jauh dalam segala impian, tiada sedikit pun keinginan dalam hidup ini segala cela dan noda selalu menghantui, akan ku cari segala penyelesaian bagi kemelut yang telah melanda dan mencemarkan nama keluarga.

Sungguh memalukan! Tetapi tiada daya yang mampu dilakukan apabila, doktor pakar dari seluruh dunia datang untuk menguji belahan jiwa yang tercinta. Sungguh hancur berderai hati melihat orang yang dicintai segenap jiwa diuji sedemikian rupa.

Kasih ini masih jauh dalam segala impian. Tak sanggup lagi, noda dan dosa terus menghantui hidup yang sentiasa melawan segala kemelut dan mencari jalan penyelesaian dalam hidup.

Tekanan demi tekanan terus datang menjelma, perasaan ini tak dapat dibendung amarah pun meletup pada semua, bahkan pada dia yang sepatutnya dibela, dan bukan disakiti apatah lagi dihina dengan segala kebencian.

Ruangan yang indah dan luas, yang bercatkan warna biru muda bernuansa etnik Itali, mempunyai sudut-sudut tajam, terletak perabot yang menyimpan semua kenangan perkahwinanku dulu, tiba-tiba terasa sangat sempit, melihat dia terus berdiri memandangku seolah-olah ingin memelukku. Namun diri ini tak dapat berbuat apa-apa.

Menangis tetapi air mata tak dapat jatuh membasahi pipi, tak juga mampu berdiri, terasa lumpuh kedua-dua kaki.

Tak sanggup rasanya harus kehilangan lagi. Hanya coretan tangan inilah tempat untuk berkongsi, kerana suara tak lagi dapat mendendangkan irama kehidupan. Dapatkah air mata menghapuskan segala kesusahan diri ini?

Ya Allah . . . begitu banyak yang kucari, tetapi hanya pada-Mu tempat untuk mengadu dan kembali. Berikan kesempatan bagi hamba ini, sedikit waktu di dunia-Mu yang serba indah untuk menyeru pada jutaan manusia, jangan pernah sembunyikan rahsia cinta masa lalu daripada anak-anak dan keluarganya.

Cinta adalah perjalanan hidup yang mengikuti rentak liku-liku kehidupannya, Namun, ia terasa gelap hitam tak bererti jika kita tak mampu mendaki dan memperolehnya seikhlas jiwa.

Resah hati ini berharap, pada setiap saat dengan segala harapan, walau pada akhirnya keredaan-Nya harus diterima dengan seikhlas jiwa serta tunduk pasrah dan bersyukur atas takdir-Nya.

Apabila nampak dari mata kasar, ia bukan suatu keadilan, hidup memang tak sempurna dan kemiskinan ini terkadang menjadikan kehendak diri hilang begitu sahaja.

Aku terus menyeru dan berharap agar dalam hembusan nafas yang terakhir nanti, mereka yang tersayang telah pergi dari kehidupanku, dapat merasakan kasih sayang ini.

Rasa cinta dan kasih yang menyayat jiwa hampir memutuskan harapan. Kepasrahan jiwa dan raga, akan kasih yang tak pernah datang!

Kekhilafan haruslah dibayar, walau ia adalah kesalahan yang tak disengaja kerana takdir yang mencemburui. Kehidupan kini berbeza, hidup harus menumpang kasih dan hidup atas belas kasih yang lain, kaki dan badan tak lagi dapat bergerak, tangis pun tiada air mata membasahi wajah, yang sudah nampak berkedut kerana usia.

Bukankah putus asa adalah perbuatan yang dibenci oleh Allah? tanya hati.

Inilah hakikat, lumpuh kerana putus asa! Andaikan lidah ini mampu berkata-kata, badan ini mampu bergerak, mungkin ungkapan maaf lebih bermakna.

Syukur! Kedua-dua tangan ini masih mampu menulis rahsia cintaku, rahsia cinta seorang ibu, bisikku dalam hati.

Semoga tulisan ini mampu memberikan ketulusan cinta. Tiada kesucian cinta tanpa mencintai-Nya, tiada gelora cinta tanpa sebuah cita-cita, tiada kasih yang lebih mulia kecuali kasih seorang ibu!

Perkahwinan Cut Hamizalia

*H*ujan rintik-rintik, langit nampak mendung hitam, angin bertiup kencang, terdengar suara pokok dedaunan hijau rendang ditiup angin. Ayah berjalan di depan pekarangan rumah yang mula basah oleh air hujan.

Sudah lama hati ini ingin mengetahui mengapa ayah sentiasa tersenyum gembira apabila melihat ibu mengenakan baju kebarung yang berwarna hijau tua, dan berbunga kecil putih dengan dahan bunga itu berwarna krim keemasan.

"Yah, kenapa ayah selalu tersenyum bila tengok ibu pakai baju kebarung warna hijau tu?"

Ayah masih tersenyum sambil menatap wajah ibu seolah-olah tersimpan sebuah cerita.

Hati terusik ingin tahu, mengapa setiap kali ayah melihat ibu mengenakan baju kebarung hijau tua itu, ayah seakan melihat orang lain dalam diri ibu.

Hamra tak dapat membendung rasa ingin tahu, terus berlari menuju ke bilik besar, tempat nenek berbaring.

"Nek, boleh Hamra tanya sesuatu tak?" soal Hamra.

Belum sempat Nenek Tijah menjawab, Hamra bersuara lagi.

"Nek, kenapa ayah selalu pandang ibu semacam bila ibu pakai baju kebarung berwarna hijau tua yang berbunga putih kecil tu? Adakah baju itu hodoh dan tak sesuai dengan ibu? Macam nampak hantu!"

Perasaan ingin tahu semakin marak dalam hati.

"Hamra! Mengarut sajalah Hamra ni! Mana ada ayah tengok ibu macam hantu? Hamra memang mengarut!" marah Nenek Tijah seraya beranjak bangkit dari katilnya yang sudah uzur berwarna coklat kayu, yang kulit kayunya sudah banyak terkelupas.

"Tapi nek, kenapa Hamra selalu tengok ayah semacam bila tengok ibu pakai baju hijau tua itu, nek? Apa yang tak kena, nek?" soal Hamra lagi sambil memicit bahu Nenek Tijah dan berharap Nenek Tijah menjawab pertanyaannya.

Tak lama kemudian, Nenek Tijah berpaling menghadap ke arah sebuah almari kuno, dengan ukiran tangan yang indah, dan terdapat tiga buah laci di atasnya seraya berkata, "Hamra, banyak yang Hamra tak perlu tahu, wahai cucu kesayangan nenek."

Nenek Tijah mengusap-usap kepala Hamra. Namun, matanya masih terarah pada almari itu.

Jauh di lubuk hati, Hamra terfikir apa sebenarnya yang ada dalam laci yang terkunci kemas itu? Dikunci oleh nenek dan hanya nenek sahaja yang menyimpan kunci laci itu. Macam mana caranya supaya nenek buka laci itu dan tunjukkan apa sebenarnya yang ada dalam laci itu.

"Hamra, kenapa duduk sini sorang-sorang? Mana abang-abang kamu? Kenapa main sorang-sorang ni?" tiba-tiba kedengaran suara ibu.

Laman yang luas, dengan pelbagai pokok bunga nampak rendah, lebih-lebih terdapat sebuah buaian kayu berbentuk bulat yang tergantung pada dahan pokok mangga yang cukup besar dan tua itu. Kata nenek, umur pokok mangga itu tak kurang dari 16 tahun dan tingginya tak kurang dari 5 meter serta lebat daunnya, hinggakan beberapa daunnya menjulur ke bawah mendekati tanah.

Nenek selalu mengelak apabila setiap kali dia mengajukan soalan tentang baju kebarung hijau milik ibu itu. Pelik? Kenapa nenek selalu saja mengelak? Hati Hamra bertanya lagi. Makin lama, perasaan makin tahu ini semakin mendesak!

Perlahan Hamra, bergerak seraya menoleh ke kanan dan kekiri, berharap tak ada seorangpun yang mengikuti dari belakang.

"Kreeik . . ." suara kuat pintu lama itu mengejutkan Hamra wajahnya berubah seketika, setelah hampir lima minit ia menarik nafasnya dalam-dalam kerana takut suara pintu itu akan menarik perhatian yang lain.

Belum sempat Hamra, melihat seluruh isi perabot lama itu, "**HAMRA**! Macam mana Hamra dapat buka laci nenek ni?" suara Nenek Tijah kedengaran begitu kuat.

"Maaf nek . . . Hamra terjumpa kunci ni kat bawah katil nenek." Ujar Hamra ketakutan. Tunduk menghadap lantai, tak sanggup bertentang mata dengan Nenek Tijah yang sedang naik angin itu.

Nenek Tijah menutup dan mengunci kembali laci itu dan berlalu keluar dari bilik.

Hamra kerut kening. Kenapa nenek nak berahsia sangat? Siapa wanita dalam gambar kat dalam laci tu? Dan kenapa orang tu pakai baju yang sama macam baju ibu? Hatinya bertanya tanpa henti. Namun, diri ini takut akan amarah nenek.

HARI silih berganti, Nenek Tijah seperti sudah melupakan peristiwa itu. Namun, tidak bagi Hamra. Fikirannya masih tertumpu pada gambar yang dijumpainya dalam laci nenek itu. Siapa dia? Wanita itu tinggi lampai, berlesung pipit, bibirnya nipis dan rambutnya yang hitam pekat itu berombak besar. Keningnya tebal, seolah-olah berhubung antara satu sama lain, anak matanya berwarna coklat muda. Dan, yang peliknya wanita itu memakai baju seakan-akan baju kebarung hijau milik ibu.

Hamra memendam rasa ingin tahu yang begitu tinggi. Semuanya bagaikan satu misteri buatnya. Misteri yang akhirnya terbongkar pada 17 Oktober 1974 . . . .

"Ibu, biar Hamra saja yang tolong ibu basuh baju ni ya . . ." ujar Hamra apabila melihat ibunya membawa baju kebarung hijau itu.

"Tak apa, Hamra. Biar ibu saja yang basuh baju ni."

Belum sempat Hamra buka mulut, kedengaran neneknya bersuara kuat.

"Hamra, biar ibu kamu saja yang basuh baju tu! Kamu jangan susah-susah. Nanti kalau rosak baju kesayangan ayah kamu tu!"

'Kesayangan ayah? Kenapa ayah sayang sangat baju tu?' Hatinya bertanya.

'Sampaikan ibu dan nenek langsung tak bagi aku sentuh?' tambahnya dalam hati.

"Ibu, biar Hamra sajalah yang basuh baju ibu itu!" ujar Hamra lagi sambil menatap wajah ibu yang membawa baju kebarung hijau tuanya itu.

"Hamra, dengar cakap ibu ya sayang. Biar ibu saja yang membasuhnya."

Hamra buat tidak faham. Tetap nak membantu ibunya membasuh baju itu. Belum sempat merebut baju kebarung itu di tangan ibu, kedengaran Nenek Tijah memarahinya.

"Hamra! Biar ibu kamu saja yang basuh! Kalau kamu yang basuh, takut rosak pula baju kesayangan ayah kamu tu!"

Pelik! Benar-benar pelik! Kenapa sampai begitu sekali? Kenapa ayah sayang sangat baju tu? Mesti ada yang tak kena ni? Terdetik niat nakal di dalam hatinya agar dapat menyembunyikan baju kebarung itu. Tengok sejauh mana ayah dan ibu bimbang.

Hamra memerhatikan baju kebarung ibu yang telah dibasuh, disidai dengan rapi. Baju kebarung sutera, berwarna hijau tua yang pekat, dengan corak bunga kecil berwarna keemasan menghiasi seluruh permukaannya. Mesti ramai yang menyangka baju itu daripada kain yang mahal.

HAMRA betul-betul kebosanan. Tiba-tiba timbul idea di dalam kepalanya. Senyuman sudah terbit di bibirnya. Kakinya melangkah menuju bilik belakang. Tempat tersimpan semua alat permainan lama yang sudah usang dan kebanyakannya terbuat dari kayu seperti congkak, bola tangan dan sebagainya.

Tangannya segera menyambar sekotak bunga api yang panjangnya tak kurang dari 7 cm meter berwarna kelabu, sampulnya terdapat tulisan 'bintang gemerlap' berwarna merah dengan jalur-jalur kuning. Kemudian Hamra berlari menuju ke laman rumah dan mula bermain bunga api itu.

Hamra yang belum puas bermain, hanya berjalan beberapa meter dari bilik belakang menuju laman depan terus terdiam, seraya memandang tiang sidai yang jatuh tersambar petir.

Tiba-tiba kedengaran suara ibu menjerit. Hamra segera berlari mendapatkan ibunya.

"Maafkan Cut, bang! Baju . . . baju . . ."

Larian Hamra terhenti apabila melihat ibunya sedang menangis sambil memeluk baju kebarung hijau itu.

Nenek juga nampak bersedih, seakan-akan menangis, raut wajahnya berkerut tajam dan matanya berkaca-kaca. Sungguh pelik! Kenapa baju itu sangat penting dalam kehidupan keluarga ini?

Ibu sudah kebasahan terkena hujan. Masih memeluk baju kebarung itu. Rupa-rupanya baju itu terbakar disambar petir.

Nenek mula memeluk ibu dan memujuknya.

"Cut, sudahlah! Benda dah nak jadi . . ."

Ibu masih menangis. Melangkah perlahan masuk ke dalam rumah dan menuju ke biliknya yang terletak di hujung bahagian rumah.

Rasa pelik masih menguasai Hamra.

"Nek, kenapa dengan ibu, nek? Kenapa ibu sangat sedih? Penting sangat ke baju tu, nek?"

Nenek Tijah tidak menjawab. Masih diselubungi rasa hiba.

"Hamra, kalau kamu nak tau, baju itulah yang menyatukan cinta ibu dan ayah kamu. Baju itu sebenarnya milik arwah Juwita . . ."

Juwita? Siapa? Hati Hamra menyoal lagi.

"Juwita? Siapa Juwita, nek?" akhirnya Hamra meluahkan persoalan hatinya.

"Juwita ialah isteri pertama ayah kamu. Ibu kandung kepada Khaldi dan Kamal. Arwah telah menjahit baju itu sendiri walau pun pada waktu itu arwah sedang sakit tenat. Arwah meninggal kerana menghidap kanser payudara."

Hamra terangguk-angguk mendengar cerita Nenek Tijah.

"Hamra, arwah Juwita seorang wanita yang begitu telus dan mulia. Arwah selalu berdoa agar ayah kamu dapat mencari pengganti yang jauh lebih baik daripada dirinya."

Hamra diam. Begitu berminat mendengar cerita Nenek Tijah.

"Lepas tu, apa yang jadi nek?"

"Setiap masa kami mencari penawar untuk mengubati penyakitnya, namun tidak berjaya."

Nenek Tijah menarik nafas panjang. Kemudian memandang Hamra dengan senyuman.

"Hamra, bagi arwah . . . walau macam mana pun susahnya hidup yang ditempuhi, ia adalah satu kurniaan yang sepatutnya disyukuri."

Air mata mulai membasahi pipi tua Nenek Tijah, yang sudah tak anjal lagi. Tangannya perlahan-lahan mengusap rambut Hamra.

"Hamra, kalau kamu nak tau, kerana baju kebarung itulah ibu kamu membuat keputusan nak berkahwin dengan ayah kamu."

Nenek menghela nafas panjang sebelum mula bercerita.

"Petang itu, nenek sangat gelisah apabila mendengar ibumu menolak pinangan ayahmu kesekian kalinya. Terfikir dalam kepala nenek akan permintaan terakhir Juwita, jika suatu hari nanti ayah kamu berkenan dengan seorang wanita, maka berikanlah padanya sepucuk surat dan baju yang telah dijahitnya sendiri sekian lama."

Hamra mengerutkan dahi, masih tidak memahami cerita neneknya.

Nenek Tijah bernafas panjang, seraya mengkalungkan kain selendang panjang yang terbuat dari bahan katun, bercorak batik terjahit kedua hujungnya.

Nenek menyambung ceritanya, "Hidup bagaikan begitu kelam yang mengelilingi kebahagiaan ayah kamu. Seluruh jiwa raganya lumpuh. Namun, itulah yang sudah ditentukan oleh Allah."

Nenek Tijah mengangkat kedua-dua kakinya, dan mula duduk tegap di lantai kayu depan rumah kami yang menghadap laman.

"Sungguh nek, Hamra tak faham langsung cerita nenek ni!"

"Hmmm . . ." nafas Nenek Tijah kedengaran begitu berat.

Nenek Tijah terdiam beberapa saat sebelum kembali menatap wajah Hamra yang begitu setia mendengar ceritanya.

"Hidup ini bagaikan satu irama yang sentiasa ada turun naiknya. Jika iramanya begitu indah, ia akan membahagiakan insan-insan yang mendengar. Namun, jika sebaliknya, ramai insan juga yang akan menderita. Sebenarnya, dengan cara itulah Allah mahu menguji hamba-hamba-Nya."

Nenek Tijah memeluk Hamra dengan erat dan tersenyum.

"Nek, kenapa Allah nak menguji hamba-hamba-Nya?"

Dengan tersenyum Nenek Tijah menjawab, "Hamra, Allah sentiasa menguji hamba-Nya supaya hamba-Nya sentiasa mengingatinya, supaya hamba-Nya lebih mencintai-Nya. Hamra, ingat kita hanya manusia yang suka dipuji, dan bukan dicaci akan cacat dan cela kita. Selalunya, kita juga tak sabar jika diuji oleh yang Maha Kuasa, jadi ujianlah yang dapat membezakan tahap keimanan kita."

Hamra mengangguk seraya berusaha mencerna dan memahami kata-kata neneknya.

Baru dapat difahami, bahawa kehidupan ini adalah rentetan peristiwa yang diiringi oleh segenap derita, dahaga, nestapa atau indahnya kisah cinta, dan bahagianya hidup bersama orang yang dicintai. Namun cinta itu nampak bagai sebuah derita yang membelenggu, bahkan menyeksa kita, itulah hakikat sebenar-benarnya bahagia yang sukar difahami oleh siapa sahaja, walau pasangan yang bercinta.

Sememangnya, hidup tanpa cinta bak ibarat duduk di lautan salji, yang sejuk mencekam, hanya diri sendiri, berbeza jika ada api, kesejukan itu terasa hangat dan menenangkan kita.

HAMRA berjalan perlahan-lahan menuju laman rumah sambil membawa sepiring kuih dan secawan air kopi, menuju ke sebuah pokok rendang yang terletak di depan laman rumah.

"Ayah, ni minum petang ayah."

Hamra duduk di samping ayahnya. Ingin mengorek rahsia tentang baju kebarung itu. Masih tidak puas hati dengar cerita nenek.

"Hamra, letih ayah terus hilang bila tengok anak ayah yang comel ni!" ujar Razali sambil mengusap-usap kepala Hamra.

"Ayah letih ya? Kalau macam tu, Hamra boleh tolong ayah kat bengkel. Macam Abang Khaldi dan Abang Kamal . . ."

Razali tersenyum mendengar kata-kata si comel kesayangannya itu.

"Hamra, ayah tak mahu tangan Hamra yang lembut dan cantik ni kotor sebab tolong ayah di bengkel. Hamra duduk rumah dan tolong ibu saja ya." Ujar Razali sambil mencium kedua-dua tangan Hamra. Kemudian, mencapai kuih koci yang dihidang Hamra tadi.

"Hamra, macam mana dengan pelajaran Hamra di sekolah?" soal Razali.

"Hamra nak baca buku apa? Esok ayah nak ke bandar, boleh ayah belikan buku untuk Hamra . . ." ujar Razali lagi.

"Hamra tak nak susahkan ayah. Tapi, Hamra suka sangat membaca, yah. Kita boleh belajar banyak perkara kalau kita membaca kan yah?"

Razali mengangguk dan tersenyum mendengar celoteh Hamra.

Khaldi, walaupun ia anak tertua dalam keluarga Razali, namun sikapnya yang selalu sering mementingkan dirinya sendiri, banyak kali membuat Hamra menanggis sebak kerana kata-katanya yang menyakitkan.

Terlebih lagi, apabila ia melihat Hamra begitu manja pada sang Ayah. Sememangnya Hamra yang comel itu, pandai mengambil hati siapa sahaja. Apatah tidak, Hamra rajin membantu siapa sahaja walaupun ia tak mengetahui begitu sukarnya kerja-kerja yang harus dilakukannya.

Peliknya sikap Hamra yang sentiasa ambek berat itu, selalunya dianggap lain oleh Khaldi. Hamra tak pernah berhenti, ia yang suka membantu Ibunya di dapur, banyak kali meresa keletihan apabila mengerjakan tugas-tugas sekolahnya.

Keesokan harinya semasa di sekolah, Amien kawan sekelas Abang Khaldi begaduh besar dengannya. Ini kerana Abang Khaldi dapat mengalahkannya dan juga mengalahkan Rafa'el, yang merupakan pemain utama bola sepak di sekolah kami.

"Tendang ke belakang Khal!" suara sorak penonton yang menyukai pertandingan bola dan mereka adalah penyokong Abang Khaldi.

"Jangan bagi kesempatan . . . si peyanggak itu!"suara semakin gemuruh.

Seperti biasa, Rafa'el selalu bermain kasar di padang kerana saiz badannya yang besar, sehingga ia sanggup menolak, ataupun menarik pemain lain hingga terjatuh, dan kemudian ia akan menguasai bola dan membuat gol dengan cara yang licik.

"Abang Khaldi, hati-hati! Rafa'el nak tolak abang dari belakang!" jerit suara ini hampir putus kerana berteriak kuat.

Abang Khaldi, memang sangat berambisi dalam apa pun hal, walau hanya sekadar permainan. Badannya yang gempal, kulitnya putih, bola matanya bulat berlensa coklat hidungnya tajam tak serupa denganku yang tembam dan berkulit kuning langsat.

"Rupa-rupanya, Abang khaldi dan Abang Kamal bukanlah abang kandungku" Hamra bercakap sendiri dalam hati sambil memandang lapangan bola yang sudah kosong, sunyi sepi.

"Hamra, kenapa duduk termenung sorang diri ni? Kan ada kelas tambahan tengah hari ini!" suara merdu itu mengejutkan diri ini dari belakang.

Sesosok tubuh ramping dan ayu, yang ketinggiannya sekitar 165 cm itu, matanya yang sepet seperti orang Jepun, kulitnya putih dan kedua-dua lesung pipitnya, sungguh cantik dipandang mata. Itulah Kak Nadia, wanita *favourite* nombor dua dalam hidup ini setelah ibuku, Cut Hamizalia.

"Ah kak! Hamra baru saja habis tengok Abang Khaldi main bola. Akak buat apa kat sini?" Hamra gugup dan terus bangkit dari tempat duduk.

Belum sempat Kak Nadia menjawab, Hamra menambah, "Hmmm . . . akak pasti baru selesai berjumpa abangkan?" sambil memandang ke arah Nadia.

Kak Nadia yang mengenakan seragam sekolah menengah Manjoi yang berwarna kelabu, bertudung putih panjang menutupi dadanya, sememangnya seorang wanita yang bersopan-santun, murah senyum dan berbudi pekerti yang tinggi.

Bahkan di sekolah kami, ramai yang meminati Kak Nadia, kerana dia sememangnya rendah diri, penyabar dan suka menolong siapa sahaja yang memerlukan.

Tersenyum malu, Kak Nadia mengangguk, "Ya, akak baru saja mengucapkan tahniah pada abang atas kejayaannya, tetapi dia tak begitu suka . . . entahlah . . ."

Hamra masih termenung memandang Kak Nadia, yang selalunya memang dikecewakan oleh Abang Khaldi itu. Sungguh sedih mendengar gadis seayu Kak Nadia disia-siakan oleh Abang Khaldi yang sememangnya, sombong dan berlagak itu.

"Kak, Abang Khaldi mungkin letih, jadi dia tak begitu beria-ia untuk menerima segala ucapan selamat atas kemenanganya. Lagipun dia kan gaduh dengan Rafa'el tadi, jadi akak mesti sabar ya, pasti nanti Abang Khaldi akan mencari akak. Hamra pergi kelas dulu ya, kak. Assalamualaikum . . ." Hamra bersalam serta mencium pipi Nadia.

Hamra terus bergegas meninggalkan Nadia yang nampak tersenyum ke arahnya walau raut wajahnya nampak sedih dan bengang.

Kenapalah Bang Khaldi itu, selalu sahaja kasar dan pentingkan diri sendiri, walhal Kak Nadia selalu membantunya, suara kecil berbisik dalam hati.

Hamra berjalan meninggalkan padang bola sekolah. Terkadang pelik juga dengan Abang Khaldi yang kurang peduli atas Kak Nadia, seorang wanita yang sanggup mengorbankan hartanya, masanya bahkan sanggup begaduh dengan kedua-dua orang tuanya untuk mendukung impian Abang Khaldi belajar ke luar negara.

Lahirnya Hamra Binti Razali

*R*AZALI BIN ISMAIL, lelaki kelahiran Ipoh ini, lebih nampak seperti lelaki keturunan Banjar yang tinggi kurus, berkulit sawo matang, matanya yang bulat dan keningnya lebat. Menikahi wanita ayu dari Acheh, Indonesia yang lebih nampak seperti model dari Lebnon iaitu Cut Hamizalia.

"Izalia . . . Izalia . . ." suara Razali memanggil Cut Hamizalia.

Sementara itu, Cut Hamizalia sedang mendodoikan Khaldi dan Kamal.

"Inang . . . . Inang . . . Oi anakku sayang . . . tidurlah hari telah malam . . . , inang . . . Inang Oi anakku sayang tidurlah lelap . . . jangan meragam, hari tlah malam rehatlah sayang! Inang oi inang anakku sayang." Berkali-kali Cut Hamizalia mengulang nyanyian itu seraya membelai rambut Khaldi dan Kamal.

Sungguh suara yang merdu mengulung malam yang gelap kelam.

"Syyyy abang, jangan kuat-kuat panggil izalia bang! Budak—budak dah mula tidur ni. Nanti dengar suara abang yang kuat, pasti mereka bangun."

Cut Hamizalia berjalan perlahan, seraya tangan sebelah kanannya mengosok perutnya yang semakin besar dan tangan sebelah kirinya berada di belakang pinggangnya.

Izalia yang menggunakan kain batik bercorak layang-layang berwarna merah tua, berjalur hitam dan baju kebarung Kedah yang terbuat dari kain *cotton*, berbunga kecil ungu dan merah jambu sangat sesuai dengan kulit Izalia yang putih gebu itu.

"Izalia, bukannya abang nak bising, abang takut Izalia sudah makan malam, sedangkan abang datang membawa kuih talam yang Izalia nak sangat dari semalam tu!" Razali memberikan bungkusan yang dibuat dari daun pisang pada Cut Hamizalia.

Sambil berjalan ke dapur, Cut Hamizalia membuka bungkusan daun pisang itu dan tersenyum, hampir meleleh air liur Cut Hamizalia, kerana bau kuih talam yang sedap sangat diidam-idamkannya itu.

"Mak, makan sekali kuih talam ni dengan Izalia ya mak!" suara lembut Izalia dari depan ruang makan yang terletak tepat di tengah-tengah rumah kayu lama itu.

Tak lama kemudian, Razali yang sudah bertukar baju kerjanya, mengenakan kain pelekat baju putih berjalur hitam lengan panjang, keluar dari pintu biliknya seraya memegang kopiah warna putih dari rajutan benang nilon. Berjalan menuju ke arah Cut Hamizalia yang sedang duduk menikmati kuih talam yang berwarna coklat serta santan pekat di atasnya yang berwarna putih, di ruang makan kecil, tak begitu jauh dari dapur rumah mereka.

"Amboi . . . sedap sangat ke kuih tu, Izalia? Sampai keluar air mata awak tu abang tengok . . ."

Razali mendekati Cut Hamizalia, yang sedang menitiskan air matanya sambil memegang kuih talam yang diidam-idamkannya itu.

"Ah abang! Izalia bukan menangislah, hanya terkenang ibu dan ayah Izalia di Bandar Acheh. Adakah mereka dapat mencari Mak Cik Zamalia, bang?"

"Izalia kan sudah berjanji dengan mak, takkan fikirkan dulu hal ibu dan ayah awak tu, hingga bayi kecil yang comel ini dilahirkan!" suara Nenek Tijah menyahut dari arah dapur.

Nenek Tijah ialah ibu kepada Razali, wanita penyabar, walau terkadang nampak garang dan tegas pendiriannya, berkulit kuning langsat dan ketinggiannya hanya sekitar 163cm itu. Nenek Tijah sangat sayang dengan Cut Hamizalia walaupun hanya anak menantu baginya, namun kasih sayangnya seperti anaknya sendiri.

"Maafkan Izalia, mak! Ini kuih talam, makan sekali, mak! Sedap ni."

Izalia terus menyodorkan sebuah pinggan kaca berwarna putih yang memuat tiga biji kuih talam di dalamnya.

"Awak sedang mengidam memang semua sedap belaka, Izalia!" Nenek Tijah menjawab spontan seraya mengambil sepotong kuih talam itu.

"Mak, Izalia tak pernah dapat melupakan gambaran ibu dan ayah dalam fikiran Izalia," Cut Hamizalia bernafas panjang.

"Mak, entahlah . . . semakin besar kandungan ni, semakin gundah hati ini. Rindu yang mendalam, entah bilalah agaknya Izalia dapat balik ke Bandar Acheh walau sekejap sahaja mak! Apa dosa Izalia hingga terpisah begitu jauh dengan ibu dan ayah, mak!"

Cut Hamizalia menangis teresak-esak, wajahnya nampak gelisah, dan tangan kanannya mengusap kandungannya yang sudah nampak besar. Ruang makan yang luas berdinding kayu mahagoni itu, tiba-tiba terasa sangat sempit dan sebak, mendengar rintihan Cut Hamizalia yang sememangnya sangat merindui kedua-dua orang tuanya itu.

"Izalia !, awak adalah wanita mulia, seorang anak dan isteri sholehah yang sentiasa berdo'a dan membantu Ibu dan Ayah, Anakku, adakalanya dalam hidup ini, Uhuk uhuk . . .", Nek tijah terbatuk dan terus menyambar sebuah gelas kaca yang berisi air kosong di atas meja.

Nek Tijah melanjutkan percakapannya, "Izalia, terkadang kita harus pergi jauh daripada orang-orang yang kita cintai. Hanya untuk menguji serta membuktikan telusnya pengorbanan yang kita lakukan. Sementara itu, malaikat akan terus mencatit setiap gerak dan langkah kita sebagai satu tugas suci sorang wanita!"

Seraya mencium kepala Cut Hamizalia dan memicit perlahan-lahan bahunya.

Nenek Tijah menyambung percakapannya.

"Izalia, awak sedang berjihad, nak!" Seraya meletakkan tangan kanannya pada kandungan Izalia, "Kandungan awak tu, semakin hari semakin besar, Khaldi dan Kamal bertuah mendapatkan cinta dan kasih, perhatian yang awak berikan sungguh tak berbelah bagi"

Nenek Tijah pun membelai tangan kiri Cut Hamizalia, yang sedang mengosok kandungannya, yang hampir tujuh bulan itu. Nenek Tijah, menyapu air mata Cut Hamizalia yang sudah membasahi pipinya kerana perasaan rindunya pada ibu dan ayah.

"Mak, dosakah Izalia berkahwin tanpa memberitahu ayah dan ibu Izalia, mak?"

Belum sempat Nenek Tijah menjawab.

"Mak, apa hukumnya pernikahan sorang anak yang belum tahu mendapat restu atau tidak dari kedua-dua orang tuanya?" Cut Hamizalia mula menatap tajam Nenek Tijah dan terdiam.

"Anakku, bukankah keredaan Allah tergantung pada keredaan kedua-dua ibu bapa kita apabila kedua-duanya taat akan hukum Allah?"

Cut Hamizalia hanya menitis air matanya dan terus menatap wajah Nenek Tijah.

"Mak yakin ibu bapa Izalia merestui pernikahan Izalia dengan Razali. Namun tiada sebarang berita lagi, apakah Semanjung Malaya ini sudah pulih hubungan dengan Republik Indonesia?"

"Yakinlah, nak! Bahawa kebaikan dan keburukan itu nampak jelas berbeza, walau kita cuba mencampuradukkannya kerana ia tak pernah akan bersatu, walau bagaimanapun perkahwinan Izalia dan Razali sah dari segi agama, dan bukan Izalia tak mahu memohon restu ayah ibu, namun ketegangan politik negara memaksa Izalia membuat keputusan yang bijak!"

Air mata Cut Hamizalia terus membasahi pipinya yang merah.

"Ya mak! Agama haruslah jadi panduan hidup ini, dan bukan adat resam atau budaya, tetapi macam mana Izalia boleh memberitahukan pasal bayi ini pada ibu dan ayah di Bandar Acheh, mak?" soal Cut Hamizalia.

"Izalia, awak jangan bimbangkan akan hal ini."

Nenek Tijah terdiam sekejap, lalu menyambung percakapannya.

"Insya Allah, jika ada lagi bot berlabuh dari Selat Melaka ke Bandar Acheh, mak sendiri nanti yang akan memberitahukannya, yang penting sekarang Izalia mesti sihat, jaga makan dan mimun, rehat yang cukup, mulai besok emak tolong Izalia, jadi Izalia jangan bimbang ya!"

Nenek Tijah tersenyum gembira sambil memegang kedua-dua tangan Cut Hamizalia.

Sementara itu, Razali yang berada di belakang rumah kayunya, sibuk melihat ayam-ayam peliharaannya, tak sengaja terdengar percakapan ibunya dan isteri tadi.

Hati Razali terus sebak, dan berkata dalam hati, suatu hari nanti, Izalia dan bayi yang dikandungnya itu, mesti datang mengunjungi Bandar Acheh.

"Mak, Izalia! Abang pergi ke surau dulu ya. Kejap lagi azan berkumandang, Assalamualaikum!" Razali mencium tangan ibunya dan tersenyum memandang ke arah isteri yang masih sebak, serta basah pipinya penuh dengan air mata.

Nenek Tijah sebenarnya juga merasa sangat sedih, apabila Cut Hamizalia merasa bahawa dia harus memberitahukan berita gembira akan perkahwinannya dan juga kandungannya itu, pada kedua-dua orang tuanya yang tinggal di Bandar Acheh.

Namun, keadaan hubungan Politik Semanjung Malaysia yang sangat tegang dengan Republik Indonesia itu, menjadikan semuanya nampak mustahil.

Terkenang dalam bayangan Cut Hamizalia, betapa bahagia hidupnya dulu semasa di Bandar Acheh bersama keluarganya.

Cut Hamizalia yang datang ke Malaysia pada tahun 1965, dan memutuskan untuk berkahwin dengan Razali pada 23 Februari 1966, di Kampung Sungai Tapah, Ipoh Perak. Kampung kecil, indah dan nyaman bagi siapa sahaja yang duduk di sana.

Beberapa hari kemudian

"Mak hampir lupa, Izalia! Awak dah panggil tuk bidan untuk periksa bila agak-agaknya tarikh bersalin?" tanya Nenek Tijah.

"Mak, kan minggu lepas Izalia baru saja jumpa tuk bidan, tentunya masih dua bulan lagilah, agaknya lambat lagilah, mak!" Izalia mula tersenyum memandang Nenek Tijah.

"Eh, mana boleh diagak-agak, inikan bayi pertama! Jadi tolonglah mesti awak kira tarikh yang betul, biar besok mak pergi tanya tuk bidan dan tanya pasal tarikh bersalin awak tu!" suara Nenek Tijah lantang.

"Dan janji dengan mak ya, Izalia! Awak ni tengah sarat mengandung, tak boleh fikir yang bukan-bukan, mesti tidur awal. Tak payahlah tunggu Razali balik dari surau, kan lambat. Awak mesti rehat yang cukup. Dahlah Si Khaldi itu degil, Kamal pula sikit-sikit minta dukung, jadi jangan dukung dia! Kan berat, nah . . . sekarang, lekas solat biar mak siapkan makan malam Razali."

Nenek Tijah tersenyum, kemudian bangkit dari tempat duduknya.

"Baiklah mak! Cut akan ingat semua nasihat mak itu, selamat malam, mak!"

Cut Hamizalia terus berdiri, dan tak lama kemudian, sambil termenung Ia berjalan menuju ke bilik tidurnya yang terletak benar-benar di hujung rumah kayu lama itu, letak bilik tidurnya, memang tak seberapa jauh dari pintu masuk tetamu.

Petang itu langit nampak mendung gelap.

"Mak . . . mak . . . ! Maaaak!" Cut Hamizalia memekik kuat.

Nenek Tijah yang sedang berkebun di laman depan tak mendengar jelas jeritan itu.

Sementara itu, Razali di tempat kerjanya, berasa gundah hatinya tanpa sebab. Kemudian berjumpa dengan Roslan, rakan kongsinya.

"Aku rasa tak sedap hatilah,Lan . . ."

"Kenapa Zali? Apa yang tak kena ni?" Roslan terus mendekati Razali.

"Entahlah Lan, hati aku ni rasa semacam."

"Entah-entah orang rumah kau nak bersalin, Zali!"

"Aku pun tak tau, Lan. Aku balik dululah ya!"

Di rumah, Cut Hamizalia tengah berlawan dengan sakit perut yang dirasainya, hampir rebah dirinya ke lantai kerana tak dapat menahan rasa yang begitu menyiksanya.

"Mak! Mak . . . tolonglah . . . . Izalia tak tahan mak!" rintih Cut Hamizalia.

Nenek Tijah tak lama kemudian masuk ke dalam rumah . . .

"Izalia, baju budak-budak dah kering! Kenapa awak tak duduk di ruang tamu depan, boraklah dengan mak kamu ni!" Nenek Tijah berceloteh serta berdiri tak jauh dengan bilik tidur Cut Hamizalia.

"Ya Allah, Izalia kenapa awak terbaring kat atas lantai ni," Nenek Tijah terus mengambil bantal dan pergi ke dapur untuk menuang dua biji telur kampung dan madu, sebagai ubat yang diberikan oleh dukun beranak, sebelum melahirkan agar menambah tenaga, dan memudahkan proses melahirkan.

"Ya Allah! Izalia . . . Ya Allah . . . ." Nenek Tijah terkejut apabila mendekati menantunya dan mendapati Cut Hamizalia sedang sakit nak bersalin.

Nenek Tijah berlari keluar rumah, mahu meminta pertolongan.

"Radiah! Radiah! Cik Minah, Cik Minah! Tolong, Izalia sakit nak bersalin tu . . . tolong panggil tuk bidan ke sini!" Nek Tijah memekik kuat sehingga hampir seluruh isi Kampung Sungai Tapah mendengar suaranya yang lantang itu.

Tak lama kemudian,

"Mak, Izalia . . . abang dah balik ni" Razali memanggil kedua-dua nama wanita yang dicintainya dari laman rumah, tempat meletakkan basikalnya.

Razali tak mendengar jawaban daripada emak atau isterinya, kemudian bergegas masuk ke dalam rumah dan menuju kamar tidurnya.

"Ya Allah, Izalia!" Razali jadi bingung tiba—tiba kalang kabut tak tentu arah ketika melihat gunting, pisau, kain batik, beberapa potong kain serta dua buah periuk yang berisi air panas dan air masak yang terletak tak jauh dari tempat Cut Hamizalia berbaring.

"Mak, dah tiba saatnya?" Razali bertanya takut, cemas dan tak dapat duduk diam. Sungguh walaupun sudah pernah memiliki dua orang anak, namun kelahiran anaknya kali ini terasa lain, Razali rasa sebak dan gelisah.

Hampir dua jam berlalu.

Langit yang mendung gelap seolah-olah berdoa, serta meraikan kebahagiaan Razali dan Cut Hamizalia, angin bertiup dan hujan rintik-rintik mulai membasahi bumi.

Di dalam kamar tidur Razali.

"Alhamdulillah bayi perempuan!" ujar bidan Ra'biah terdengar jelas dari depan pintu.

Akhirnya, 18 November 1968. Cut Hamizalia melahirkan anak pertamanya,bayi perempuan yang mempunyai berat 3 kilogram. Bayi yang sihat dan comel itu diberi nama Hamra berasal dari gabungan nama Cut Hamizalia dan Razali, yang bermakna merah delima.

"Ya Allah, aku bersyukur atas kurnia-Mu," Razali berucap seraya bersujud di ruang tengah yang membataskan bilik tidur Razali dan ruang makan rumah kayu lama itu.

Cik Minah, bidan Ra'biah, Nenek Tijah dan Puan Radiah, bersyukur atas kelahiran Hamra, bayi comel yang merubah kehidupan Cut Hamizalia dan Razali serta seisi keluarga.

Nenek Tijah tersenyum seraya berjalan ke arah Razali, "Zali, mari masuk sini! Tengok wajah Hamra yang comel ni, sungguh cantik cucu mak." ujar Nenek Tijah seraya memandang cucu barunya itu.

Air mata Razali berderai, membasahi pipinya peluh sejuk terus menitis menghujani sekujur tubuhnya yang comel itu. Sementara itu, kedua-dua tangannya yang mendukung Hamra mulai mengeletar, Razali tersenyum bangga melihat Hamra sang cahaya mata yang sangat diidam-idamkannya itu.

Terasa sempurna kebahagiaan Razali bersama Cut Hamizalia dengan karunia Ilahi, yang tiada nilainya, walau mungkin pada awalnya sukar bagi kedua-duanya untuk mengarungi bahtera hidup yang terkadang bergelombang dan sukar dikawal, namun kehadiran buah hati, membezakan keadaan dunia ini bagi mereka.

Tahun berlalu begitu cepat, Hamra bayi yang mungil itu kini mula beranjak dewasa, tetapi masa kanak-kanaknya agak begitu sukar dilaluinya dengan penuh senyuman.

Perjumpaan Cut Hamizalia
dengan Razali Bin Ismail

"*H*AMRA, jangan ganggu Abang Khaldi, nanti dia marah!" ujar ibu.

Kenapa Abang Khaldi macam tak sayang kat aku? Hamra menyoal sendiri. Selalu mengusik, terutama jika ada permainan yang ayah beri pada aku.

Usia aku dengan Abang Khaldi dan Abang Kamal jauh berbeza. Abang Khaldi lahir pada tahun 1960 dan Abang Kamal pula lahir pada tahun1964.

"Ibu, kenapa Abang Khaldi selalu kacau Hamra?" soal Hamra.

"Hamra, Abang Khaldi bukan sengaja nak usik Hamra."

"Tapi Abang Khaldi macam tak suka Hamra saja, ibu."

"Hamra, jangan fikir macam tu. Abang Khaldi mungkin masih marah pada ayah dan ibu."

"Kenapa Abang Khaldi marah kat ibu dan ayah?" soal Hamra, hairan.

"Abang Khaldi ingat ibu rampas kasih sayang ayah padanya. Dia masih kecil waktu itu, masih tak faham apa yang terjadi."

Cut Hamizalia tersenyum sambil memandang Hamra.

"Hamra, terkadang kita lebih cepat cemburu berbanding dapat memahami keadaan terlebih dulu." Jelas Cut Hamizalia.

Hamra bingung seraya menjeling ke arah Khaldi yang berada di laman depan rumah itu.

"Maksud ibu?" soal Hamra sambil menatap ibunya.

"Pada masa itu, ayah sangat sedih dan tertekan, hingga tak mampu nak bekerja. Kematian Juwita membuat hidupnya tiada makna, namun kehadiran ibu telah meringankan segala beban hidupnya."

"Ibu, kenapa ayah sangat sedih dan tertekan?"

"Hamra, kamu ini masih kecil lagi, sukar bagi ibu untuk menceritakan kisah derita diri, yang berakhir dengan segala kebahagian dan kesempurnaan. Namun, baiklah ibu akan bercerita kisah duka dalam hidup kami, sehingga takdir merestui hubungan kami berdua".

"Begini, Juwita tu ibu kandung Abang Khaldi dan Abang Kamal. Apabila Juwita meninggal, hidup ayah jadi tak menentu. Sukar baginya menerima kenyataan bahawa Juwita dah pergi meninggalkan dia".

Ibu terdiam seketika dan menarik nafas dalam-dalam.

"Ayah pada masa itu bekerja sebagai operator jentera berat, tidak lagi dapat meneruskan hidupnya kerana masih belum dapat merelakan kepergian Juwita."

"Habis tu, bila ibu jumpa dengan ayah?"

Ibu menyambung ceritanya . . .

"Apalah taknya . . ."

"Tak apa masuk ibu?" Hamra terus mendesak agar ibunya menceritakan kisah sebenar tentang peristiwa pertemuannya dengan ayah tercinta.

Petang itu,

1965, di Bandar Acheh.

"Hamizalia, kau ingat tau. Ayah tak mahu ada mana-mana doktor datang periksa ibumu. Doktor tu hanya menjadikan kita sebagai bahan kajiannya! Kemudian, cerita pada semua orang!" ujar Teungku Panggiran Achmad pada anaknya, Cut Hamizalia.

Teungku Panggiran Achmad, berjalan ke arah ruang tengah seraya berkata,

"Kita ini adalah keluarga berdarjat dan berpangkat. Kamu harus tahu itu! Sungguh tiada siapa yang boleh mengetahui keadaan ibumu, ingat tu!" suara lantang Teungku Panggiran Ahmad pada Cut Hamizalia.

Cut Hamizalia yang sedang duduk, terperanjat dengan kata-kata ayahnya itu, Segera bangkit dari tempat duduknya,

"Tapi ayah, ibu tengah tertekan akibat kematian Teungku Ridwan dan Cut Hazlina, bukan sebab lain! Ibu jatuh sakit kerana tertekan nak terima hakikat sebenar." Cut Hamizalia beria-ia meyakinkan ayahnya.

"Tidak kata ayah! Lupakan doktor-doktor yang kerjanya hanya melakukan manusia sebagai bahan kajian dan kemudian menceritakannya pada orang ramai, Tidak!" Teungku Panggiran Achmad masih berkeras dengan keputusannya.

Cut Hamizalia terdiam. Tak dapat menjawab kata-kata ayahnya.

Sementara itu di Kampung Sungai Tapah Ipoh, 13 Mei 1979.

"Masa itu, ibu dalam keadaan yang cukup cemas, Hamra. Ini kerana keadaan nenek kamu iaitu, Cut Zamrina dalam keadaan yang tenat."

Banda Aceh 1965,

"Ibu harus makan walau sedikit, Ridwan dan Hazlina sudah berada di syurga! Allah dan para malaikat menjaga mereka, jadi ibu tak perlu lagi memikirkan mereka," Cut Hamizalia cuba memujuk ibunya untuk makan.

"Cut Hazlina, Oh . . . Teungku Panggiran Ridwan, di mana ibu harus mencarimu nak? Kembalilah, ibu sangat merindukan kamu wahai anak-anakku!" Cut Zamrina merintih dan wajahnya nampak kusam pucat.

Sebagai anak tertua, Cut Hamizalia cuba untuk mencari jalan untuk mengubati ibunya walaupun mendapat bantahan daripada ayahnya.

'"Hamizalia! Kan Ayah dah kata, jangan pernah bawa doktor datang ke rumah kita! Apa kamu tidak faham bahasa?" Teungku Panggiran Achmad memegang lengan Cut Hamizalia.

Keringat sejuk membasahi dahi Cut Hamizalia, takut akan ayahnya kerana pada akhir-akhir ini menjadi sangat garang dan cepat marah.

"Keluar!" Tengking Teungku Achmad pada doktor psikologi yang sedang melakukan rawatan pada isterinya.

"Encik, saya hanya mahu menolong pesakit . . ." lelaki yang menggunakan celana kain berwarna hitam dan baju warna putih lengan pendek itu menjawab Teungku Panggiran Achmad yang tengah marah besar.

Namun, apabila melihat Teungku Panggiran Achmad masih tidak berganjak daripada keputusannya, doktor itu mengemas peralatannya dan meninggalkan rumah itu.

Keadaan keluarga Cut Zamrina dan Teungku Panggiran Achmad, nampak tertekan setelah kematian kedua-dua orang anaknya yang sangat disayangi.

"Ayah, kenapa ayah cakap begitu kepada doktor tadi? Bagilah peluang kat doktor tu periksa ibu, yah . . ." Cut Hamrina mula menangis teresak-esak.

"Hamrina, kamu jangan masuk campur! Biar kakak kamu segera berkahwin dan mendirikan rumah tangganya dengan Teuku Lendra Hakiem! Ayah tahu hanya roh jahat yang mengganggu ibumu," ujar Teungku Panggiran Achmad lalu terus meninggalkan bilik tidurnya yang nampak serba putih seperti lazimnya rumah-rumah kerabat DiRaja Aceh.

Kampung Sungai Tapah, 13 Mei 1979.

"Hamra, atuk jadi panas baran dan sukar menerima hakikat," ujar ibu sambil memandang langit-langit rumah kayu kami.

Walau rasa ingin tahu ini terus melonjak, namun mulut tak dapat bercakap. Hanya menatap ibu dengan harapan ibu terus menceritakan kisah hidupnya dulu.

"Ah, kenapa ni? Ibu dah cerita apa yang Hamra tak sepatutnya tahu," Cut Hamizalia terus beranjak dari tempat duduknya.

"Tapi bu, bukankah ibu berjanji akan cerita kisah pertemuan ibu dan ayah. Ibu, tolonglah Hamra nak tau!" Hamra memegang erat tangan ibunya, yang sudah beranjak hendak meninggalkannya.

"Baiklah. Atuk kamu tiba-tiba berubah sampaikan ibu takut melihatnya. Dia selalu berpakaian serba hitam dan membakar kemenyan hampir diseluruh rumah. Kemudian, selalu ketawa dengan kuat dan mula bercakap sorang-sorang di laman belakang rumah kami."

Ibu menghela nafas panjang.

"Lepas tu, apa yang jadi ibu? Nenek macam mana? Atuk tu dah jadi gila ke ibu?"

"Gila? Taklah! Atuk kamu seorang lelaki yang sihat dan waras. Dia ialah lelaki yang begitu budiman. Atuk jadi begitu kerana rasa cinta yang begitu mendalam pada nenek kamu sehingga dia mencari jalan keluarnya sendiri."

Petang itu, tahun 1965 di Bandar Acheh,

"Ayah, bukankah ibu perlukan seorang doktor atau pakar psikologi?" ujar Cut Hamrina perlahan. Cuba memujuk ayahnya.

"Ayah, bukankah ibu hanya mengalami tekanan selepas Cut Hazlina danTeungku Panggiran Ridwan meninggal?" ujar Cut Hamrina lagi.

Tiba-tiba Cut Hamizalia yang datang dari ruang tamu menyambung percakapan Cut Hamrina.

"Ayah, Hamizalia yakin bahawa doktor atau pakar psikologi dapat menyembuhkan ibu"'

"Diam! Kalian berdua tak tahu apa-apa! Jadi jangan pernah masuk campur urusan ayah! Roh jahat yang selalu menganggu keturunan ayah tak pernah mahu ayah memiliki keturunan lelaki. Apa yang kalian tahu hah? Keturunan Teungku Panggiran Achmad tak akan terlahir daripada anak-anak wanita, ingat itu!" Teungku Panggiran Achmad dengan kesal memandang kedua-dua orang anaknya.

"Ingat! Kamu Hamizalia, anak tertua keluarga ini, jika kamu ingin menyembuhkan ibu kamu dan mengubati luka yang bernanah serta berdarah dalam jiwa ayah, kamu cepat-cepat menikah dengan Teuku Lendra Hakiem!" ujar Teungku Panggiran Achmad lalu meninggalkan anak-anaknya di ruang tamu.

Sementara itu,

Keadaan Cut Zamrina, seperti orang yang sakit mental. Dia tak mahu makan atau mandi. Dia menjadi sangat kurus dengan mata yang cengkung dan hitam. Dan tak henti-hentinya menyebut dan memanggil nama Teungku Panggiran Ridwan dan Cut Hazlina.

Secara kebetulan, Teuku Lendra Hakiem datang mengunjungi keluarga Teungku Panggiran Achmad, setelah keluarganya kembali berlayar dari Persia, dan mengetahui cerita sedih yang menimpa keluarga Cut Hamizalia.

"Izalia, kenapa kamu nampak kurus dan letih? Apa kamu tak cukup makan dan tidur? Bagaimana keadaan ibumu?" Teuku Lendra Hakiem bertanya kerana sangat sayang dan peduli akan wanita yang dicintainya.

Teuku Lendra Hakiem, lelaki kacak yang gagah anak kacukan daripada ayah seorang Persia dan ibunya adalah orang kerabat di Raja Acheh. Sememangnya sudah menaruh hati sekian lama pada Cut Hamizalia, namun kerana ayahnya yang selalu sibuk berdagang sehingga perkawinannya tertunda.

Di Kampung Sungai Tapah Ipoh, 13 Mei 1979

Hamra semakin hairan mendengar cerita ibunya.

"Jadi ibu dah ada kekasih? Kenapa ibu kahwin dengan ayah?"

"Hamra, semua ini bermula dari sebuah peristiwa hitam. Keadaan nenek kamu semakin teruk, hari demi hari nampak macam orang tak waras, sedangkan atuk kamu pula selalu tak berada di rumah dan khabarnya mengikuti ajaran-ajaran ghaib yang ibu sendiri tak faham."

Cut Hamizalia menarik nafas panjang.

"Pada masa itu, harapan ibu hanya terletak pada mak cik kamu, Cut Zarina yang tengah menuntut di Universiti Sains Malaya, Pulau Pinang. Dia menuntut dalam bidang psikologi dan harapan ibu untuk menyembuhkan nenek."

"Lepas tu, apa yang jadi, bu?"

"Pendekkan cerita, peristiwa Konfrontasi Ganyang Malaysia yang dilancarkan oleh Republik Indonesia, tempat yang amat ibu cintai itu, peristiwa itu telah membuat ibu hidup seperti apa yang kamu lihat sekarang," ujar Cut Hamizalia sambil mencium kening Hamra dan tersenyum.

"Maksud ibu?"

Selat Melaka yang padat pada petang 15 Jun 1965.

Cut Hamizalia yang masih tercengang, melihat sekelingnya dengan perasaan takut, ia cuba menuruni kapal ferry 'Malaya Ocenia' dengan kaki kanannya basah kerana peluh yang jatuh dari badannya, perasaan sejuk semacam mula dirasai oleh Cut Hamizalia.

Badannya yang kurus tinggi, seakan-akan melayang-layang, apabila kaki kanannya mula meminjak kayu-kayu yang tersusun bersandar menghubungkan ferry ocenia dengan daratan di jetty Selat Melaka itu.

"Ah apa diri ini sememangnya sudah sampai Selat Melaka ?" Cut Hamizalia berjalan meninggalkan ferry yang sudah ditambatkan di salah sebuah jetty di Selat Melaka itu.

"Ah, ini kapal terakhir berlabuh dari Tanjong Balai dan Dumai ke Selat Melaka? Ah tak mungkin," ujar dua orang lelaki yang nampak tak puas hati dengan berita itu.

Sementara Cut Hamizalia masih berdiri terpaku dan melihat sekelilingnya dimana, ramai orang berjalan membawa barangan masing-masing, kapal-kapal yang tertambat di Jetty Selat Melaka itu nampak tersusun rapi di belakang tempat Cut Hamizalia berdiri, ia berjalan perlahan dengan penuh harap.

Kampung sungai Tapah,13 Mei 1979.

"Ibu yang baru sampai di Selat Melaka tak tahu apa-apa, bahkan ini adalah kali pertama ibu meninggalkan rumah."

Cut Hamizalia memandang lantai dan bernafas panjang, air matanya mulai menitis tanpa disedari.

Hamra yang mendengar kisah lama ibunya tak dapat mengalihkan perhatiannya, ia sangat khusyuk mendengarkan kisah lama itu.

Sementara itu di Selat Melaka 1965, para peniaga feri pengangkutan berhenti seketika.

Ramai penumpang yang bingung dan berkerumun, tak tahu mengapa feri pengangkutan yang biasanya berlabuh dari Selat Melaka menuju Tanjong Balai dan Dumai, berhenti tiba-tiba.

"Habis tu, macam mana ibu boleh sampai ke Malaysia pada masa itu?" soalan yang dilontarkan oleh Hamra,dengan kerutan di dahinya.

"Hamra anakku sayang . . . memang panjang ceritanya. Bukan ibu nak merahsiakan semua ini daripada Hamra, tetapi setiap apa yang berlaku adalah kehendak-Nya."

Banda Aceh di akhir tahun, April 1 1965. Tepatnya di Jalan Tengku Cik Di Tiro,

"Teuku Lendra Hakiem, tolonglah diri ini, bagaimana mengembalikan ingatan ibu? Bukankah ibu jatuh sakit sebab tak dapat terima kematian Cut Hazlina dan Teungku Panggiran Ridwan? Tapi, kenapa ayah begitu sukar nak terima kenyataan ini?"

Teuku Lendra Hakiem sangat hiba terhadap Cut Hamizalia, gadis ayu yang amat ambil berat akan keadaan keluarganya. Cintanya kepada ibu tak dapat diukur dengan segala berat timbangan.

"Izalia, sungguh abang tak sanggup melihat keadaanmu ini. Abang akan menemanimu mencari Mak Cik Zarina di Pulau Pinang."

"Terima kasih Teuku Lendra Hakiem, terima kasih!" tangis Cut Hamizalia.

"Izalia, macam mana kalau kita kahwin dulu sebelum meninggalkan Bandar Acheh?"

"Teuku Lendra, hati ini akan tetap setia untuk bersamamu. Namun, biarlah ibu sembuh ingatannya dulu, barulah kita kahwin, Izalia berharap abang faham," Cut Hamizalia memandang Teuku Lendra Hakiem, mengharapkan pengertian daripada lelaki itu.

"Izalia, berapa lama lagi abang harus menunggu? Izalia tak pernah fikirkan pasal abang ke? Keluarga abang selalu bertanya bila kita nak bersatu. Lagi pula, tak manis kalau kita sentiasa bersama kalau tiada apa-apa ikatan."

Dalam fikiran Cut Hamizalia pada waktu itu hanya memikirkan akan keadaan ibunya. Soal hubungan sudah ditolak ke tepi. Namun, setelah mendengar kata-kata Teuku Lendra Hakiem, Cut Hamizalia mula rasa bersalah.

"Beginilah, kita kahwin apabila kita dah berjaya bawa balik Mak Cik Zarina ke sini."

Teuku Lendra Hakiem tersenyum lega mendengar kata-kata Cut Hamizalia.

Dua hari kemudian, Teuku Lendra Hakiem dan Cut Hamizalia memohon restu ayahnya, untuk membawa Cut Zarina pulang dari Pulau Pinang.

Hamra tercengang mendengar kisah ibunya itu.

Cut Hamizalia tanpa disedari menitiskan air mata, membasahi pipinya yang merah merekah, kulitnya yang putih gebu nampak bercahaya.

"Lepas ibu meninggalkan Bandar Acheh, apa yang jadi? Di manakah Teuku Lendra Hakiem sekarang? Apa yang terjadi dengannya?" perasaan ingin tahu Hamra semakin menjadi-jadi.

Cut Hamizalia diam, tidak menjawab.

"Hamra, ibu sendiri tak tahu di manakah Teuku Lendra Hakiem sekarang, Pada masa itu, tepatnya pada bulan Ogos tahun 1965, kami berdua meninggalkan Banda Acheh dan terus menggunakan feri menuju ke Lhoksumawe, tempat kapal dan feri berlabuh dari Lhoksumawe menuju ke Tanjong Balai, lalu terus menyeberang ke selat Melaka."

Lhoksumawe, Aceh 1965

Di atas kapal feri yang sempit, Cut Hamizalia membawa sebuah tas besar berwarna hitam, bergaris putih bersama Teuku Lendra Hakiem yang membawa tas tangan dua kali lebih besar ukurannya berbanding tas yang di bawa oleh Cut Hamizalia berwarna hitam.

Walau pergi bersama Teuku Lendra Hakiem sang kekasih hati, namun detak jantung Cut Hamizalia terus berdetak kencang, kerana perasaan takut mengingat ia tak biasa pergi jauh dari rumah.

Cut Hamizalia cuba mengawal perasaan takutnya sesekali ia menutup matanya, dan berdoa dengan penuh harapan agar ia dapat membawa Cut zarina balik ke Banda Acheh.

"Encik, saya mahu beli dua tiket feri yang menuju ke Tanjong Balai," Teuku Lendra Hakiem menyodorkan wang rupiah kepada penjual tiket kaunter feri Lhoksumawe itu.

Tiba-tiba, suara radio yang terletak tepat diatas penjual tiket kaunter duduk, menarik perhatian Teuku Lendra Hakiem.

"Berita sore, keadaan politik kedua Negara Republik Indonesia dan Negara Kesatuan Malaysia masih tegang walaupun peristiwa 1963 referendum Sabah dan Serawak sudah dilalui dengan baik, Pemerintah Indonesia khuatir, Kerajaan Inggeris mempunyai agenda lain, untuk menolong kembali Belanda masuk ke wilayah Indonesia dibantu oleh tentara sekutunya, Amerika Syarikat. Sekian, berita sore," suara radio itu kedengaran jelas oleh Teuku Lendra hakiem yang masih berdiri di kaunter feri.

Teuku Lendra Hakiem hanya termenung.

"Ini tiketnya, anak nak ke mana sebenarnya? Apa kamu tahu keadaan Tanjong Balai, di sana keadaan jauh lebih sibuk berbanding Lhoksumawe ini," lelaki kaunter tiket feri itu memberikan dua buah tiket feri pada Teuku Lendra Hakiem.

Teuku Lendra masih terdiam selepas mendengarkan berita itu.

"Ah nak, jangan khuatir, kitakan bangsa yang sama dan beragama yang sama. Ini semua manifesto politik orang-orang kafir, yang tak mahu adik-beradik rukun dan bersatu. Bayangkan, kalau Indonesia dan Malaysia mempunyai hubungan yang baik dan akrab, lalu mereka mahu cari makan di mana?" ujar lelaki kaunter itu lagi.

"Kami nak menuju ke Pulau Pinang, melalui Tanjong Balai dan Selat Melaka, kerana kami mempunyai keluarga di Pulau Pinang," beritahu Teuku Lendra Hakiem.

"Nak, kalau anak takut cari saja bantuan, saya yakin tak sukar untuk mencari bantuan di sana," lelaki itu tersenyum memandang Teuku Lendra Hakiem.

"Baiklah, encik! Terima kasih, suara hon feri sudah terdengar nampaknya kami harus pergi, assalamualaikum." Teuku Lendra meninggalkan kaunter tiket feri.

Sementara itu, Cut Hamizalia berdiri menunggu tak jauh dari tempat feri-feri itu bersandar di Jeti Lhoksumawe.

"Abang, adakah feri kita yang berwarna biru itu dengan tulisan Layar Sakti?" soal Cut Hamizalia sambil memandang Teuku Lendra Hakiem.

"Hmmm . . ." Teuku Lendra mengangguk sambil berjalan.

Cut Hamizalia memandang pelik Teuku Lendra Hakiem yang tiba-tiba diam, tak berkata sepatah pun.

Sesampainya di Tanjong Balai, Ogos 1965.

Suara hiruk-pikuk nelayan dan pedagang yang datang dan pergi membuat Cut Hamizalia takut dan bingung, segera memegang tangan Teuku Lendra Hakiem.

"Takut juga rupanya Izalia ni," ujar Teuku Lendra Hakiem sambil memandang lengan kanannya yang dipegang erat oleh Cut Hamizalia.

"Bukan . . . Izalia cuma tak biasa dengan keadaan yang sesak macam ni. Inikan kali pertama Izalia jauh dari rumah . . ." sambil tersenyum malu Cut Hamizalia memandang Teuku Lendra Hakiem seraya melepaskan tangannya dari lengan kanan Teuku.

"Izalia, sebelum kita pergi, abang nak ke rumah saudara abang sekejap . . . nak dapatkan bekalan wang dan makanan. Mana tau kalau kita perlukan nanti" jawab Teuku Lendra Hakiem seraya memandang kearah tempat rehat dan tersenyum

"Izalia tunggu kat tempat rehat, yang dekat dengan jeti tu. Lagi pula, hari tengah panas ni. Izalia tak sanggup nak berjalan lagi ni . . ."

Teuku Lendra menoleh ke kanan dan kiri mencari tanda kaunter penjualan tiket.

"Dumai! Dumai! Melaka! Feri terakhir ke Selat Melaka pada pukul 3 petang! Tiket hanya tinggal 5 kerusi," suara penjual tiket feri menawarkan pada para penumpang.

"Abang dengar kan suara calo tiket tu? Lebih baik kita membeli tiket feri dulu kan? Kalau lambat mungkin sudah habis!" seraya menatap wajah Teuku Lendra Hakiem.

"Baiklah, abang akan beli dua tiket ke selat Melaka terakhir, jadi Izalia tunggu saja di tempat rehat, ya!" ujar Teuku Lendra Hakiem seraya meninggalkan Cut Hamizalia.

Cut Hamizalia berjalan perlahan-lahan seraya menyandang tas tangannya itu, lalu menuju ke tempat rehat, dengan wajah yang nampak letih dan mengantuk.

Sementara itu, Teuku Lendra Hakiem yang berjalan membawa dua tiket feri, kemudian menuju ke tempat Cut Hamizalia yang sedang duduk dan mengantuk menunggu di tempat istirahat, terletak sebuah kerusi kayu panjang yang berwarna coklat tua itu.

"Nah, inilah kedua tiket feri kita dari Tanjong Balai menuju ke Selat Melaka, kapalnya tertulis *Oceania Malaya* di jeti nombor satu, tapi kamu tunggu saja abang di sini, sebab abang akan kembali sebelum feri bertolak!"

Cut Hamizalia hanya mengangguk dan tersenyum.

"Balik sebelum 3 petang ya. Kesian ibu, Izalia akan tunggu abang di sini," ujar Cut Hamizalia seraya mencium tangan Teuku Lendra Hakiem.

Cut Hamizalia sudah pun bertunang dengan Teuku Lendra Hakiem setahun lamanya, akhirnya dapat melaksanakan impiannya untuk menyembuhkan sang ibu tercinta.

Cut Hamizalia yang sudah nampak letih dan mengantuk, terus memeluk tasnya dan tertidur.

Tak lama kemudian, "Dik, kenapa sendirian? Jeti nak tutup, kapal feri terakhir *Oceania Malaya* dah nak berangkat sebentar lagi. Adik tunggu siapa?" seorang lelaki setengah umur menegur Cut Hamizalia.

Cut Hamizalia yang terbangun tiba-tiba terkejut dan bingung. Melihat ke sana dan ke mari, tak ada tanda-tanda kemunculan Teuku Lendra Hakiem yang seharusnya sudah berada di jeti sebelum pukul 3 petang itu.

"Encik, sekarang dah jam berapa? Apa feri biasanya menunggu penumpang? Sebab saya menunggu tunang saya. Dia ke rumah saudara, dekat-dekat sini saja" tanya Cut Hamizalia pada seorang pegawai pelabuhan di Tanjong Balai yang menunjukan jejarinya pada jam dinding besar di depan pintu seraya tersenyum meninggalkannya.

Cut Hamizalia berdiri dan memandang hampir ke seluruh penjuru pelabuhan Tanjong Balai itu, yang ada hanya kuli-kuli jeti yang baru sahaja selesai menurunkan barang dari kapal feri yang datang.

Cut Hamizalia yang nampak takut dan cemas, berjalan menuju ke feri *Oceania Malaya* serta berharap untuk berjumpa dengan Teuku Lendra Hakiem.

"Dik, apa kamu mahu ke Selat Melaka? Ini feri terakhir. Kalau ke Lhoksumawe kamu harus tunggu minggu depan sebab feri hanya seminggu sekali." Seorang wanita yang berumur lebih kurang 40 puluhan yang bertudung sifon kuning tua berbaju kebaya dan kain pelekat berjahit, itu menegur Cut Hamizalia yang sedang berdiri di atas jembatan, yang nampak bingung tak jauh dari tempat feri Oceania Malaya berada, yang terus berharap dalam hati agar Teuku Lendra Hakiem datang.

Hampir semua penumpang feri di jeti Oceania Malaya, risau resah kerana pengemudi kapal masih tak mahu meninggalkan jeti Tanjong Balai, walhal waktu sudah menujukkan pukul 3.30 petang.

Cut Hamizalia yang berbincang dengan salah seorang nahkoda berharap agar mereka memberikan sedikit masa untuknya.

"Encik, tolonglah saya! Saya tak dapat pergi sendiri, saya tunggu tunang saya. Berikan saya sedikit waktu, tolonglah!",Cut Hamizalia merayu pengemudi feri itu.

"Dik, kami sudah lambat dan sangat bahaya mengendalikan feri kecil ini melepasi lautan di malam hari, ombak tak menentu, jadi . . ." pemandu feri itu mulai menyalakan sepuntung rokok kretek yang digulungnya sendiri.

"Jadi apa encik?" Cut Hamizalia ingin tahu kata-kata pemandu feri yang tak habis tadi.

Sambil merokok dengan asap yang mengepul, "Jadi, saya kasi adik waktu setengah jam lagi, sambil saya menikmati sebatang rokok yang terakhir sebelum berlayar," lelaki itu tersenyum meninggalkan Cut Hamizalia yang masih berdiri di atas jembatan itu.

"Terima kasih, encik!" Cut Hamizalia menjawab dengan rasa lega.

Setengah jam kemudian, "Adik, jeti ni dah nak tutup! Jadi, adik tahu di mana alamat saudara adik di Tanjong Balai? Biasa sukar untuk mencari seseorang apabila adik tak mempunyai alamat yang lengkap," soal seorang wanita yang tiba-tiba keluar dari feri *Oceania Malaya* itu.

Dengan perasaan takut, akhirnya Cut Hamizalia memutuskan untuk menaiki feri *Oceania Malaya* itu dan bertekad mencari sendiri ibu saudaranya yang sedang menuntut di Universiti Sains Malaya.

Diatas dek feri itu, "Adik nak kemana sebenarnya? Siapa yang Adik tunggu tadi?" tegur seorang lelaki tua yang yang memakai baju batik dan seluar pendek biru tua yang menutupi lututnya, berada tepat di sebelah tempat duduk Cut Hamizalia, bertanya dengannya.

"Tunang saya, Pak Cik" jawab Cut Hamizalia.

Cut Hamizalia sangat kecewa dengan janji Teuku Lendra Hakiem, walhal sepatutnya dia tahu bahawa Cut Hamizalia seorang diri, dan tak pernah berjalan keseorangan, apatah lagi berpergian jauh, namun rasa cinta pada si ibu membuatnya nekad untuk mengambil keputusan meninggalkan Tanjong Balai menuju ke Selat Melaka.

Kampung Sungai Tapah, 13 Mei 1979.

Hamra masih setia mendengar cerita ibunya. *'Mesti ada rahsia di sebalik kisah cinta ibu ni. Ibu nampak macam masih terkenang kat Teuku Lendra Hakiem tu.'* Bisik hati Hamra.

Cut Hamizalia kembali terdiam.

"Ke mana Pak Cik Teuku Lendra Hakiem masa tu? Sampai hati dia tinggalkan ibu!"

Cut Hamizalia tidak menjawab. Dia menarik nafas panjang, tak terasa bola matanya yang coklat muda dan bulu matanya yang lentik, basah dengan air mata.

Hamra tak dapat menahan rasa ingin tahunya yang menderu dalam hati dan fikirannya.

"Apa terjadi dengan kapal *Ocenia Malaya* itu?" tanya Hamra.

"Feri *Oceania Malaya* yang berwarna biru itu sesak dengan penumpang yang membawa beg masing-masing, terdapat seorang wanita yang sudah agak tua memandang ibu dengan senyuman. Di sudut feri itu, terdapat seorang lelaki yang bermisai tebal cuba menjelingkan matanya pada ibu membuatkan ibu terasa sangat takut dan was-was," jawab Cut Hamizalia.

"Apabila nahkoda mulai berteriak pada penjaga jeti untuk melepaskan ikatan feri dari sebuah konkret yang dibangun berbentuk segi empat panjang, dan hujungnya agak tumpul itu, hati Ibu semakin gelisah, mulai ingin rasanya untuk turun dari feri *Ocenania Malaya* namun ibu masih berharap cemas agar Teuku Lendra Hakiem datang menaiki feri itu," sambung Cut Hamizalia menceritakan peristiwa lama itu pada Hamra.

Akhirnya, Cut Hamizalia tak dapat lagi menahan sebak. Air matanya jatuh lagi.

Cut Hamizalia mengisahkan bagaimana sukar bagi dirinya untuk meninggalkan Tanjong Balai seorang diri, menuju ke Selat Melaka.

Azamnya untuk melihat ibu sembuh dari penyakit yang mengekang jiwanya.

"Hamra, ibu yang pada waktu itu, sedang memangku beg hitam bergaris putih itu, akhirnya berdiri mendekati pintu feri yang amat kecil, sukar bagi penumpang untuk masuk, melihat perairan Tanjong Balai yang tenang, ibu mulai meremas-remas tangan Ibu sendiri, masa itu wajah Ibu nampak pucat kerana takut, Namun, dalam fikiran Ibu yang ada hanya nenek kamu harus sembuh, dan pulih seperti orang normal, ibulah satu-satunya harapan baginya."

Hamra terus memeluk ibunya, sebak yang mendalam mendengar kisah perjalanan ibu merantau demi mencari penawar penyakit ibu tercinta.

"Sungguh melampau Pak Cik Teuku Lendra Hakiem itu, bu! Hamra tak faham mengapa dia tak muncul juga, saat feri sudah pun bergerak meninggalkan jeti tu"

Wajah Hamra nampak kesal.

"Ibu terus memandang jembatan yang menghubungkan jeti feri Tanjong Balai dan daratan dari pintu kecil feri itu, yang berbentuk setengah bulat nampak langit-langitnya yang terbuat dari kayu yang dibalut kain warna biru satin, sudah mulai terkoyak disekelilingnya, deck feri itu air mulai nampak pasang dan surut, gelombang air laut seolah-olah berdisir menenangkan fikiran Ibu yang sangat kalut, apatah tidaknya, Ibu tak tahu dimanakah keluarga Teuku Lendra Hakiem berada, tiada sebarang alamat yang ditinggalkannya pada Ibu, keadaan jeti nampak tak cukup selamat bagi Ibu, yang pada masa itu hanya sorang anak dara. Takut untuk tidur malam, di tempat rehat jeti itu, dimana ramai lelaki kuli bongkar muat lalu lalang memperhatikan Ibu!"

Hamra cuba menghapus air mata ibunya yang berderai, ia terus membuka sapu tangan warna putih berbunga tulip kecil merah jambu, yang mengikat rambutnya yang panjang itu dan kemudian, menghapus air mata si ibu.

Hati Cut Hamizalia sebak.

Hamra hanya merenung menatap ibunya dan terdiam.

Suara Khaldi dan Kamal yang riuh di laman luar, tak terdengar langsung di telinga mereka. Tatapan Cut Hamizalia semakin dingin.

Panas yang terik mulai reda seolah-olah mengetahui isi hati sang wanita yang ayu, pahlawan tanpa tanda jasa, yang sanggup mengadaikan cintanya bagi kasih dan sayangnya pada ibu tercinta.

Suasana nampak tegang. Hening sunyi, sangat mencekam serasa tiada suara hanya detak suara jantung Hamra yang terdengar.

Cut Hamizalia mula menyambung kisah lamanya itu.

"Ibu terus tak henti memandang lautan yang luas, harap cemas melihat tempat tambatan jeti yang kosong, kesal mengapa Teuku Lendra tak jua hadir, jantung ibu yang berdetak keras mula reda, ibu hanya bernafas panjang dan pasrah seolah tiada lagi harapan bersama Teuku Lendra Hakiem".

Hamra tak sampai hati mendengar keluh ibunya tentang kisah lama itu. Namun, dia sangat ingin mengetahui siapa dirinya sebenar-benarnya, kerana semua orang memiliki sejarah dan kisah hidup, di sekolah Hamra sering terdiam jika kawan-kawan bercerita tentang keluarga ibunya, dia terasa hanya sebatang kara bersama ibunya di dunia ini.

Cut Hamizalia kembali menyambung ceritanya,

"Hamra, setelah tak kurang dari setengah jam ibu berdiri melihat kearah pantai Tanjong Balai itu, akhirnya ibu berputus harap, dan terus kembali duduk di feri yang padat itu, sambil membuka beg tangan ibu yang berisi pakaian, dan terus membaca sekeping kertas putih yang berisi alamat lengkap, Anti ibu di Pulau Pinang. Ibu hanya berdoa semoga perjalanan sukar yang ibu tempuh ini, dapat mengembalikan akal waras nenek yang hilang kerana tertekan kehilangan kedua-dua orang anaknya!"

Cut Hamizalia membelai rambut Hamra yang hitam panjang tergurai menutupi bahunya itu.

"Ibu, apa pula yang terjadi dengan atuk? Lalu sesampainya Ibu di Selat Melaka apa Ibu berjumpa Teuku Lendra Hakiem? Atau ibu berjumpa dengan ayah?" Hamra bertanya kerana sangat berkeinginan mengetahui perjumpaan ayah dan ibunya

Perairan Tanjong Balai, Ogos 1965.

Setelah beberapa jam dalam feri kecil itu, Cut Hamizalia mula letih dan tertidur.

Walau sebenarnya, Teuku Lendra Hakiem tidak meninggalkan Cut Hamizalia sorang diri.

Perairan yang tenang, tak nampak begitu banyak gelombang besar, datang dan pergi. Desai angin yang kencang, membuat feri *Oceania Malaya* bergerak pantas menuju ke Selat Melaka.

Sementara Selat Melaka 1965.

"Feri datang! Feri *Oceania Malaya* berlabuh dan sudah mendekati pantai, satu dua tiga, bersiap!" suara para penjaga Pelabuhan Selat Melaka, yang sentiasa sibuk penuh sesak dengan para nelayan dan saudagar itu.

Peluh sejuk mula membasahi wajah Cut Hamizalia, yang baru beberapa minit sahaja terbangun kerana jeritan nahkoda kapal yang cukup kuat memekik, membuatnya terperanjat dan terus membuka matanya.

"Tarik! Satu, dua, tiga, tarik! Ikat kuat-kuat!" suara dua orang lelaki gempal, yang rambutnya tak terurus itu, sedang mengarahkan buruh-buruh Pelabuhan Selat Melaka agar menambatkan tali feri *Oceania Malaya*.

Cut Hamizalia yang terbangun, terus duduk tegap walau keringat dingin semakin banyak membasahi wajahnya yang ayu. Masih takut dan seram sejuk, rasa dalam hati Cut Hamizalia.

Beberapa penumpang yang lain, mula sibuk menyikat rambutnya, ada yang memasukkan kain bajunya ke dalam celana kain warna hitam, ada juga yang mengemaskan barang yang di bawa ke dalam beg tangannya, masing-masing penumpang nampak sibuk dengan hal masing-masing, kecuali Cut Hamizalia yang menatap langit penuh harap, sebelum turun ke Pelabuhan Selat Melaka itu.

Sesampainya di feri ke Selat Melaka, "Encik, feri ke Pulau Pinang ada hari ini?" Cut Hamizalia yang tengah berdiri dengan mengenakan kain batik panjang berbunga merah tua, dan baju kebaya nona *cotton* berbunga kecil tulip merah dan kuning, sedang bertanya pada seorang lelaki tua yang berdiri tak jauh daripadanya.

Cut Hamizalia terus memasang teligannya dan berharap jawapan daripada lelaki tua itu padanya. Namun, lelaki tua itu hanya diam. Hamizalia semakin gelisah melihat keadaan itu. Cuba menenangkan jiwanya dan duduk di kerusi panjang kayu, yang terletak tak jauh dari pintu utama Pelabuhan Selat Melaka.

Kampong Sungai Tapah Ipoh, Ogos 1965

"Mak, izinkanlah Zali mengadu nasib di tempat lain, tolonglah!" suara Razali merayu ibunya.

"Zali, mak bukannya tak setuju. Tapi, anak-anak kau ni perlukan seorang ayah! Mereka masih kecil. Jangan ikutkan perasaan sangat, Zali. Juwita takkan kembali, nak!" tegur Khatijah pada Razali, seraya cuba menenangkan Kamal yang sedang menangis.

"Kau tengok ni! Yang itu menangis, yang sorang lagi pun menangis. Kau tak kesian ke tengok anak-anak kau ni, Zali?" tambah Khatijah dengan nada marah pada Razali

Khatijah, wanita berumur yang berasal dari Kedah dan sudah menetap puluhan tahun di Kampung sungai Tapah Ipoh setelah menikah dengan Ismail, seorang lelaki tempatan.

Keadaan Razali jadi tak menentu selepas kematian isteri tercinta Juwita binti Kusadi. Hidup Razali seperti mati, berbulan ia tak dapat menumpukan perhatian pada kerjanya, bahkan ia hampir membakar jentera berat bulldozer Catepillar Model D8K, yang digunakannya mengangkat batu dan pasir di sekitar kilang simen itu.

"Mak, Zali tak dapat hidup sendiri! Jika lihat Khaldi dan Kamal, hidup ini terasa mati mak, sukma Zali tak lagi bernyawa, lihatlah Zali hampir membunuh diri Zali sendiri, jika pada petang itu batang puting rokok yang Zali hidu, tak sempat Zali padamkan, maka bukan hanya alat berat itu terbakar, mak, tapi mungkin diri Zali akan hangus dimakan api!"

Razali terus pergi ke biliknya dan mengemas pakaiannya.

"Mak, restuilah Zali! Zali tak dapat hidup macam ni!" seraya memeluk ibunya yang tengah meletakkan Kamal tidur dalam buaian kain yang tergantung di tengah-tengah rumah kayu itu.

Walau rasa berat dalam hati, namun Nenek Tijah tetap merestui anaknya itu. Tak pernah dalam hidup Razali menangis ketika dewasa, tetapi kali ini air matanya jatuh berderai. Razali terus berjalan kearah Khaldi yang sedang makan tengah hari seorang diri mulutnya penuh nasi dan kicap yang comot seraya memeluknya, kemudian ia mencium Kamal yang tertidur dalam buaian kain itu.

"Zali, emak berpesan jangan pernah kau tinggalkan rasa cintamu pada Ilahi,kerana dari-Nya kamu bermula dan akan berakhir, Jagalah solat kamu serta makanlah rezeki dari sumber yang halal, nak!" Razali mencium tangan ibunya dengan deraian air mata membasahi wajahnya.

Lelaki yang tegap, tak kurang dari 5 kaki 8 inci tingginya, kulitnya sawo matang, bola matanya bulat dan keningnya lebat lebih mirip dengan anak campuran Pakistan berbanding orang Melayu tulen.

"Khaldi, jaga nenek ya nak!" Razali memeluk erat Khaldi.

Sementara itu, mata Razali terus menatap Kamal yang masih tidur dalam lena dalam buaian.

"Ayah nak pergi mana?" Khaldi yang masih kecil, sekitar 5 tahun itu, tidak mahu melepaskan pelukan ayahnya mula nampak cemas.

"Tak ada, ayah tak pergi mana pun, cuma nak cari kerja yang jauh lebih baik. Jadi, ayah boleh belikan Khaldi banyak mainan, baju yang cantik, tapi Khaldi tak boleh nakal . . . jaga nenek dan adik" Razali mencium Khaldi berkali-kali seolah-olah memang tak dapat meninggalkan anak-anaknya begitu sahaja.

Setelah melalui perjalanan beberapa hari, akhirnya sampailah Razali ke Selat Melaka.

Selat Melaka, Ogos 1965.

Cut Hamizalia duduk menunggu bot tumpang yang menurut papan tanda akan tiba beberapa jam lagi ke Selat Melaka. Dia duduk terdiam dan sesekali membuka tasnya dan melihat alamat lengkap Cut Zarina.

"Bu, apa feri menuju Pulau Penang sudah sampai?" tanya Cut Hamizalia kepada seorang wanita yang tingginya tak kurang dari lima kaki itu, berbaju kebaya pendek ala nyonya berwarna hijau bergaris putih berselendang nipis dari kain sifon warna emas, wanita itu sedang berniaga makanan di pintu keluar masuk Pelabuhan Selat Melaka.

Wanita setengah baya itu tersenyum menghadap Cut Hamizalia,

"Adik mau ke Penang, ya? Belum waktunya dik!, Feri tak ada pada ini hari. Adanya cuma hari isnin atau jumaat, inikan hari rabu, dik!" ujar wanita itu menjawab soalan Cut Hamizalia.

Hamizalia tercengang.

"Maksud kakak, saya harus menunggu dua hari lagi?" Cut Hamizalia menatap wajah wanita itu dengan rasa hiba tanpa mendengar sembarang jawaban kerana wanita itu sebuk melayan pelanggan"Maksud kakak, saya harus menunggu dua hari lagi?" Cut Hamizalia menatap wajah wanita itu dengan rasa hiba.

"Nasi lemak, masih hangat! Sambal asam pedas! Mari sini atau awak kebuluran nanti!" celoteh mak cik itu kuat-kuat ke arah kuli-kuli pelabuhan yang baru sahaja hampir selesai bongkar muat.

Cut Hamizalia masih bingung, sungguh tak faham waktu dan jadual feri atau kapal yang datang dan pergi.

Berjalan ke arah kaunter feri yang masih tutup, Cut Hamizalia berharap cemas, wajahnya nampak pucat, sementara itu tangan kanannya tengah mengenggam sepucuk kertas yang berisikan alamat lengkap Cut Zarina dah di sebelah kirinya membawa beg yang berisikan pakaian dan perlengkapan hariannya.

Belum sempat mendekati kaunter tiket feri.

"Tak, kita tak boleh bertempur! Apa ini?" suara riuh tiba-tiba terdengar dari beberapa orang kuli, nahkoda kapal bahkan pengurus Pelabuhan Selat Melaka, pabila sebuah boat tunda yang datang mengejut dari Pulau Pinang menyampaikan berita duka.

"Ganyang Malaysia!" Seorang lelaki gempal berkulit sawo matang berkumis tebal, matanya yang bulat, mengenakan t-shirt berjalur merah putih itu, teriak dengan panas barannya.

Keadaan mulai panas, lelaki yang lain memukulnya hingga pengsan. Tak lama kemudian, seorang lelaki berperawakan tinggi besar, berhidung mancung, berkulit kuning langsat bercakap kuat-kuat.

"Ingat, kita adalah serumpun! Jangan pernah mudah dihasut oleh orang-orang kafir yang hendak mengarut keuntungan besar dari bumi kita, walau Republik Indonesia sudah mengistiharkan war-war Ganyang Malaysia, tapi kita bangsa yang bertamadun dan berakal, berfikir sebelum bertindak! Jangan gelabah!"

Wajah Cut Hamizalia nampak pucat. Dia terus berjalan perlahan dan terduduk di kerusi panjang yang terbuat dari kayu itu, tempat yang hiruk-pikuk terasa sunyi baginya, masih belum memahami kalimah lelaki tadi.

Tiba-tiba, dua orang lelaki pendek berperawakan bulat kekar berkulit sawo matang bertahi lalat di bahagian mata dan hidung berjalan membawa kain rentang, semua yang berteriak dan kecoh terus senyap sunyi bagai di sapu angin.

Kain rentang itu tertulis, "Segala perkhidmatan feri dan bot tumpang dari dan keluar Malaysia ditamatkan!"

Cut Hamizalia yang membaca tulisan itu, menjadi pening hampir pengsan. Dia terus mengengam kuat-kuat tas tangannya, dan air matanya mulai berderai, jantungnya seperti berhenti berdetak, amat takut dan resah.

Razali yang datang dari arah berlawanan dengan membawa buntalan kain pelekat, mula melihat sekelilingnya.

Namun, matanya sayu melihat Cut Hamizalia yang duduk seorang diri di bangku kayu panjang seraya menangis tak henti-henti, sementara yang lain masih berteriak-teriak, kerana notis yang diletakkan pada papan kain rentang.

Razali seperti terpanggil hatinya apabila melihat Cut Hamizalia yang menangis tak henti, Dia terus berjalan ke arah Cut Hamizalia, seraya bertanya, "Adik, kenapa ni? Ada apa-apa yang saya boleh tolong?"

Razali yang sebenarnya malu dan takut mendekati Cut Hamizalia, berubah menjadi berani.

Dengan esak tangis, Cut Hamizalia berucap perlahan-lahan, "Ibu! Ayah! Izalia ingin kembali ke Banda Acheh, sungguh perjalanan ini hanya untuk menghilangkan segala derita yang membelenggu . . ."

Razali jadi sebak, terus berjalan mendekati Cut Hamizalia. Razali tetap sabar duduk menunggu. Beberapa minit berlalu, akhirnya Cut Hamizalia berhenti menangis.

"Maafkanlah saya. Awak benar-benar nak tolong saya?" Cut Hamizalia bertanya dengan penuh harapan.

"Adik, apa yang boleh saya tolong? Tak sanggup rasanya tengok adik terus menangis macam ni."

"Saya, Cut Hamizalia, datang dari Banda Acheh. Saya ingin berjumpa saudara Ibu saya yang telah melanjutkan sekolahnya di Universiti Sains Malaya, ini alamatnya!" ujar Cut Hamizalia seraya menunjukkan kertas sekeping yang berisikan alamat dan sudah dipegangnya sejak turun dari feri beberapa jam yang lalu.

"Banda Acheh? Pasti menarik tempat itu seperti namanya," jawab Razali tersenyum seraya mengambil kertas itu daripada Cut Hamizalia.

"Macam mana? Awak boleh tolong saya cari ibu saudara saya ni?" ujar Cut Hamizalia dengan penuh harapan.

Razali yang membaca tulisan dalam sepucuk kertas itu mengangguk-angguk dan kemudian menjawab, "Ini tak jauh Pulau Pinang, saya pun sebenarnya mahu ke Pulau Pinang, sebelum pergi ke Medan di seberang," jawab Razali tersenyum.

Cut Hamizalia baru terasa lega ketika mendengar jawapan Razali yang mengatakan bahawa Pulau Pinang memang tak jauh dari Selat Melaka.

Razali meninggalkan Cut Hamizalia, namun meminta agar Cut Hamizalia sabar untuk menunggunya beberapa minit. Seketika, Razali kembali.

"Cut Hamizalia, jom saya sudah mendapatkan bot tumpang menuju ke Pulau Pinang," ungkap Razali setelah kembali, seraya membawa beg milik Cut Hamizalia itu.

"Terima kasih. Hanya Tuhan saja yang mampu membalas budi baik awak!" Cut Hamizalia terus menaiki bot tumpang bersama Razali.

Dalam boat tumpang,

"Awak memang tahu alamat ini?" tanya Cut Hamizalia seraya menunjukkan sekali lagi alamat lengkap Cut Zarina pada Razali.

Angin kencang meniup layar bot yang sudah reput itu, ombak yang nampak tenang seolah-olah menyambut kedatangan Cut Hamizalia ke Pulau Pinang.

"Saya memang tak berapa tahu Pulau Pinang, tetapi saya ni anak tempatan. Nanti kita boleh tanya orang kat sana. Baik simpan alamat ini ke dalam beg, kot-kot ombak naik, nanti basah!" Razali mula senyum dan terasa selesa bersama Cut Hamizalia di dalam bot tumpang yang pulang dari Selat Melaka ke Pulau Penang.

Kampung Sungai Tapah, 13 Mei 1979.

Hamra masih setia mendengar kisah ibunya.

Seketika kedengaran suara nenek.

"Izalia, angkat baju budak-budak ni! Hari dah hujan ni!"

"Hamra, jom mandi hujan dengan abang, abang nak ambil bola ni," Kamal tiba—tiba memanggil Hamra yang sedang duduk dengan ibunya.

"Baiklah mak, Izalia akan segera mengutip baju-baju tu!" jawab Cut Hamizalia pada Nenek Tijah yang sedang melihat pokok-pokok rendang di laman rumah Melayu lama itu.

"Tak apa, ibu! Biar Hamra kutip baju-baju itu. Ibu usahlah bersedih, Hamra yakin jika kejadian ini semua tak menimpa ibu, mungkin Hamra tak akan lahir ke dunia ini, bu," belum sempat Cut Hamizalia menjawab, Hamra sudah berlari ke laman depan.

Walau Hamra sudah meninggalkan Cut Hamizalia, namun Cut Hamizalia masih duduk dan air matanya berderai tak henti-henti.

Kisah lama itu, seperti luka lama yang bernanah dan telah lama dibalut, kini balutan itu mula terbuka walau kering nanahnya, namun kesan luka masih dalam dan nampak dengan jelas.

Kisah Khaldi dan Kamal

*D*alam hati Hamra terfikir, pasti masih banyak kisah lama ibu yang disembunyikan daripada diri ini. Andainya rahsia cinta ibu terbongkar, pasti diri ini dapat mempunyai kebahagiaan yang utuh dan sempurna. Setidak-tidaknya, dapat kuketahui secara sempurna siapaka atuk, nenek, dan saudara-saudaraku, yang pastinya mereka tak akan mengizinkan Abang Khaldi membuli aku lagi.

Hamra memang sangat kesal dengan perlakuan Khaldi yang banyak kali mengetepikannya, dari berbagai permainan. Tak hanya itu, Khaldi sentiasa berkata yang menyakitkan hatinya, seolah-olah tahun berlalu tanpa erti, dan Khaldi masih belum dapat menerima kenyataan hidupnya. Walaupun Cut Hamizalia berlaku adil dan penuh kasih terhadap Khaldi dan Kamal, namun Khaldi selalu menghasut Kamal.

"Nenek, biar Hamra saja yang memungut baju-baju ayah. Ibu nampak kurang sihat, nek!" Hamra cuba mengalihkan perhatian neneknya yang memang tengah menyuruh Cut Hamizalia untuk mengangkat pakaian yang tersidai.

"Hamra, adik abang sayang, ambil baju ayah, ya! Rajinnya adik semata wayang anak orang seberang ni!" Khaldi cuba mengutuk Hamra dengan nada lembut yang menyakitkan seraya mengotorkan beberapa helai baju Hamra yang sedang disidai itu.

"Khaldi, hentikan!" Kamal terus menarik tangan Khaldi dari tiang kawat tempat pakaian itu disidai, menarik tangan abangnya dengan kuat dan kasar serta memandang wajah abangnya dengan rasa marah.

Kejadian seperti ini sering berlaku, namun Hamra tak pernah ambil endah tentang apa yang dibuat oleh abang tirinya itu, walau bertahun lamanya, untunglah sang pahlawan Kamal, yang sentiasa menjaga dan melindungi Hamra yang lemah itu.

Hari berlalu dengan pantasnya, bagai angin yang bertiup tanpa henti.

Dua tahun telah berlalu

Di Sekolah Menengah SPM Manjoi, yang terletak di daerah Kampung Sungai Tapah.

"Khaldi, prestasi awak sememangnya sangat memuaskan! Awak ada bercadang untuk melanjutkan ke luar negara?" tanya pengetua sekolah itu pada Khaldi.

"Saya memang berazam dari kecil untuk melanjutkan pelajaran saya ke luar negara, cikgu. Walau saya tahu bahawa keluarga saya kurang berkemampuan, namun saya sudah lama menabung, hampir setiap hari saya berniaga keliling kampung dengan mengenakan basikal lama ayah dan Nadia banyak bantu saya mendapatkan bekalan barang-barang jualan, sungguh lumayan untung yang saya dapatkan, jadi saya rasa hanya setahun lagi baru saya akan dapat melanjutkan pembelajaran ke luar negara" jawab Khaldi dengan tegas.

Khaldi memang rajin, selalu bersungguh-sungguh dengan keinginannya untuk melanjutkan pembelajarannya ke luar negara, walaupun kerjaya sang Ayah hanya seorang mekanik, yang mempunyai bengkel kecil, dengan keluasan sekitar 1000kaki persegi, memiliki peralatan mekanikal secara manual, semua dindingnya terbuat dari kayu yang beratapkan zink, dan bercatkan hijau muda, hampir tanggal catnya serta comot di sana-sini, namun Ia berazam yang kuat seperti baja.

Di kantin sekolah,

Seperti biasa Nadia, gadis yang berkulit putih bermata sepet, hidungnya kecil bak ibarat anak Jepun itu, akan membantu Khaldi berniaga. Nadia memang dari kalangan orang berada, namun ia hidup sangat sederhana.

"Khaldi, ni ada sedikit wang untuk niaga. Nadia dah minta Wak Leman dan Mak Cik Bayung sediakah kuih-muih untuk jualan Khaldi petang ni di pasar malam . . ." ujar Nadia sambil memandang Khaldi dengan senyuman.

"Boleh saya pinjam basikal awak hari ni? Edaran jualan murah dah disebarkan ke?" soal Khaldi tanpa perasaan.

"Dah, semalam saya sampai ponteng kelas sebab nak edarkan kertas promosi awak tu."

Seperti biasa, Nadia adalah gadis yang lemah, hanya menjadi 'mak' turut Khaldi. Sanggup berkorban segala-galanya hanya untuk memastikan semua usaha-usaha Khaldi berjaya, ini kerana perasaan cinta dan kasihnya yang telus terhadap Khaldi.

"Khaldi, boleh saya bertanya?" Nadia memandang khaldi dengan wajah takut dan resah.

"Kenapa susah sangat Khaldi nak ucap terima kasih atas semua titik peluh Nadia selama ni? Nadia dah banyak kali ponteng kelas sebab nak tolong Khaldi berniaga. Semua tu tak cukup ke untuk Khaldi?"

Khaldi hanya diam mendengarkan soalan dan keluh kesah Nadia.

"Kenapa Khaldi macam anggap pengorbanan Nadia ni tak ada apa-apa? Betul ke Khaldi nak sambung belajar kat Britain? Kenapa tak bagi tau kat Nadia sebelum ni? Apa, Nadia ni sikit pun tak bererti pada Khaldi ke?"

Khaldi hanya menatapnya dengan pandangan kosong tanpa sebarang erti.

"Nadia, kau tolong aku ikhlas ke tak? Jadi, jangan banyak tanya. Aku ni bukannya orang senang. Ayah aku ada bengkel kecil je. Masa depan pun belum tentu lagi. Jika berharap pada bengkel tu saja, belum tentu hidup senang. Tu, kau tengok gadis seberang!" Khaldi menunjuk kearah Hamra yang datang untuk kembali ke rumah bersama abangnya Kamal.

"Tengok berapa banyak buku yang dibacanya setiap hari! Berangan nak jadi doktor konon! Lepas tau arwah ibuku meninggal sebab kanser, terus dia nak jadi doktor dan rawat orang yang sakit kanser. Entah-entah ibuku meninggal sebab cemburukan ayah kahwin dengan ibunya. Tak pun, ibunya yang bomohkan ibuku, tak mustahil kan?" Khaldi menambahkan kata-katanya dengan sombong.

Hamra tak melihat kehadiran Khaldi dan Nadia yang tak begitu jauh daripadanya. Kerana hampir setiap hari, Hamra akan membonceng basikal Kamal dari rumah ke sekolah, dan akan menunggu Kamal untuk pulang ke rumah bersama-sama.

"Khaldi! Tak baik kau cakap macam tu! Dia yang besarkan kau, tau! Dia besarkan kau dengan penuh kasih sayang. Tak pernah nak bezakan korang adik-beradik. Macammana kau tergamak cakap macam ni?" Nadia terus meninggalkan Khaldi dengan penuh sebak dan air mata.

Hamra yang nampak Nadia tengah berlari berasa hairan. Apa jugalah yang Abang Khaldi buat kat Kak Nadia kali ni. Semua tahu Kak Nadia menaruh perasaan pada Khaldi. Namun, Khaldi adalah lelaki yang sukar diramal dan mempunyai tabiat sombong, sungguh sangat berbeza dengan Kamal yang sederhana dan senang untuk difahami. Begitu juga dengan gaya hidup mereka berdua, sangat-sangat berbeza, Kamal cukup sederhana dalam berbagai hal, Ia seorang pendiam dan tak banyak kerenah.

"Kak Nadia," tegur Hamra mendekati Nadia yang pucat dan berpeluh.

"Kenapa akak menangis? Janganlah macam ni, akak . . ." Hamra yang mendekati Nadia yang sedang duduk menyembunyikan wajahnya.

Hamra terus membuka sapu tangan yang mengikat rambut yang panjang itu, dan memberikannya pada Nadia agar ia menghapuskan air matanya.

Belum sempat Nadia mengeluarkan sepatah kata, Nadia tiba-tiba pengsan. Keluar darah dari hidungnya.

"Abang Kamal! Tolong!" jerit Hamra.

Macam mana tak pengsan, setiap hari tolong Khaldi berniaga dari satu kampung ke satu kampung.

"Hamra, kenapa dengan Kak Nadia kamu ni?" soal Kamal yang datang berlari dengan beberapa orang guru dan siswa sekolah itu.

Mereka membawa Nadia ke bilik sakit dan menunggu kereta untuk membawanya ke hospital. Nadia lemah, badannya terbaring wajahnya pucat. Tudungnya yang panjang menutupi sebahagian dari wajahnya. Beg sekolahnya yang hitam segi empat bertali panjang terjatuh ke atas tanah.

Khaldi yang mendengar berita Nadia jatuh pengsan buat tidak tahu. Sedikit pun tidak menyebabkan dia cemas. Malah, tetap berniaga seperti biasa.

Cut Hamizalia yang mendengar Hamra memekik telinga Khaldi, terus keluar dari bilik tidurnya.

"Hamra, kenapa marah-marah dengan Abang Khaldi ni? Tak baik marah-marah macam ni! Sepatutnya Hamra tolong Abang Khaldi berniaga . . . supaya dia dapat kumpul duit nak sambung belajar kat luar negara."

Hamra memandang ibunya dengan marah.

"Apa ibu? Tolong abang? Ibu tau tak, Kak Nadia itulah yang sepatutnya Hamra tolong! Kak Nadia jatuh pengsan dan hidungnya berdarah. Selama ni, kalau bukan dengan bantuan Kak Nadia, ibu ingat abang boleh berniaga? Tu, cuba ibu lihat basikal siapa yang abang gunakan?"

Belum sempat Cut Hamizalia berkata, Hamra menyambung kata-katanya.

"Baju-baju mahal yang abang pakai tu, siapa yang belikan? Tak cukup dengan itu, Kak Nadia dah dapat amaran dari sekolah sebab selalu ponteng. Ibu tau kenapa Kak Nadia ponteng, sebab nak tolong abanglah!" kali ini Hamra sudah menangis.

"Sekarang, siapa yang terlantar di hospital? Siapa yang kena tanggung deritanya? Kak Nadia terseksa kerana cinta dan kasih kepada abang!"

Cut Hamizalia terus duduk memeluk Hamra dan membelai rambut Hamra yang panjang.

Nenek Tijah yang berada di dapur, mendengarkan suara amarah Hamra yang kuat itu, membuatnya terusik dan segera meninggalkan dapur seraya membawa senduk nasi di sebelah tangan kanannya.

"Ya Allah, kenapa ni Hamra? Apa yang kecoh-kecoh sangat ni?" Cut Hamizalia terus memeluk ibu mertuanya itu, seraya membisikkan pada telinganya, "Mak, anak Si Leha sakit sebab Khaldi. Jadi, kita kena pergi jenguk. Nadia tu budak baik, mak. Selalu datang tolong Izalia ni," Cut Hamizalia tersenyum ke arah Nenek Tijah, seraya menyembunyikan wajahnya yang gelisah atas perbuatan anak tirinya itu.

Cut Hamizalia terus bergegas ke ruang tamu depan.

"Khaldi, boleh tak tunda berniaga tu? Nadia tu kan kawan baik Khaldi. Dia tengah sakit tu, kita pergi jenguk ya." Pujuk Cut Hamizalia.

Khaldi yang sibuk menuliskan harga barang—barang jualannya sama sekali tak ambil tahu apa yang dikatakan oleh Ibunya.

"Khaldi, tolonglah lakukan semua ini demi ibu, jika awak tak sudi", Cut Hamizalia merayu Khaldi.

Sambil menulis, Khaldi menoleh ke arah ibunya, "Ibu, Khaldi tak pernah suruh Nadia buat semua ini, dia yang beria-ia tolong Khaldi. Salahkah Khaldi? Dia juga yang mengajar Khaldi untuk mengadakan jualan murah. Semua ini bukan kehendak Khaldi," Khaldi menatap wajah ibunya tanpa sebarang rasa bersalah.

"Tapi Khaldi . . . !", Cut Hamizalia melanjutkan kalimatnya dan menoleh kearah Khaldi

Namun Khaldi sudah pergi meninggalkan ibu tirinya, yang masih terpaku di depan ruang tamu itu. Cut Hamizalia hanya dapat mengelengkan kepalanya dan menarik nafasnya panjang.

"Ya Allah, lembutkan hati anakku ini." doanya dalam hati.

Sementara itu, "Ibu, kenapa ibu diam ni?" Hamra datang mengejutkan ibunya dari belakang.

"Hamra, tolong ibu, ya nak! Pergi ke bengkel ayah, minta ayah dan Abang Kamal balik awal, kita sekeluarga harus menjenguk Nadia. Kasihan, dia gadis yang baik, rela mengorbankan hidupnya untuk abang kamu yang tak berperasaan tu," Cut Hamizalia rasa sebak.

Hamra memahami kesedihan ibunya yang mendalam, akibat perbuatan anak tirinya yang tak tahu diri itu.

Dengan senyum Hamra menjawab, "Baiklah ibu, terima kasih atas bantuan ibu, Hanya kehadiran kita sekeluarga akan memberikan sokongan moral baginya, Semoga upayanya menolong Abang Khaldi dibalas dengan kebaikan yang jauh melebihinya!"

"Amin!" Cut Hamizalia mengaminkan doa Hamra seraya tersenyum memeluknya.

Kejadian itu, membuat Cut Hamizalia sedar bahawa sukar baginya untuk merubah perwatakan Khaldi yang keras dan tak berbelas kasih itu.

Hospital Besar Ipoh

"Kak Nadia, alhamdulillah akak dah sedar," Hamra tersenyum bahagia menatap wajah Nadia yang sedang terbaring dalam bilik wad di hospital itu.

"Kak, ni Hamra bawa bubur lambuk kesukaan akak, juga buah, kuih-muih kampung semuanya kesukaan akak belaka," sambil tersenyum menunjukkan bekas berisi kuih koci, sri muka, ketayap dan karipap daging yang dibelinya sebelum pergi menjenguk Nadia.

Razali, Nenek Tijah serta Kamal juga tak ketinggalan menegur Nadia serentak.

"Bagaimana keadaan Nadia?" ketiga-tiganya tersenyum.

Hamra sibuk membuka makanan yang dibawanya hendak menyuapkan pada Nadia.

"Wah, semua tanya keadaan akak. Tu tandanya mereka sayangkan akak, kan?"suara kecil Hamra berbisik pada telinga Nadia yang terbaring dengan penutup kepala berwarna biru laut.

"Alhamdulillah, hanya masih lemah, makan pun masih belum selera," ungkap Nadia yang masih lemah dan belum dapat banyak bergerak itu.

Cut Hamizalia terus mendesak agar Nadia mau makan disuap olehnya atau Hamra, namun Nadia malu kerana Kamal berada tak jauh daripadanya.

"Kak, makan dulu! Biar sedikit, tubuh akak tak ada zat nanti, makanan penting untuk menjaga kesihatan," sambil menyuapkan Nadia sesudu bubur lambuk yang dimasaknya pada tengah hari itu bersama Cut Hamizalia, sebelum pergi menjenguk Nadia di hospital.

Wajah Nadia yang pada awalnya pucat, gelisah dan sedih beransur pulih, seakan-akan kehadiran keluarga Razali, semamangnya sangat dinanti-nantikan olehnya.

Pasar Malam Ipoh

Khaldi yang sibuk menyusun barang-barang niaganya, bertungkus-lumus untuk menjual semua barangan itu.

"Murah, murah, murah! Mari-mari sini! Makanan kampung khas Sungai Tapah yang enak dan lazat! Siapa cepat dia dapat!" teriak Khaldi ke arah pengunjung yang berjalan.

Walaupun keadaan pasar malam itu agak sesak, namun pembeli hanya lalu-lalang sahaja dan mereka hanya memerhatikan peniagapeniaga, namun tak membeli apa pun.

Tak lama kemudian, "Eh, bakal menantu Tuan Haji Zaki ya?" celoteh dua orang mak cik yang berbadan gemuk gempal dengan mengenakan kain seledang putih polos ungu di kepalanya, seraya berkain batik dan baju kebarung panjang berwarna dasar coklat berbunga putih, seraya menegur Khaldi.

"Apa Nadia itu hamil? Atau dia cuma sakit biasa? Anehlah, kenapa tiba-tiba kamu sampai hati mahu pergi ke luar negara? Walhal satu kampung juga tahu, kamu dan Nadia sedang bercinta, bukan?" Khaldi seperti disambar petir mendengar teguran dua orang wanita itu.

"Taklah, mak cik! Nadia memang sakit dan kami bukannya sepasang kekasih. Dia hanya tolong bekalkan kuih untuk jualan saya ni." Ujar Khaldi.

Kedua-dua wanita itu akhirnya membeli hampir lima jenis kuih, hinggakan membayar harga yang lebih daripada sepatutnya.

"Nak bagi saya sekoci 10!" suara seorang lelaki datang dari arah belakang tenda yang berbentuk seperti payung besar berwarna putih itu.

"Ya, saya juga nak 20 buah kuih talam!" terus lelaki itu menyodorkan wang pada Khaldi.

"Saya beli semua campur ya, masing-masing 20 biji!" seorang lelaki muda yang berbaju coklat tua, mengenakan kaca mata tebal dari arah sebelah kanan kedai sementara Khaldi itu.

Walaupun Khaldi tak sempat berteriak-teriak untuk mempromosikan jualannya, namun beratur panjang, secara tiba—tiba para pembeli kuih-muih jualan Khaldi, yang baru sahaja mengetahui daripada dua orang mak cik bahawa kuih-muih itu dibuat oleh Nadia, untuk membantu biaya pengubatannya.

Sungguh Masyarakat kampung Sungai Tapah, yang suka bantu—membantu terasa terpangggil, untuk meringankan beban Nadia sekeluarga.

"Alhamdulillah! Habis juga semua jualan hari ini, bahkan ada pesanan 50 biji kuih koci, 100 biji kuih talam, 30 buiji ketayap dan 100 biji karipap" suara Khaldi gembira sambil memandang langit yang cerah pada petang itu.

Sungguh menggemaskan bagi siapa sahaja yang tahu kebenaran bahawa Nadia hanya membantu Khaldi dan Ia tak memerlukan wang itu.

Hospital Besar Ipoh

"Aa . . . aam," suara Hamra menyuapkan Nadia.

"Nadia . . . !" suara Cut Hamizalia memanggilnya.

Nadia melihat ke arah Cut Hamizalia

"Maafkan Khaldi, ya nak."

Belum sempat Nadia menjawab

"Nadia, kami sekeluarga memohon maaf atas sikap Khaldi yang itu," suara Razali lemah.

Nadia mengangguk dan tersenyum.

"Ah, saya yang bersalah, tak berfikir panjang!" jawab Nadia tersenyum.

Hari mula gelap, Khaldi tengah mengemaskan semua barang-barangnya dan segera meninggalkan pasar malam itu.

"Encik, saya balik dulu, ya", suara Khaldi menegur lelaki peniaga yang berada di sebelah tenda niaganya.

"Wah, awal balik? Baru dua jam berniaga sudah balik, apa habis jualan kamu, Khaldi?" tegur lelaki tua itu, sambil membungkus beberapa nasi ayam yang dipesan oleh pelanggannya.

"Ya encik, alhamdulillah! Semua jualan sudah laku semunya hari ni," Khaldi membalas pertanyaan lelaki setengah umur yang sudah beruban itu.

Pasar yang semula nampak sepi pembeli, pada petang itu berubah seketika menjadi tempat paling riuh dan sesak, nampak kegiatan berjual-beli aktif dijalankan oleh para peniaga.

"Balik dulu, ya . . . assalamualaikum!" Khaldi mengucapkan salam pada lelaki itu seraya mengayuh basikalnya, seraya melambaikan tangannya.

"Waalaikumussalam! bertuah punya budak, walaupun hanya mempunyai ibu tiri, tapi kasih sayang ibunya tak berbelah bagi." suara lelaki peniaga itu sambil seraya mengangguk-anggukkan kepalanya.

Hospital Besar Ipoh

"Encik, puan waktu berkunjung sudah habis, pesakit mesti berehat, terima kasih." seorang jururawat mengingatkan keluarga Razali yang berada di bilik wad Nadia.

"Wah, kalaulah Hamra jadi doktorkan, ibu, ayah? Hamra yang akan jaga Kak Nadia! Biarlah ibu dan ayah balik dulu," kata Hamra seraya menatap wajah ibu dan ayahnya.

Nadia nampak sangat gembira. Razali, Cut Hamizalia, Nenek Tijah dan Kamal minta diri untuk meninggalkan wad itu. Tinggal Hamra sorang menemani Nadia.

Tiba-tiba, seorang jururawat memasuki bilik wad Hamra, berjalan dengan mengenakan seluar kain berwarna putih, celana panjang berwarna putih dan penutup kepala kecil putih dengan tulisan, Hospital Besar Ipoh.

"Adik, tiada sesiapa dibenarkan tinggal bersama pesakit! Pesakit masih lemah dan perlu banyak rehat, jadi adik harus tinggalkan wad ini sekarang!"

"Akak, saya hanya mau menemani kakak saya, Nadia. Tolonglah, dia kebosanan duduk sorang-sorang!" jawab Hamra.

"Tiada sesiapa dibenarkan untuk tinggal bersama pesakit. Ini peraturan hospital, jadi saya hanya mengikut perintah! Sila tinggalkan wad ini sekarang juga!" Jururawat itu mula meninggikan suara pada Hamra.

Hamra mendengus perlahan.

"Kak, Hamra kena balik ni. Maafkan Hamra ya sebab tak dapat teman akak. Akak jaga diri tau. Assalamualaikum." Ujar Hamra sebelum meninggalkan bilik wad Nadia.

Hamra sempat berkata dalam hati, *'jika diri ini jadi doktor satu hari nanti, pasti jururawat akan kena! Mesti dia tak dapat halau aku macam dia buat hari ni!'*

Dengan perasaan kesal dan sedih, Hamra meninggalkan hospital dan berjalan jauh hingga ke perhentian bas, dengan wajah berkerut dan mata menjeling ke kanan dan kiri seolah-olah tengah mencari sesuatu.

Tak lama kemudian, sebuah kereta berhenti.

"Adik nak ke mana?" tegur pemandu kereta itu, yang tiba-tiba datang ke arah Hamra berdiri mengamati keadaan sekitarnya.

Tanpa senyum Hamra menjawab, "Kampung Sungai Tapah."

"Kami lalu Kampung Sungai Tapah tu, naiklah dik!" Kata seorang lelaki muda yang duduk di sebelah pemandu itu menegur Hamra.

Dengan wajah masam Hamra dan takut Hamra mengelengkan kepala.

"Adik, wajah yang ayu anggun ni dah hilang seri kalau muncung macam tu . . ." kata pemandu itu sempat menyindir Hamra.

Hamra yang kesal tak menjawab walau sepatah kata pun.

Beberapa minit berlalu, Kamal yang berpatah balik ke rumah sakit apabila hujan tiba-tiba turun melihat Hamra cemberut tengah berdiri di tempat perhentian bas, yang tak tahu bila akan tiba.

"Kampung Sungai Tapah, kampung cik yang cemberut . . . sila-sila," celoteh pemandu kereta itu, seraya meninggalkan Hamra yang basah terkena air hujan, apabila melihat kamal memandu mendekati Hamra.

Hamra yang masih kesal dengan jururawat itu tak bercakap, wajahnya masih mencuka. Seraya naik kereta kamal, Hamra sempat menjeling pada pemandu kereta yang datang hendak menolongnya.

Hamra terus menaiki kereta yang dipandu kamal itu, namun perasaan sakit hati pada jururawat yang memintanya meninggalkan Nadia tadi, masih berbekas dan menyakiti hatinya.

"Assalamualaikum." suara Nenek Tijah yang menegur Hamra tak jauh dari laman rumah.

Dengan wajah mencuka, Hamra menjawab, "Waalaikumsalam."

Nenek Tijah sangat hairan melihat tingkah laku Hamra, seorang gadis periang yang murah senyum, tiba-tiba balik ke rumahnya dengan muka yang mencuka.

"Kenapa dengan Hamra?" Nenek Tijah bercakap sendiri.

Hamra yang terus masuk ke bilik tidurnya, terus memeluk bantal kecilnya yang bersarung biru, bergambar kucing seraya menutupi wajahnya, lalu ia menangis sekuat-kuatnya.

Nenek Tijah yang sedang menyapu laman terdiam dan berfikir.

Hamra menangis hingga terbatuk-batuk. Perasaan kesal Hamra agaknya sukar dibendung.

"Hamra, kenapa ni sayang?" Nenek Tijah memeluk Hamra dengan penuh tanda tanya. Dalam fikirannya, terlintas puluhan soalan yang ingin ditanyakan pada Hamra, gadis periang itu.

"Sayang, sudahlah tu. Hamra tau tak Hamra tu maksudnya merah delima. Takkanlah dah besar macam ni nak menangis lagi . . ." usik Nek Tijah pada Hamra.

Sambil menangis Hamra menjawab, "Nek, jururawat tu sangat tak berhati perut. Kalau Hamra dan jadi doktor nanti, Hamra akan tegur perangai dia tu."

"Hamra, siapa yang tak berhati perut tu?" soal Nenek Tijah.

Belum sempat Hamra menjawab, "kenapa Hamra menangis?"

"Nek, Hamra hanya ingin tolong Kak Nadia. Sungguh Hamra ingin menghiburkan hatinya yang luka, jiwanya nampak sangat terusik, dengan perilaku Abang Khaldi terhadapnya, nek!" Hamra memadang Nek Tijah dengan wajahnya yang comot, rambutnya yang panjang terurai dan sebahagian menutupi wajahnya yang comel, wajahnya merah.

"Dahlah tu, berhenti menangis. Nenek yakin Hamra memang nak tolong kak Nadia," ungkap Nenek Tijah tersenyum ke arah Hamra.

Hamra memeluk neneknya dengan manja. Nenek Tijah hanya tersenyum.

"Nek, jururawat kat hospital tu la. Dia halau Hamra dengan kasarnya, walhal Hamra cuma nak teman Kak Nadia. Tak bolehkah bercakap dengan sedikit senyuman dan tutur kata yang sopan, kata bahasa melambangkan bangsa! Tapi, kenapa masih cakap macam tu!" Hamra mahu menangis lagi.

"Dahlah, Hamra. Niat awak baik, cara awak pun baik, Allah catat melalui malaikatnya setiap perbuatan kita. Ingat tu, hidup hanya sementara, paling-paling 60 atau 70 tahun atau 90 tahun, lepas tu mati! Jadi, buat baiklah walau yang lain tidak, kerana setiap kebaikan ada nilainya di sisi Allah!" Nenek Tijah memandang wajah Hamra dengan senyuman.

Kata-kata Nenek Tijah memang membuat Hamra berhenti menangis dan mula tersenyum.

"Ibu, Hamra . . . jom solat! Azan dan berkumandang tu," ujar Kamal.

Nenek Tijah meletakkan tangannya pada bahu Hamra. "Dah, pergi ambil wuduk, Abang Kamal dah tunggu nak solat sekali tu,"

Walau masih sedih, namun Hamra segera bergegas mengambil telekungnya.

Seperti biasa, Hamra akan menunaikan solat maghrib dan isyak berjemaah di masjid tak jauh dari rumahnya.

"Ibu tak siap lagi?" tanya Hamra yang sedang menunggu ibunya.

"Hamra, ibu solat di rumah saja. Ibu rasa tak sedap badanlah." Ujar Cut Hamizalia.

"Baiklah! Assalamualaikum, ibu,"

Sepanjang perjalanan dari rumahnya ke masjid, Hamra tak bercakap langsung, sehingga Razali berasa pelik. Kenapa anak bongsunya itu tiba-tiba menjadi pendiam.

"Hamra, kenapa sayang tak menjawab pertanyaan ayah?" soal Razali seraya memandang Hamra yang menundukkan pandangannya ke bawah.

Hamra hanya terdiam, seolah-olah tidak mendengar teguran ayahnya.

"Hamra, Hamra," Razali menegur Hamra untuk kedua kalinya.

"Ha? Ya . . . ada apa ayah?"

"Kenapa sepanjang perjalanan pergi dan balik dari masjid, wajah Hamra muram sangat? Kenapa ni?" Razali berjalan sambil merapatkan dirinya pada buah hati tercinta.

"Tak ada apalah, ayah. Hamra cuma terkenangkan Kak Nadia. Hamra bersyukur masih mempunyai ramai orang yang mencintai Hamra. Lihatlah Kak Nadia, kerana cinta dia menderita. Tak cukup itu, semua ahli keluarganya marah dengan sikapnya sehingga terpaksa sorang-sorang duduk di hospital tu, ayah!"

"Ayah, lebih sedih lagi apabila jururawat kat hospital itu menghalau Hamra dengan agak kasar, walhal Hamra ingin menemani Kak Nadia!" Hamra memandang ayahnya dengan wajah hiba.

Razali tak dapat menjawab pertanyaan Hamra, dia hanya terus berjalan sambil berfikir, apa yang hendak dikatakannya.

"Nadia seorang gadis yang mulia. Sanggup mengorbankan segalagalanya demi Khaldi. Ayah pun tak tau macam mana nak cakap dengan Khaldi tu," Razali bernafas panjang dan terdiam seketika.

"Hamra, abang kamu tu agaknya hanya mahu kahwin dengan wanita yang bertahta dan berharta, bukannya yang berbudi bahasa. Sedih rasanya. Sukar bagi ayah, Hamra. Bukan senang nak memahami anak-anak yang sedang membesar ni," ujar Razali sebak.

Kedua-duanya terdiam, sambil meneruskan perjalanan balik ke rumah.

"Andai kata Hamra dapat jadi seorang doktor, pasti Hamra akan dapat bersama Kak Nadia . . ." kata Hamra tersenyum kearah Ayahnya.

Khaldi dan Kamal yang tak jauh dari tempat Hamra dan Razali berjalan, mendengar perbualan ayah dan adiknya itu, namun seperti biasanya Khaldi sukar untuk mengambil berat akan keadaan di sekitarnya, berbeza dengan Kamal yang terus terfikir untuk membantu Hamra meraih cita-citanya.

Peristiwa petang itu seolah-olah memberi harapan baru kepada Hamra. Kini, dia berazam mahu menjadi seorang doktor atau jururawat supaya dapat membantu orang ramai.

Empat Bulan Kemudian

Bengkel Jalan Besar Sungai Tapah

"Hamra, jom kita pergi bengkel ayah!" ajak Kamal.

Hamra yang sedang membaca buku tersentak.

"Abang, Hamra dah boleh pergi bengkel ayah?" soal Hamra gembira.

Tidak seperti biasanya, Hamra memang tak diizinkan oleh ayahnya untuk mengunjungi bengkel itu.

"Abang, ke mana Abang Khaldi kenapa tak pergi bersama dengan abang?" ungkap Hamra seolah-olah ingin tahu akan ketiadaan Khaldi di bengkel ayahnya pada hari jumaat petang itu.

"Hamra, Abang Khaldi kan ada kursus tambahan!" seraya mengambil beberapa alat mekanik untuk memperbaiki motorsikal di bengkel ayahnya.

"Abang Khaldi kan tengah bersiap untuk melanjutkan pelajarannya di Britain, apa Hamra tak tahu akan hal ini?" Kamal memandang Hamra dengan penuh perhatian.

"Kamal, jangan lupa ganti orings baru ya!" jerit seorang mekanik yang tak jauh dari tempat Kamal memperbaiki motosikal.

Sementara itu, Hamra duduk mencangkung memerhatikan Kamal yang sedang memasang orings pada motosikal lama jenis skuter Yamaha, hitam itu.

"Bang, susah tak baiki motosikal? Eh, kenapa rantainya keluar?" Hamra nampak bersungguh-sungguh memperhatikan Kamal yang memang sedang bekerja membantu ayahnya itu.

"Memanglah tak semudah goreng karipap! Tapi kalau Hamra terbiasa nanti, Hamra akan kata dengan abang senangnya baiki motosikal ni," Kamal tersenyum ke arah Hamra.

Bengkel Razali yang terletak tepat di sebelah kanan jalan besar, yang tak kurang dari 10km jaraknya dari Kampung Sungai Tapah sentiasa menjadi tumpuan pemuda Kampung Sungai Tapah walau warna hijaunya sudah pudar dan comot, tapi itulah satu-satunya bengkel milik Bumiputera yang ada di daerah itu.

'Sebab inilah ayah melarang untuk datang ke bengkel, rupa-rupanya tidak hanya kotor dan comot, tetapi juga ramai budak lelaki yang suka mengusik', fikir Hamra dalam hati.

Baru hari ini, Hamra merasa bahawa ayahnya benar-benar menyayanginya dan kerana itulah, dia tak pernah mengizinkan Hamra membantunya bekerja di bengkel yang sememangnya menjadi pusat tumpuan para pemuda dari Kampung Kelubong, Kampung Sungai Baru, Kampung Tanah laut bahkan Kampung Sungai Tapah sendiri.

"Pak cik, motor saya *break*nya tak makanlah, boleh tak pak cik *repair* kejap?" seorang lelaki muda kacak yang nampak baru berusia belasan tahun itu, seraya memberikan kunci motosikalnya pada salah seorang pekerja bengkel Razali.

"Tunggu sekejap, yah! Sebab saya mesti habiskan satu kerja, yang hanya tinggal sedikit lagi dan si punya motor sudah menunggu dari tadi pagi," jawab seorang mekanik bengkel Razali seraya menunjukkan sebuah motosikal lama yang bercat warna merah dan hitam.

"Bang, lambat lagi ke?" suara Hamra yang nampak mulai bosan dengan bengkel ayahnya itu, bertanya pada Kamal.

Wajah Kamal yang comot hitam kerana minyak pelumas, tangannya yang memegang alat baiki dan sedang duduk tikar tepat di sebelah kana motosikal, wajahnya menghadap ke arah motosikal terus menjawab,

"Hamra nak pergi mana? Kata nak tolong abang dan ayah! Takkan baru sekejap saja dah bosan."

Bengkel yang dipenuhi pemuda itu jadi semakin sesak pada masa petang. Para pemuda datang dan pergi, walaupun Razali tak memiliki alat-alat yang canggih, namun kemampuannya memperbaiki motosikal tak dapat ditandingi oleh mekanik biasa.

Hamra yang baru keluar dari bilik kecil yang terbuat dari papan kayu, beratapkan zink yang menjadi tempat rehat ayahnya, yang dibuat agak selesa berbanding tempat yang lain dalam bengkel itu.

Tak jauh dari bengkel itu, Khaldi yang berjalan kaki, nampak sedang mengingat sesuatu. Tiba-tiba, tak jauh daripada Khaldi seorang wanita muda nampak bercakap seraya menatap Khaldi dan nampak air matanya berkaca-kaca.

"Abang, bukankan itu Abang Khaldi dan Kak Nadia?" Hamra bertanya pada Kamal yang sememangnya sangat sibuk memperbaiki dua buah motosikal.

"Wah Hamra, adik abang sayang, Abang tak dapat berdiri banyak kali, nanti kepala pening, dan kerja tak siap, jadi biar sajalah Kak Nadia dengan Abang Khaldi tu, pastinya mereka tengah membincangkan hal yang penting," Kamal menjawab,

"Hmmm, Abang Khaldi, kerjanya selalu menyakitkan orang," desah Hamra yang mula nampak risau melihat kejadian petang itu, walaupun Ia tak mengetahui apa yang sedang dibicarakan oleh Khaldi dan Nadia.

Hamra terus berdiri, seraya meletakkan kedua-dua tangannya di atas kening, seolah-olah dia tak nampak Nadia dan Khaldi yang tengah berjalan beriringan.

Nampak, Nadia sangat serius dan beria-ia untuk bercakap serta meyakinkan Khaldi, tetapi Khaldi sama sekali tak memandang Nadia dan terus berjalan.

"Wah, abang ni kejaplah, bangkitlah kejap! Cuba jangan lihat motor-motor nih sekejap je, lihatlah tu . . . tu Kak Nadia," Hamra cuba meyakinkan Kamal untuk meninggalkan pekerjaannya dan melihat kearah Khaldi dan Nadia yang tak begitu jauh dari bengkel itu.

"Abang, tolonglah Hamra kali ini saja," suara Hamra mendesak Kamal.

"Eh adik abang, tak elok campur hal orang tau!" Kamal menjawab seraya memandang Hamra dengan senyum.

Khaldi tiba-tiba berjalan lebih laju, kerana berasa bahawa Hamra tengah memperhatikannya. Nadia cuba berjalan cepat seolah-olah mengejarnya. Namun keadaan Nadia yang baru sahaja sembuh dari sakitnya itu, tak mengizinkannya untuk melakukan hal itu.

Hamra cemas. Apatah tidak, wanita idola nombor duanya tengah dalam derita yang sukar difahami, oleh siapa yang tak mengenal cinta dan cita-citanya. Nadia tidak hanya mencintai Khaldi, namun ia bercita-cita yang besar untuk hidup dan berjaya bersama-sama dengan Khaldi.

"Pak cik, masih lambat lagi ke? Saya kena hantar dokumen penting ni! Tolonglah saya," suara salah seorang pemuda yang berkerumun di bengkel itu terdengar jelas dari kejauhan.

"Abang!" Hamra mulai tak senang duduk, lalu ia jongkokkan badannya dan berbisik untuk memanggil Kamal yang sememangnya sibuk dengan kerjanya.

"Abang, tolonglah Hamra ni," Hamra yang berdiri dari jongkoknya mendesah dan nampak khuaatir seraya memandang Nadia yang mulai berjalan agak lambat itu.

"Nah, ini sudah siap, cuba dulu sebelum bayar nanti ada yang tak kena susah!" suara mamat mekanik bengkel Razali pada lelaki muda, yang bermisai tebal nampak tak sabar menunggu motosikalnya diperbaiki itu.

Hamra yang tak senang duduk, nampak cemas dan meramas-ramas jejari tangannya.

"Huh, abang! Takkanlah tak boleh tolong, kejap saja," suara Hamra kesal terhadap Kamal yang memang sangat sibuk dengan kerjanya.

Kamal seorang pemuda penyabar, yang tak suka mencampuri urusan orang lain, terlebih-lebih urusan abangnya Khaldi yang panas baran, keras dan sombong, walaupun Khaldi sememangnya ia sangat bijak, pandai dan rajin.

"Assalmualaikum." suara lantang Khaldi menyampaikan salam pada semua orang yang berada di bengkel Razali pada petang itu.

"Waalaikumsalam!" lima orang pemuda yang tengah berkemurun di depan bengkel, sedang menunggu motosikal mereka diperbaiki seraya bangkit dan berjabat tangan dengan Khaldi.

"Khal, kami dengar kamu dapat biasiswa ke Britain, betul ke?" suara salah seorang pemuda yang memaki t-shirt putih, dan seluar kain berwarna kelabu bertanya pada Khaldi.

Khaldi belum sempat menjawab, "Bila agaknya kamu mahu berangkat ke Britain, ya Khal?" tanya seorang lagi pemuda yang berbaju kotak-kotak biru dan putih, tinggi kurus kering bercambang, serta mengenakan topi bulat dari bahan cotton berwarna merah itu.

Wajah Khaldi yang nampak muram, terus bercahaya, air mukanya nampak berseri-seri dengan pertanyaan-pertanyaan itu.

"Alhamdulillah, memang saya confirm dapat biasiswa itu, dan insyaAllah isnin depan saya akan melanjutkan pelajaraan saya ke Britain." jawab Khaldi dengan perasaan bangga.

Sememangnya, Khaldi mempunyai impian besar untuk merubah nasib hidupnya, ini kerana ia ingin menjadi seorang lelaki yang berjaya dalam dunia perniagaan. Ia juga berharap agar dapat menikahi anak bangsawan yang kaya-raya, bukannya gadis kampung kaya seperti Nadia.

"Wah, hebat kamu Khaldi, hidup Khaldi!" seru pemuda yang berkerumun di bengkel Razali yang sememangnya bangga mendengar kejayaan Khaldi.

Sememangnya sangatlah sukar, pada masa itu bagi anak-anak peniaga kecil ini, untuk melanjutkan pendidikannya ke luar negara, tidak hanya kerana biayanya yang besar, namun juga kesukaran dari segi bahasa, tata cara masyarakatnya juga penghalang bagi mereka.

Khaldi terus meletakkan beg sekolahnya yang berwarna hitam itu, dan segera bersalam serta mencium tangan Razali, "Ayah, alhamdulillah, hari ini sesi akhir kelas tambahan dan kursus untuk pembelajaran ke Britain tamat."

"Jadi Khaldi, maknanya Khaldi awak sudah patut bersiap, dan jangan lupa bagi tau ibu supaya sediakan semua perlengkapan yang patut," kata Razali tersenyum seraya memeluk Khaldi dengan perasaan bangga.

"Ayah, Khaldi akan terus bagi tau ibu sejurus siap memperbaiki motosikal Encik Karim nanti, terima kasih ayah." seraya meninggalkan ayah dan membawa pakaian gantinya menuju ke bilik rehat untuk mengantikan bajunya.

Khaldi yang sudah berganti pakaian, terus pergi ke tempat motosikal milik Karim yang berwarna hitam dan diletak tepat-tepat di depan bengkel.

Sementara itu, Nadia yang berjalan ke arah bengkel itu, tiba-tiba pitam.

Dua Minggu Kemudian,

Lapangan Sultan Abdul Aziz Shah Subang

Kebahagiaan yang dirasai oleh keluarga Razali tak dapat diungkapkan oleh segala kata, jerih peluhnya rasa sangat berharga jika impian anaknya Khaldi untuk melanjutkan ke universiti di luar negara menjadi kenyataan.

Keadaan rumah Razali yang nampak sesak, dipenuhi oleh hampir semua warga kampung yang hendak mengucapkan rasa bangga akan kejayaan Khaldi sebagai anak pertama Kampung Sungai Tapah yang berjaya menyambung pendidikan ke luar negara.

"Nek, ini kain selendang nenek!" ujar seraya Hamra mengulurkan selendang batik panjang bercorak bunga raflesia merah meron, dan warna dasarnya putih.

"Ibu kata pakai baju yang warna biru muda sahaja, baju yang ayah belikan semasa hari kesyukuran tu!" Hamra bercakap seraya mengemaskan barang-barang Khaldi.

"Wah, sudah empat beg besar ni! Apa makanan dari Encik Manar dan Puan Zila, abang nak bawa sekali?" Kamal sedang berdiri menghitung beg Khaldi yang hampir siap di kemas di depan bilik tidurnya.

"Assalamualaikum!" Suara gemuruh salam serentak, terdengar kuat mengelegar di laman depan keluarga Razali.

Beberapa jiran terus datang membanjiri rumah Razali.

"Wah, senangnya kau Razali, mempunyai anak yang berjaya. Dahlah kacak, pandai, isteri kau pun lawa, dan Si Hamra tu comel, sungguh keluarga yang bahagia. Aku rasa teruja mempunyai jiran seperti kau, Razali!" tegur Mustafa, seorang lelaki tua yang hampir berumur 74 tahun itu, seraya menepuk-nepuk bahu Razali.

"Apa abang dah siap?" Hamra bertanya dengan wajah muram.

"Dah tinggal dua buah beg kecil yang ada dokumen perjalanan serta sijil abang. Jangan lupa, ya Hamra! Letakkan dekat meja depan supaya tak tertinggal," ujar Razali.

Keriuhan suara para jiran yang berkunjung ke rumah Razali sangat terasa tak kurang dari lima belas orang jiran datang membanjiri rumah Razali. Peliknya, Hamra nampak gelisah pagi itu.

Suara Mak Minah, mengelegar di ruang tamu keluarga Razali, ia yang mengenakan baju kebarung ala Kedah dengan bahan sutera, dan kain batik panjang yang menutupi mata kakinya, bercorak parang, warnanya ungu muda. Di samping Mak Minah, beberapa orang jiran lain berdiri seperti Wak Endon, yang mengunakan baju Melayu warna biru tua, dengan bahan satin, tanpa sampin. Di sebelah Wak Endon, Encik Fajar dan Reza kedua-dua kawan baik Razali juga turut hadir dalam majlis doa selamat, bagi Khaldi untuk menyambung belajar keluar negara.

Tak jauh dari beberapa jiran yang hadir, Zain dan Azura yang masing-masing berbaju kebarung dan Melayu lengkap, dengan mengenakan tudung panjang putih seiras dengan baju kebarungnya yang berwarna putih dan kelabu. Zain pula mengenakan baju Melayu serba hitam, dari bahan satin, dan sampin hitam bercorak abstark, timbul keemasan.

"Abang Khaldi, Abang!" Hamra cuba memanggil Khaldi yang sibuk bersalam-salaman dengan beberapa orang jiran.

"Hamra kenapa ni?" Khaldi nampak kesal dengan panggilan Hamra. Tak jauh dari pekarangan rumah Razali, sesosok wanita tengah mengamati rumah keluarga Razali.

"Kenapa mereka tak ada hati perut!" suara wanita itu seraya mengeleng-gelengkan kepalanya.

Khaldi yang merasakan ada sesuatu, terus memandang Hamra, "Kau ni kenapa ha?" ungkap Khaldi yang semamangnya kurang senang dengan panggilan Hamra itu.

"Tu, Mak Cik Leha! Mana Kak Nadia?" Hamra berbisik ke telinga Khaldi cemas.

Belum sempat Khaldi menjawab, Hamra sudah meninggalkannya dan terus menuju kebarah Ibunya yang sedang sibuk mengemas pakaian-pakaian Khaldi.

"Ibu, Hamra nampak Mak Cik Leha!" Hamra memegang tangan ibunya dan tersenyum ke arahnya.

Cut Hamizalia sangat sibuk mengemas pakaian-pakaian Khaldi yang masih banyak berselerak di atas katilnya.

"Mak Cik Leha? Kenapa Hamra tak pelawa dia masuk?Ajaklah dia minum!" Cut Hamizalia melihat ke arah Hamra seolah-olah ada sesuatu yang tak kena.

"Hah? Pelawa dia masuk?"Hamra tercenggang melihat ke arah ibunya.

"Eh, mestilah . . . diakan tetamu!" tegur Cut Hamizalia.

"Hmm . . . tamu?" soal Hamra.

"Kalau bukan tetamu, siapa? Kan Abang Khaldi sudah putuskan pertunangannya seminggu yang lalu, cuba Hamra fikir apa yang ibu boleh buat?" Cut Hamizalia melihat ke arah Hamra.

"Ibu, Hamra rasa . . ." Hamra takut menyambung kalimatnya, hanya berdiri tercengang seraya menatap ibunya yang sibuk mengemas barang-barang Khaldi.

"Risau apa? Habiskanlah kata-kata kamu jika bercakap! Janganlah buat orang risau, Hamra!" Cut Hamizalia terus melipat kain pelekat bergaris-garis biru tua dan putih itu.

"Mungkin Kak Nadia tak bagi tau ibunya?" tanya Hamra seraya memandang Cut Hamizalia tajam dan penuh tanda tanya.

"Maksud Hamra?" Cut Hamizalia terus duduk dan tergamam.

"Hmm . . . ." Hamra bernafas panjang.

"Hamra rasa, Kak Nadia tak bagi tau keluarganya tentang hubungannya itu. Ibu kan tahu bahawa Kak Nadia itu cinta mati pada Abang Khaldi, dan Hamra yakin baru ini hari dia bagi tau ibunya, itu pun mungkin kerana Mak Cik Leha mengajaknya mengunjungi abang, ia kan bu?"

Cut Hamizalia yang sedang duduk melipat kain baju Khaldi, terus terdiam dan tak berkata apa-apa, pandangan kosong ke arah Hamra. Dalam fikirannya, dia takut sesuatu yang buruk akan berlaku pada Nadia.

"Hamra, kamu jangan fikir bukan-bukan ya. Jom bersiap!" Cut Hamizalia segera meneruskan melipat pakaian-pakaian Khaldi, walau dalam hatinya Cut Hamizalia cukup cemas akan apa yang akan berlaku pada Nadia.

Hamra mulai tak senang duduk. Dia mundar-mandir melihat di sekelilingnya, namun peliknya Mak Cik Leha sudah tak nampak lagi dari depan pekarangan rumahnya.

'Mana Mak Cik Leha?' tanya hati ini cemas.

Tak lama kemudian, semua pakaian sudah dikemaskan dan empat buah beg besar sudahbpun siap di depan ruang tamu rumah kayu, yang nampak sangat sempit kerana banyaknya tamu yang sedang berdiri, untuk memberikan kata selamat pada Khaldi, sebelum kepergiannya ke United Kingdom.

"Baiklah Razali, kamu sudah harus pergi ke lapangan terbang kan jauh tu! Nanti terlepas pesawat pula," Suara Che Mina dari dalam rumah seraya menghidangkan air teh kosong pada tetamu yang datang.

"Zali, kamu mesti bergegas, sudah pukul 10 pagikan? Khaldi harus bertolak pukul empat petang!" sambung Encik Drahman, yang memakai baju Melayu ala Johor berwarna ungu cair tengah berdiri tak jauh dari tempat Razali.

"Baiklah, saya minta diri, dulu ya." Razali meninggalkan tetamunya dan terus ke kamar tidurnya.

"Bang semua sudah siap!" Cut Hamizalia memberikan songkok warna hitam untuk Razali.

"Mak, Kamal dan Hamra dah siapkah, Izalia?" tanya Razali seraya mengemaskan kancing baju Melayunya.

"Sudah bang, ni sampin abang!" Cut Hamizalia menyodorkan kain sampin berwarna hijau tua, bermotif kotak-kotak hitam dan kuning, serta bersulamkan benang emas.

Cut Hamizalia terus berjalan ke depan pintu rumah.

"Perlahan-lahan Khal, itu kan barang makanan," Nenek Tijah tengah mengawasi Khaldi dan Kamal yang sedang memasukkan beg bawaannya ke dalam bagasi kereta.

"Wah, kereta ni nih nampak sempit, walhal kita ada enam orang yang nak pergi!" Khaldi terus mengaru kepalanya seraya berfikir.

Nenek Tijah yang belum mengetahui tentang putusnya pertunangan antara Nadia dan Khaldi terus berceloteh,"Khaldi kenapa tak pinjam kereta Haji Faiz? Eh, mana Si Nadia? Kamu ini kan sudah bertunang, jadi Nadia semestinya hadir di sini. Pelik! Khal, cepat pinjam kereta pada Haji Faiz!" suara Nenek Tijah nampak kesal.

Hamra yang mendengar kata-kata Nek Tijah terdiam, tetapi tidak dengan Kamal, "Nek, sayang! Yang akan naik kereta hanya ibu, ayah, nenek dan Abang Khaldi serta Hamra, sebab saya ada sedikit kerja di bengkel ayah, nek!" Kamal terus mencium kening Nenek Tijah dan pergi ke belakang rumahnya.

Tak lama kemudian semua sudah bersiap dan menaiki kereta Volkswagen lama model katak, berwarna hitam yang baru siap dicat dan diganti lampu depannya. Kereta yang tak punya pendingi hawa itu sememangnya nampak tua, namun terjaga dengan baik.

Kamal hanya melambaikan tangannya dengan senyum, namun air matanya berderai. Hanya setelah tak kurang dari 25 minit kereta Volkswagen itu meninggalkan lama rumah Razali, Kamal terdengar suara seorang wanita lemah, memanggil nama Khaldi beberapa kali.

"Khaldi, khaldi . . . !" suara seorang wanita lemah mencari Khaldi.

Kamal yang tengah bergegas mengunci rumah, terus berlari ke laman depan apabila terdengar suara yang semakin kuat itu, "Khaldi! Khaldi!" suara memekik kuat.

Kamal yang berlari dari bilik tidurnya terus menjawab suara itu, "Khaldi dah bertolak! Siapa di sana?"

Walau suara Kamal keras, namun jarak antaranya dengan wanita itu terlalu jauh.

"Ah, Mak Cik Leha! Sila masuk mak cik, Abang Khaldi dah bertolak ke lapangan terbang setengah jam yang lalu." jawab Kamal pada Mak Cik Leha yang nampak cemas dan marah itu.

"Mana Nadia?" tanya Mak Cik Leha sayu dan esak tangisnya mula terdengar.

"Hah? Saya tak melihat Nadia, mak cik!" Kamal cuba meyakinkan Mak Cik Leha yang nampak sangat sedih dan kecewa itu.

"Ya Allah, ke mana anakku? Dialah harta hamba semata wayang! Sudahlah badannya tak berapa sihat, mengapa ia lari meninggalkan kami, Ya Allah?" suara Mak Cik Leha mula meraung.

Kamal nampak panik dan tak tahu harus berbuat apa.

Kamal terus berlari ke arah dapur, seraya membawa secawan air dan memberikannya pada Mak Cik Leha.

"Mak cik, minumlah dulu, selepas ini saya akan cari Nadia!" Kamal menyodorkan segelas air kosong.

"Nak, tolonglah mak cik! Nadia dalam keadaan sakit, tapi dia meninggalkan rumah setengah jam yang lalu tanpa bagi tau apa-apa" suara eisak tangis Mak Cik Leha masih jelas.

Kamal terus pergi ke belakang dan mengunci semua bilik dan pintu rumahnya.

"Mak cik, mari saya temankan Mak Cik balik dulu, dan saya akan terus mencari Nadia ke pasar malam serta tasik yang tak jauh dari sekolah kami, sebab di situlah tempat biasanya Nadia berjumpa Abang Khaldi!" suara Kamal sayu.

Mak Cik Leha hanya mengangguk.

Kamal terus mengambil basikalnya dan mengayuh kenarah Mak Cik Leha yang lemas, cemas dan penuh harap itu. Baju kebarungnya yang berwarna merah dengan corak bunga kecil putih, nampak kusut, kain selendang panjangnya putih basah kerana air matanya.

"Ya Allah, apa yang dah jadi dengan Nadia!" suara Mak Cik Leha mendayu lemah.

Sementara itu, di lapangan Terbang Sultan Abdul Aziz Shah Subang,

"Khaldi jaga diri baik-baik, ya nak! Ingat Jangan tinggalkan solat, sebab solatlah tiang agama. Setidak-tidaknya jika solat kita boleh terjauh daripada perkara mungkar. Nak, pandai-pandailah membelanjakan duit yang cuma *ngam-ngam* itu! Ingat kamu mesti dapat kembali dengan gelaran sarjana, kami semua berharap dan tetap menunggumu di sini!" Cut Hamizalia memeluk Khaldi dengan wajah yang sangat sedih, walau ia menyembunyikannnya dengan senyuman.

Khaldi mencium tangan ibu dan ayahnya.

"Ayah, doakan Khaldi ya! Khaldi akan pastikan, agar menjadi orang ternama, apabila kembali ke kampung halaman nanti." Khaldi terus memeluk ayahnya kuat-kuat.

Nenek Tijah masih sibuk dengan Hamra melihat pesawat-pesawat terbang yang hanya nampak dari kejauhan itu.

"Khaldi, ingat solat dan mengajilah di masa lapang. Belajarlah bersungguh-sungguh! Ayah yakin kamu pasti berjaya, tapi ingat, jangan pernah menggadaikan agama, darjat dan martabat hanya kerana wanita, takhta dan dunia, nak!" Razali menasihatkan Khaldi dengan rasa sebak, tak terasa air matanya tertakung di atas pelupuk matanya yang bulat itu.

"Abang, tenggok pesawat abang dah sampai!" Hamra menjerit tak jauh daripada Khaldi.

"Kejap Hamra!" Khaldi melambaikan tangannya pada Hamra.

"Nak, ingat agama kita tak mengizinkan segala cara. Dunia ini syurga si kafir, dan ia tempat kita menguji keimanan kita. Jadi jangan sekali-kali wanita, harta dan tahta menjadi impianmu! Kasian Nadia, dia adalah gadis yang baik, ayah tak faham mengapa sampai hati kamu berbuat demikian?" Razali menambahkan nasihatnya, seraya mengelengkan kepala, seolah-olah tak dapat memahami keputusan Khaldi memutuskan pertunangannya dengan Nadia.

Beberapa minit berlalu, Khaldi terus meninggalkan ayahnya menuju ke arah nek Tijah dan Hamra.

"Nek, maafkan Khaldi ya, nek, dan doakan Khaldi, sentiasa," Khaldi terus memeluk Nenek Tijah kuat-kuat seraya mencium kening, serta pipi kanan dan kiri Nenek Tijah yang sudah tak anjal lagi.

"Cu', nenek sentiasa mendoakan kamu menjadi anak dan lelaki soleh. Jangan lupa ibadah. Tapi di mana Nadia? Diakan tunang Khaldi, lalu kenapa hingga awak nak menaiki pesawat ia tak muncul juga?" tanya Nenek Tijah yang nampak bingung.

Hamra yang mendengar perbualan itu, terbatuk-batuk.

"Hamra!" suara Nenek Tijah memanggil Hamra.

"Ya nek!" Hamra terus mendekati Nenek Tijah.

"Mari, salam dengan abang kamu minta maaf, diakan mahu meninggalkan kita semua dan mungkin tak kurang dari empat tahun lama tu. Ayuh bersalaman dan bermaaf-maafan!" Nenek Tijah menegur Hamra seraya mengambil tangan Hamra dan mendekatkannya pada Khaldi.

"Hamra minta maaf ya, abang. Jaga diri baik-baik, dan jangan pernah lagi menyakiti mana-mana gadis, cukup Kak Nadia yang jadi mangsa abang!" Hamra bercakap seraya mencium tangan kanan Khaldi dengan esak tangis sedih.

Nenek Tijah seperti disambar petir, mendengar kata-kata Hamra pada Khaldi.

Dengan tertatih-tatih, Nenek Tijah berjalan laju menuju ke arah Cut Hamizalia dan Razali.

"Zali, apa ni? Kenapa Nadia tak jadi bertunang dengan Khaldi? Apa dah jadi Zali?" suara Nenek Tijah mula lemah dan wajahnya nampak pucat.

Cut Hamizalia yang berada tak jauh daripada Razali, terus memeluk Nenek Tijah seraya mengusap-usapkan tangannya pada di belakang Nenek Tijah, wajah Nenek Tijah nampak pucat dan mula terbatuk-batuk.

"Mak, sabarlah! Khaldi dan Nadia sememangnya sudah tak ada jodoh, mak!" Cut Hamizalia cuba memujuk dengan suara lemah lembut.

"Izalia, apa kata orang nanti? Sudah banyak kita makan budi keluarga Si Leha dan Haji Faiz tu. Ingat jika dulu Razali tinggalkan mak, merekalah telah banyak membantu mak! Tak cukup tu, bengkel suami kamu modal dari mana?" Tanya Nenek Tijah ke arah Razali yang terdiam seribu bahasa dan tak menjawab.

"Tak cukup tu! Khaldi dapat biasiswa atas usaha siapa? Tolonglah, baik mak mati sahaja, daripada rasa malu. Orang akan mengata kita ini penyangak, yang suka kikis duit orang!" Suara Nenek Tijah lantang, dan ia mula menangis. Esak tangisnya membuat ramai orang yang memandangnya, kerana berada tepat di depan pintu keberangkatan luar negara.

Cut Hamizalia terus bernafas panjang, air matanya berderai tanpa disedari, namun ia cuba tersenyum, "Mak, Khaldi tu budak-budak, nanti Izalia pujuk dia ya? Sekarang lambaikan tangan mak, tu Khaldi dah melambaikan tangannya ke arah kita," Sambung Cut Hamizalia.

Lapangan Terbang Subang yang luas itu terasa amat sempit, seperti menghimpit dada Nenek tijah, hatinya hancur berkecuai mendengar perbuatan keji sang cucu yang amat dimanjakannya itu.

Semuanya terdiam. Walau Khaldi sudah menaiki pesawatnya, namun kesunyian jiwa Nenek Tijah, mula terasa cucu kesayanganya meninggalkan luka yang tajam dalam hatinya.

"Ibu, apa kita dah boleh balik? Hamra nak jenguk Kak Nadia", Hamra memegang tangan ibunya erat-erat.

"Mak, jom kita balik," ajak Razali seraya memimpin tangan ibunya.

Nenek Tijah masih rasa sedih dan bersalah. Sebak dan rasa terguris nampak jelas pada raut wajah Nenek Tijah.

Di belakang SPM Manjoi, tepatnya disebuah tasik kecil yang tak kurang dari 300 meter sebelah barat sekolah menengah Manjoi itu.

Nadia berjalan dengan penuh air matanya berderai membasah wajahnya, nampak kusut dan pucat. Berjalan dan terus berjalan, walau beberapa kali ia terjatuh.

"Hmm, Wahai pencipta cinta !, Wahai pemberi segala rasa !, Salahkah hati ini tertambat begitu kuat dalam talian asmara ?, Wahai pencipta rindu kalbu ini terasa ngilu, jantungku seperti tak sanggup lagi berdetak," suara lirih Nadia menghadap keatas langit yang mula nampak mendung gelap.

Nadia bangkit dan berjalan tak tentu arah terus menuju ke sebuah tasik di belakang sekolahnya. Terjatuh tepat di muara tasik yang tenang.

terus meraung seraya berkata-kata menghadap tasik, seolah-olah Khaldi berada di depannya. Dia mula mengeluarkan semua isi dalam beg tangannya.

"Khal, diri ini rasa malu dengan apa yang kau lakukan! Bukankah diri ini tak pernah minta bertunang denganmu? Tergamak hatimu! Biar kutanam semua bukti yang bercerita indahnya cinta kasih dan cita-citamu, kau hancurkan hati ini berkecai tanpa segala salah."

Dengan air mata yang terus tercurah dari kelopak matanya yang nipis dan tajam itu, Nadia yang mengeluarkan isi tas tangannya mula, mengoyakkan semua surat dan gambar-gambarnya bersama dengan Khaldi.

Tasik yang tenang, tak melantunkan segala irama, airnya yang jernih seolah-olah berubah warna, langit yang cerah terus menyelimuti warnanya gelap mencekam, seperti badai akan datang.

"Oh, Ilahi . . . sanggupkah lagi hamba hidup sehari lagi dengan derita cinta ini?" Nadia berdoa menghadap langit.

Di rumah Mak Cik Leha,

"Kamal, tolonglah mak cik nak! Hari dah nak gelap ni. Mendung pula tu. Nadia tu ada penyakit tekanan darah rendah, mak cik takut sangat! Tolonglah, Mak Cik ikut Kamal ya, tapi jangan bagi tahu orang kampung, sebab putusnya tunang Nadia dan Khaldi ini aib bagi keluarga mak cik," Mak Cik Leha mula takut jika Kamal mungkin akan bercerita tentang keadaan anaknya Si Nadia pada orang kampung.

Kamal pemuda pendiam itu terus tersenyum, "Mak Cik Leha, Kamal rasa malu atas perlakuan abang pada Nadia, baik mak cik baik rehatlah dulu, Kamal berjanji akan bawa balik Nadia dengan keadaan selamat."

Pada awalnya, Mak Cik Leha tak begitu yakin, namun hujan rintik-rintik mula turun, dan beberapa orang jiran sedang menunggu Mak Cik Leha di rumahnya.

"Assalamualaikum!" Kamal terus mengayuh basikalnya secepat kilat, sehingga sekejap mata sudah tak terlihat dari pandangan Mak Cik Leha.

Kamal mengayuh basikalnya laju. Tiba di Tasik Manjoi itu, Kamal ternampak Nadia terbaring lesu di tepi tasik. Kamal segera berlari mendapatkan Nadia.

"Nadia, bangun!" Kamal membangunkan Nadia yang tidak sedarkan diri.

Badan Nadia menggigil dan mula meracau. "Sampai hati kau Khaldi! Mengapa hatimu tak setulus Kamal?"

Melihat keadaan Nadia yang menggigil, Kamal membuka kemejanya lalu menyelimutkan kemeja biru lengan pendek itu pada Nadia. Kamal sedih melihat keadaan Nadia yang lemah seperti itu. Dengan sekuat tenaga, Kamal mendukung Nadia. Badan Nadia masih menggigil dan pucat pasih.

Beberapa minit berlalu, Nadia masih tidak sedarkan diri. Tanpa berfikir panjang, Kamal berteriak, "Tolong, tolong saya!" Beberapa kali Kamal menjerit seraya berharap ada orang membantunya.

Kedua-dua lelaki yang lebih nampak seperti pak lebai, berdiri tidak jauh dari tempat tiang bendera SPM Manjoi itu. Mereka hairan melihat Kamal mendukung Nadia dengan kedua-dua tangannya yang kurus kecil itu.

"Kenapa?" Dua orang lelaki setengah umur yang sedang membersihkan surau sekolah itu terus berlari ke arah Kamal.

"Eh, ini Nadia kan? Kenapa dia tak sedarkan diri?" tanya salah seorang lelaki itu pada Kamal. Seakan syak sesuatu apabila melihat keadaan Nadia itu.

"Dia tergelincir semasa belajar di tepi kolam tadi. Mungkin licin . . ." Dengan tenang Kamal menjawab.

"Bawa Nadia masuk ke dalam, cepat!" kata lelaki yang berkaca mata tebal, bermisai lebat yang mengenakan T-shirt putih Polo dan seluar kain berwarna biru, seraya membantu mengangkat Nadia ke dalam surau SPM Manjoi itu.

"Maafkan saya pak cik, saya Kamal." Kamal memperkenalkan diri sambil bersalam lelaki itu.

"Kamal, maafkan kami sebab fikir yang bukan-bukan."

"Kamal, tolong sapu minyak panas ini kat tapak tangan dan kaki Nadia." Salah seorang lelaki itu yang berumur, berkaca mata tebal memberikan sebuah kotak yang berwarna hijau tua, di dalamnya terdapat pelbagai jenis botol minyak panas dari pelbagai jenama.

Kamal terus membuka kotak itu dan mengambil botol kecil yang berisi minyak panas berwarna hijau. Kamal menyapu minyak panas di tapak tangan dan kaki Nadia yang sejuk menggigil. Beberapa kali Kamal mengambil botol aceton, dan menuangkan sedikit aceton pada tangannya, lalu mendekatkan tangannya yang berbau aceton ke hidung Nadia. Tidak lama kemudian, Nadia mula sedar.

"Ya Allah, terima kasih atas bantuan-Mu!" Salah seorang lelaki itu membawa air yang dimasak dengan halia dan sedikit gula.

"Minum ni, Nadia," Kamal mengambil sudu, perlahan-lahan Kamal menyuakan air halia dalam mug seraya berkata, "Bismillahirrahmannirrahim, semoga air ini membantu awak sembuh, Nadia."

Kamal menyuapkan air halia ke mulut Nadia yang masih tertutup rapat, mata Nadia masih terpejam walaupun dia sudah mulai dapat mendengar kata-kata Kamal, namun badannya masih lemah sekali.

"Nampaknya badan Nadia masih lemah, Kamal," kata seorang lagi lelaki yang berbadan tegap dan bermisai yang memakai kaca mata tebal.

"Yalah pak cik, saya rasa elok kalau saya hantarkan Nadia segera balik ke rumah. Lagipun hujan dah berhenti." ujar Kamal.

Nadia mula membuka matanya perlahan-lahan. Jari-jemarinya yang tergenggam erat juga terbuka perlahan-lahan.

"Kamal, lebih elok bergerak setelah Nadia betul-betul sedar sepenuhnya. Din, tolong belikan makanan untuk Kamal dan Nadia kat warung Si Milah tu."

"Baik, Ustaz Muhsen!" ujar lelaki yang dipanggil Din itu.

Ustaz Muhsen ingin mengetahui kejadian yang berlaku kepada Nadia. Ayah Nadia bernama Haji Faiz adalah penderma surau sekaligus seorang yang sangat panas baran. Oleh kerana itu, Ustaz terus bertanya soalan-soalan kepada Kamal.

"Haji Faiz tahu keadaan Nadia? Saya takut Haji Faiz marah. Nadia sudah bertunang, pastinya ini akan menjadi masalah besar dan memalukan keluarganya," Ustaz Muhsen mengangguk-angguk memandang Kamal.

"Ustaz, saya sebenarnya tak tahu apa-apa. Ketika saya jumpa Nadia, dia dah tak sedarkan diri."

"Maksud kamu?" tanya Ustaz Muhsen dengan mata bulat memandang Kamal.

"*Hmm . . .*" Kamal hanya berdesah tak menjawab.

"Kamal, cuba jelaskan mengapa Nadia tak sedarkan diri?" tanya Ustaz Muhsen lagi.

Kamal cuba menerangkan peristiwa sebenarnya. Petang itu, Nadia kecewa dengan Khaldi yang memutuskan pertunangannya tanpa sebab munasabah, cuba untuk terjun ke tasik semasa hujan. Perasaan Nadia sangat kalut, kecewa dengan sikap Khaldi yang sama sekali tak mempedulikan perasaannya itu.

"Ustaz, saya mohon . . ." ujar Kamal tiba-tiba.

"Mohon apa, nak?" tanya Ustaz Muhsen.

"*Hmmm . . . .*" Kamal menghela nafas panjang.

"Saya mohon jasa baik ustaz, jangan ceritakan peristiwa ini kepada sesiapa pun, apatah lagi Haji Faiz. Saya takut nanti buruk akibatnya kepada Nadia." Kamal merayu Ustaz Muhsen yang nampak hiba dengan keadaan Nadia.

Ustaz Muhsen memandang ke arah Nadia yang masih lemah, terlentang di sudut surau SPM Manjoi itu, yang hanya beralaskan karpet nipis berwarna kelabu.

"Nadia nak balik . . ." suara Nadia lemah setelah beberapa minit kemudian.

"Ustaz, tolonglah! Nadia nak balik," Nadia merayu Ustaz Muhsen dengan suara yang sangat lemah.

"Nadia, kamu makan dulu. Kemudian, salin pakaian. Kalau lama-lama dengan pakaian basah ni, kamu akan terus jatuh sakit nanti. Kamal akan hantar kamu balik. Pak cik tak dapat hantar sebab pak cik kena mengajar dan Pak Cik Din pula kena tolong pak cik. Lagi pun, nanti apa kata ayah kamu kalau tiba-tiba kamu balik diiringi ramai orang." Ustaz Muhsen cuba meyakinkan Nadia yang masih terbaring.

Tak lama kemudian, Din datang membawa sup dan pakaian untuk Nadia. Perlahan-lahan, Nadia bangkit dengan wajahnya masih pucat, dibantu oleh Kamal serta Ustaz Muhsen.

"*Hmmm* . . . sedapnya bubur ikan Mak Cik Milah," usik Kamal yang cuba menimbulkan rasa lapar Nadia, agar dia dapat makan bubur ikan itu walau sedikit. Mengingatkan keadaannya yang lemah.

Pada mulanya, Nadia menolak untuk makan bubur ikan itu tetapi Kamal tidak berputus asa memujuknya, dan perlahan-lahan Nadia mula memasukkan bubur ikan itu ke mulutnya.

"Nadia, habiskan bubur, ya. Si Din bawa bubur cuma sedikit sahaja. Cepat, habiskan." suara Ustaz Muhsen menyeru pada Nadia.

Nadia cuba memaksa dirinya untuk menghabiskan bubur ikan itu, namun dia benar-benar tidak berselera. Fikiranya masih dihantui perasaan kecewa dengan sikap dan kata-kata Khaldi.

Tidak lama kemudian, Nadia memohon diri untuk menukar pakaiannya yang basah kuyup.

Kamal hanya mengangguk seraya mengemas mangkuk bubur serta cawan yang berisi air halia panas dan gula itu.

"Kamal, biarkan saja, nanti kami akan mengemasnya. Kamu tolonglah hantar Nadia balik ke rumah dan jangan lewat ya. Ustaz takut nanti jika ayahnya tahu, dia akan naik angin dan mula marah. Seram jika melihat Haji Faiz marah. Dia tu panas baran," kata Ustaz Muhsen memandang Kamal seolah-olah menyimpan sebuah rahsia mengenai Haji Faiz.

"Ustaz harap, Nadia berkahwin dengan lelaki yang dapat membahagiakannya, dia satu-satunya anak perempuan Haji Faiz dan beliau bangga dan menaruh harapan besar Nadia," Ustaz Muhsen menambahkan kata-katanya.

"Kamal, baju kurung ni nampak besar sangat." Nadia berkata seraya menunjukkan baju kurung itu kepada Kamal.

"Eh, taklah! Awak nampak anggun dengan baju kurung putih berbunga kecil-kecil biru muda ni!" Kamal tersenyum ke arah Nadia.

Ustaz Muhsen sudah berada di depan surau SPM Manjoi Perak dan melihat basikal Kamal yang sudah diletakkan tempat di depan surau.

"Kamal, basikal sudah diletakkan di depan surau. Kamal hantar Nadia balik ke rumah. Hati-hati, Hj Faiz tu baran." Ustaz Muhsen cuba mengingatkan Kamal seraya berbisik di telinga Kamal.

"Baiklah ustaz, saya balik dulu, assalamualaikum!" Kamal bersalaman dan meninggalkan surau SPM Manjoi.

"Nadia, awak wanita solehah dan penyabar. Mungkin ada hikmah kenapa awak dan Abang Khaldi berpisah. Mungkin sudah bukan jodoh."

Nadia hanya diam mendengar kata-kata Kamal.

Kamal terus mengayuh basikalnya, laju dan sesekali menoleh ke belakang seraya tersenyum.

"Nadia pegang kuat-kuat tau! Nanti Nadia jatuh lagi," ujar Kamal bergurau senda.

Nadia mula tersenyum walaupun hatinya masih luka yang sangat dalam. Tidak sampai tiga puluh minit, mereka sampai di rumah Nadia. Ketika itu, kedengaran azan maghrib berkumandang. Langit mula gelap, tidak lagi diseliputi awan. Udara sejuk menghembus wajah Nadia, sehingga kain tudungnya terbang dihembus angin.

"Ya Allah, tudung . . ." suara Nadia sayu bercakap sendirian.

Kamal tersenyum menatap Nadia dengan wajah hiba. Ya Allah, kenapalah Abang Khaldi sanggup melukakan hati gadis berhati mulia ini?

"Nadia, hari pun dah nak gelap ni. Saya balik dulu ya . . ."

"Terima kasih ya Kamal sebab tolong saya . . ."

Kamal hanya tersenyum dan segera berlalu. Tidak mahu bertembung dengan Haji Faiz. Semua orang tahu Haji Faiz tu garang. Terbayang di matanya Haji Faiz, lelaki keturunan Bugis yang pendek, berkulit kuning langsat, bermata lebar, bermisai serta berjambang panjang. Walaupun suka membantu orang lain, tetapi sifat panas barannya sukar untuk dibendung. Kamal tidak mahu timbul sebarang masalah.

"Kamal!" suara lantang yang menegurnya membuatkan kayuhan Kamal terhenti. Seketika dia menoleh kiri dan kanan. Hari yang sudah mula gelap menyukarkan pandangannya dan mencari siapa yang menegurnya.

""Assalamualaikum. Apa khabar? Bila agaknya abang awak berangkat keluar negara?" suara itu semakin mengejutkannya.

Lelaki itu mulai rapat mendekati Kamal yang masih dalam keadaan terkejut itu.

"Ah, wa . . . waalaikumussalam Haji Faiz . . ." suara Kamal mula terdengar menggeletar.

"Pak cik baru balik dari Melaka. Tengok kapal nelayan yang pak cik sewakan." ujar Haji Faiz. Kemudian dia ketawa kecil. Mungkin perasan Kamal sedikit terkejut dan menggeletar itu.

"Haji Faiz . . . abang . . . *hmmm* . . . abang . . ." Kamal teragak-agak untuk menjawab.

"Kau ni, kenapa? Semacam aje pak cik tengok," Haji Faiz mula naik hairan melihat keletah Kamal.

"Abang baru aje bertolak pagi tadi . . ." Kamal menjawab dengan tenang seraya menelan air liurnya dan sesekali memandang Haji Faiz dengan penuh rasa simpati.

"Apa? Dah bertolak?" soal Haji Faiz. Tak jadi mahu menyalakan cerutunya.

Kamal diam tidak berkutik. Hatinya berdebar-debar mahu memandang wajah Haji Faiz yang nyata nampak terkejut dengan berita pemergian abangnya itu. Sudahnya dia hanya tunduk memandang rumput.

"Kenapa ayah kamu tak cakap apa-apa pun kat pak cik?" soal Haji Faiz tidak berpuas hati.

"Saya pun tak berapa pasti. Tapi, rasanya ibu dah bagi tau Mak Cik Leha seminggu yang lalu . . ." ujar Kamal perlahan.

Haji Faiz mendengus kuat. Cerutunya dicampak ke tanah dan dipijak-pijaknya. Ah, nampaknya baran Haji Faiz dah datang!

"Leha tak cakap apa-apa pun kat aku! Khaldi tu kan bakal menantu aku! Takkan sepatah pun tak bagi tau aku!" ujarnya lantang.

"Leha! Leha!" panggil Haji Faiz kuat.

Kamal sudah kecut perut mendengar suara Haji Faiz yang kuat itu. Kamal segera minta diri.

Haji Faiz sudah tidak pedulikan Kamal. Langkahnya diatur laju menuju ke rumah sambil memekik memanggil isterinya.

"Leha! Leha!" Dari jauh kedengaran Haji Faiz menjerit memanggil isterinya.

Kamal berdoa di dalam hati janganlah berlaku sesuatu yang tidak diingini. Baran Haji Faiz bukan boleh dibawa main. Kesian Mak Cik Leha dan Nadia nanti. Macam manalah reaksi Haji Faiz kalau dapat tahu Abang Khaldi sebenarnya dah putuskan pertunangnya dengan Nadia sejak seminggu yang lalu?

"Apa ibu boleh buat, nak? Ibu pun tak tahu Khaldi dah putuskan pertunangan mereka. Ibu tahu apabila Nadia menyuruh ibu jual balik cincin pertunangan tu dan nak balik duit tu!" ujar Cut Hamizalia sambil mengusap-usap kepala Kamal yang masih memeluknya.

Kamal yang nampak ketakutan, segera memohon izin untuk meninggalkan Haji Faiz, "Saya balik dulu pak cik, Assalamu'alaikum ", Kamal terus mengayuh basikalnya kencang.

Haji Faiz terus berjalan kearah rumahnya "Leha, Leha apa ni berahsia dengan Abang?" jerit Haji Faiz dengan suara yang menggelegar dapat didengar dari jauh.

Kamal terus mengayuh basikalnya, di dalam hatinya sangat cemas tentang apa yang akan diperlakukan oleh Haji Faiz kepada Mak Cik Leha dan Nadia, jika mengetahui bahawa Khaldi telah memutuskan pertunangan mereka seminggu yang lalu.

Tak lama kemudian, suara tangis riuh rendah kedengaran di rumah Haji Faiz. Nampaknya Hj Faiz tengah marah dengan isteri serta anaknya Nadia, yang telah merahsiakan putusnya hubungan pertunangan mereka berdua seminggu yang lalu, sedangkan Khaldi sudahpun meninggalkan Malaysia menuju ke London petang itu.

Sesampainya Kamal di rumahnya,

"Assalamu'alaikum, mak . . . ayah . . . !" suara Kamal jelas dari dalam rumahnya, walau ia sedang berada di laman depan rumah yang nampak terang dan lapang pada malam itu.

Kamal berjalan masuk ke pintu rumahnya dengan keadaan cemas, nafasnya tinggi rendah dan nampak pucat.

"Eh, abang . . . kenapa macam orang takut ni?" tegur Hamra kepada Kamal.

Belum sempat Kamal menjawab pertanyaan Hamra itu, Cut Hamizalia yang baru keluar dari bilik tidurnya terus menegur Kamal.

"Kamal, kamu sudah solat maghrib?" tanya Cut Hamizalia seraya mengenakan telekung putih dengan hiasan renda zig-zag di sekelilingnya, terdapat hiasan emas mengelilingi renda itu.

"Belum, Bu . . . , Tapi . . . Bu." suara Kamal mencela Cut Hamizalia seolah-olah ingin memberitahu sesuatu.

Kamal terus memeluk ibunya. "Bu, kesian Nadia. Kamal tak sanggup melihat hidupnya menderita, tolonglah," Kamal memandang ibunya dengan perasaan sedih dan penuh mengharap.

Cut Hamizalia bingung melihat sikap Kamal yang mengejut itu, merasakan perasaan hiba kepada Nadia. Cut Hamizalia juga tidak memahami apa sebenarnya yang terjadi pada Nadia dan Kamal.

"Apa yang ibu boleh buat nak? Ibu sendiri tak tahu, jika Khaldi telah memutuskan pertunangan mereka, kelakarnya dia meminta Nadia menjual cincin pertunangannya dan meminta kembali wang dari hasil jualan cincin itu." Cut Hamizalia mengusap kepala Kamal yang memeluknya.

Hamra yang berdiri tidak jauh dari Cut Hamizalia dan Kamal mendengarkan percakapan itu, berdiri tergamam. Hamra ingin mengetahui apakah yang sedang terjadi. Dia memandang Kamal dan ibunya seraya berfikir tajam.

Cut Hamizalia menambahkan kata-katanya, "Kamal, kita harus percaya dengan takdir. Mungkin ada lelaki yang jauh lebih baik dan lebih layak untuk Nadia, itulah sebabnya Allah mengubah takdir hidupnya, percayalah ramai lelaki baik yang mahu menikahi Nadia," Cut Hamizalia cuba memujuk Kamal yang nampak benar-benar sedih.

Kamal sememangnya kesal dengan kelakuan abangnya yang sering menggunakan Nadia, walaupun Nadia tulus ikhlas mencintai Khaldi sepenuh jiwa dan raganya.

"Sekarang Kamal pergi mandi dan terus solat maghrib. Makan malam nanti ibu akan bincangkan hal ini dengan ayah." sambung Cut Hamizalia.

Kamal mengangguk dan melepaskan pelukannya dan meninggalkan Cut Hamizalia di ruang makan rumah kayu itu. Hamra masih tidak faham akan apa yang sedang terjadi, namun sesekali dia memandang ibunya dengan senyuman.

"Ra, tolong siapkan makan malam ya. Jangan lupa ingatkan nenek untuk makan ubat." Seru Cut Hamizalia pada Hamra yang masih berdiri seolah-olah berfikir akan apa yang sedang terjadi.

Tanpa sempat berbicara sepatah katapun, Hamra terus meninggalkan Ibunya menuju kearah dapur dan segera menyiapkan makan malam keluarga itu.

Dua puluh minit telah berlalu.

"Ibu, ayah mari makan malam, semua hidangan sudah siap," Hamra mengetuk pintu bilik ibunya.

"Wah, Hamra memang rajin, lauk ikan masak asam pedas, ayam goreng, ikan bakar, sayur lalap . . . he . . . . ehh . . . sambal belacan pun tak ketinggalan," usik Kamal seraya menarik kerusi rotan di belakang meja makan keluarga Razali.

Nek Tijah pun tidak ketinggalan, dia berjalan perlahan dari bilik tidurnya menuju ke ruang tengah keluarga itu, kakinya lebam dan lengguh, kerana terhimpit semasa dalam kereta Volkswagen berbentuk katak hitam itu, semasa perjalanan menuju Lapangan Terbang Subang tadi pagi.

"Nek, sakit lagi? Biar Hamra compress dengan air suam agar hilang lebamnya, nek," Hamra terus mengandeng tangan Nek Tijah.

"Nek, biar Kamal picit bahu dan badan malam ni, supaya hilang lenguhnya." Tambah Kamal yang sudah siap menunggu kehadiran ayah dan ibunya di meja makan malam itu.

Cut Hamizalia berjalan beriringan keluar dari biliknya dengan Encik Razali. Hamra menyedok nasi, dan meletakkannya pada lima buah pinggan kaca, lalu memberikan masing-masing pada nenek, ibu, ayah dan Kamal.

Suasana rumah kayu keluarga Razali itu nampak tenang dan harmoni. Masing-masing duduk menghadap hidangan makam malam yang tak seberapa itu dengan wajah gembira.

Sementara itu di rumah keluarga Haji Faiz, dia masih kalut dalam amarahnya yang tak berkesudahan. Bahkan hendak memukul Nadia dengan kayu besar dan juga hendak memukul ahli keluarga Khaldi yang menurutnya bertanggungjawab atas kejadian ini.

"Ayah, tidak! Bukan Nadia yang memutuskan pertunangan kami. Jangan salahkan keluarga Encik Razali, ayah. Khaldilah yang bertanggungjawab atas semua ini." Nadia menangis merayu ayahnya yang tengah marah seraya berlutut padanya.

"Kau, Leha! Macam mana jaga anak wanita semata wayangpun tak becus !, Apa kata orang, hah?, Nadia anak Haji Faiz diputuskan tunangnya." Haji Faiz masih berteriak dan marah besar.

Wajah Haji Faiz yang biasanya nampak putih berseri, jadi merah padam, air matanya menitis tanpa disedari membasahi pipinya dan mulai turun ke jambangnya yang panjang, air liurnya mula membasahi bibirnya yang tebal dan hitam itu, peluhnya bercucur membasahi seluruh tubuhnya.

Haji Faiz masih nampak berang, ia mula berjalan mundar-mandir dan sesekali memukul dinding dengan tangannya yang gempal itu. Ia kemudian mendekati Zaleha dengan matanya terbelalak tajam, nafasnya terengah-engah seakan-akan ingin memulakan pergaduhan.

"Leha, apa kata orang nanti, aku merasa terhina! Mengapa Razali, lelaki yang makan sesuap nasi dari tanganku, sanggup menghina keluargaku? Sampai hati kau Razali." Suara Haji Faiz masih menderu-deru.

Zaleha, kemudian berdiri dengan air mata yang berderai. Ia mencium kepala suaminya. Dengan air mata menitis membasahi pipinya, yang anjal merah jambu, Zaleha mula memujuk suaminya.

"Bang, ini semua bukanlah salah Razali. Leha yakin mereka juga tak tahu akan perbuatan Khaldi tu. Jika mereka tahu, mengapa mereka masih datang seminggu yang lalu menjemput kita sekeluarga untuk bersama-sama hantar Khaldi ke lapangan terbang?" Zaleha memandang ke atas dengan air mata tergenang di kelopak matanya.

Zaleha menambahkan kata-kata dengan sebak. "Bang tak hanya itu, Cut memberikan baju kurung bermanik yang dijahitnya sendiri untuk Nadia pakai pada hari itu," seraya membuka bungkusan plastik yang berisi baju kebarung kedah warna ungu muda polos yang terdapat manik-manik berbentuk bunga halus dijahit tangan.

Nadia yang duduk di dalam bilik tidurnya menangis tak henti-henti, kekecewaannya amat dalam akan perlakuan Khaldi terhadapnya.

Haji Faiz yang marah besar, bernafas panjang,*"hhhhaaaaah . . . !* ".

Zaleha mula berbisik pada telinga suaminya, "Abang, biarlah kita bincang masalah ini dengan keluarga Razali esok pagi. Nadia nampak kurang sihat, bang." Zaleha cuba memujuk suaminya yang masih marah.

Suasana rumah Haji Faiz yang biasanya tenang itu berubah menjadi tegang, seolah-olah menahan segala rasa duka yang mendalam.

Zaleha terus berusaha menenangkan suaminya yang sememangnya adalah seorang yang pemarah dan sukar dikendalikan oleh sesiapapun. Haji Faiz sangat peduli tentang anggapan masyarakat terhadapnya atau keluarganya.

"Bang, biar Leha buatkan abang minum. Yaa dan ini pakaian Abang." Zaleha terus menyodorkan kain pelekat kotak-kotak hijau,hitam dan putih beserta t-shirt putih polos lengan pendek pada suaminya.

Zaleha terus pergi ke dapur untuk menyiapkan makan malam.

"Aziz, Brahem, Razak! Jom makan malam", suara Zaleha berteriak memanggil ketiga anak lelakiya yang sibuk bermain di bilik simpanan di belakang rumah.

Nadia adalah anak sulung keluarga itu, Haji Faiz menaruh harapan yang tinggi padanya, kerana beliau adalah seorang peniaga yang cukup terkenal di Ipoh.

Haji Faiz sememangnya sangat sayang dengan Khaldi sejak usia kanak-kanak lagi. Sikap Khaldi yang sangat hormat serta bangga pada kejayaannya, membuatnya semakin sayang terhadap Khaldi. Khaldi juga telah menunjukkan minatnya pada dunia perniagaan membuatkan Haji Faiz terpikat dengannya.

Aziz masih berusia 10 tahun, sedangkan Brahem dan Razak, masing-masing 6 tahun dan 3 tahun. Sedangkan Nadia sebaya dengan Hamra, hanya terpaut setahun lapan bulan usia Nadia lebih tua berbanding Hamra.

Ketiga-tiga anak lelakinya yang sibuk bermain, secara serentak berhenti dan terus meninggalkan bilik simpanan itu.

Seraya berlari-lari kecil, ketiga-tiganya terus menuju meja makan keluarga. Sememangnya mereka sangat takut dengan ayahnya yang pemarah itu.

"Mak, kenapa Kak Nadia tak mahu makan sama ?" Razak bertanya pada Zaleha.

"Dia masih letih agaknya," jawab Zaleha.

"Mak, Brahem dan Aziz dapat gula-gula dari Abang Khaldi semalam. Dia kata dia tak nak balik, mak." Brahem dan Aziz yang tiba-tiba bersahutan di meja makan keluarga Haji Faiz.

"Eh, kamu makan dulu. Kalau sudah makan, baru bercakap." Zaleha berusaha mengalihkan perhatian anak-anaknya, seraya menghulurkan segelas air sirup bandung kepada suaminya itu.

"*Hmm*, Brahem! Aziz!, kamu berdua berjumpa dengan Abang Khaldi?" Haji Faiz bertanya kepada anak-anaknya.

Brahem dan Aziz terus berhenti menelan makanan yang sudahpun berada di mulutnya. Kedua-duanya dengan wajah takut menundukkan wajahnya masing-masing ke lantai.

Zaleha bernafas panjang.

Zaleha terus berbisik pada telinga suaminya, "Bang, sudahlah, nanti selepas makan malam kita bincangkan hal ini." Zaleha berusaha untuk mengalihkan bahan pembicaraan pada malam itu.

"Oh, Leha kamu hanya mahu melindungi si Razali keparat itu, abang tahu kamu sememangnya minat dengannya dulu kan?" Suara Haji Faiz tiba-tiba memecah kesunyian ruang makan yang itu.

Walaupun Zaleha marah namun ia berusaha mengendalikan amarahnya.

"Abang, tolonglah jangan buat tuduhan yang bukan-bukan. Lagipun kita di depan anak-anak ni. Takkanlah abang gaduh dengan Leha di sini, tolonglah. Kita boleh berbincang, Leha merayu pada abang," suara Zaleha terdengar sayu dan penuh harap pada suaminya.

Sementara itu Aziz, Brahem dan Razak hanya tercengang mendengarkan kata ayahnya yang nampak marah akan perbualan mereka itu.

Nadia masih terus menangis di dalam bilik tidurnya, seolah-olah ia menyesali segala perbuatannya untuk menolong Khaldi.

"Mari Leha. Jika awak memang tak sayangkan si Razali itu, kita pergi ke rumahnya lepas ini."

Zaleha sememangnya kesal dengan suaminya yang pemarah itu, namun dia berusaha untuk tidak mengendahkan kata-katanya.

Zaleha terus meneruskan memotong ikan, yang dihidangkan untuk makan malam anak-anaknya terkejut, tiba-tiba, wajahnya berubah, pucat lesi seraya berkata, "Abang, Leha tak pernah mencintai siapa-siapa. Sememangnya dulu Leha pernah berminat dengan Razali, tapi itu dulu bang. Bukan sekarang, semasa itupun Leha masih usia remaja, lagipula Razali sudah memilih Juwita sebagai isterinya dan Juwita itu kakak tiri Leha, bang! Istigfar, bang." Air mata Zaleha mula menitik tanpa disedari.

Zaleha terus bangun dari kerusi dan mengelap air matanya dengan kain baju kebarung sutra berwarna biru muda berbunga kecil putih lukisan tangan, yang agak longgar untuknya.

"Sampai hati abang, nak mengungkit-ungkit peristiwa lama, bukankah abang yang tergila-gilaakan Juwita? Walaupun dia sudah memilih Razali sebagai teman hidupnya? Andai lembaran lama, rahsia cinta itu tertulis, mungkin ramai yang sedar bahawa cinta adalah prahara hidup yang patut dijaga dan disyukuri, bang." Zaleha mengajak anak-anaknya meninggalkan ruang makan keluarga itu.

Ruang makan yang biasanya ceria, dengan suara rendah riuh keluarga Razali itu, terus nampak lengang dan sepi, seolah-olah ruang makan itu tak pernah digunakan lagi, pingan, mangkuk, sudu dan periuk masih berada di atas meja makan. Namun Razali masih tetap duduk dengan angkuhnya dan perasaan marahnya yang membuak-buak.

Zaleha terus berjalan menuju ke bilik tidur Nadia.

'Nadia, kamu tak nak makan?" suara Zaleha yang mengejutkan Nadia yang sedang menangis sedih.

"Nadia tak lapar."

"Nadia . . . jodoh, reziki, maut semua ditangan Tuhan, Allah yang Maha Esa," Zaleha cuba menasihati Nadia.

"Ya, mak. Nadia faham, Nadia kesal kerana Khaldi telah mengunakan hidup Nadia untuk kesenangan hidupnya. Nadia tak redha," tangis Nadia mula menjadi-jadi.

Akhirnya Zaleha memutuskan untuk tidur di bilik anaknya yang keadaan kecewa, sehingga badannya demam yang cukup tinggi. Kekecewaan amatlah mendalam apabila Khaldi lelaki yang dicintainya mengkhianatinya.

Langit mendung gelap, angin bertiup sangat kencang, suara dahan-dahan yang runtuh terdengar di sana-sini, seolah-olah kesedihan Nadia didengar oleh sang pencipta.

Dua hari telah berlalu, namun keadaan Nadia masih seperti itu juga.

"Nadia, kamu harus makan," Zaleha cuba memujuk Nadia yang tidak mahu makan.

"Tak apa mak, Nadia tak lapar." Nadia terus terbaring dan tak bergerak. Nadia sangat kecewa mulai berputus asa. Sikap Khaldi yang hanya mementingkan dirinya sendiri, membuatnya merasa terhina. Selama ini Nadia menggadaikan hidupnya untuk Khaldi. Tak pernah walau sekalipun dia terfikir, untuk meluangkan masa bagi kesenangan dirinya tetapi semuanya untuk Khaldi.

Zaleha sangat sedih, melihat penderitaan anaknya. Dia terus meninggalkan bilik Nadia dan pergi ke rumah keluarga Cut Hamizalia.

"Assalamu'alaikum, Cut . . . Izaliaaa!" suara Zaleha riuh menegur dari depan rumah keluarga Razali.

"Wa'alaikum salam, Eh Mak Cik Leha!" Hamra terus bersalaman.

"Sila masuk mak cik. Kak Nadia mana?" Hamra melihat sekelilingnya namun tak ternampak Nadia.

"Ah, itulah sebabnya mak cik datang ke mari, Hamra", jawab Mak Cik Leha.

Mak Cik Leha masih berdiri di depan daun pintu rumah Razali yang sudah tertanggal catnya berawarna putih, di mana terdapat tingkap, dengan daun tingkap dari kayu mahagoni, berbentuk segi panjang, dan mengenakan *curtain* berwarna kuning muda kilat, bergaris-garis kelabu dan berbunga *rose* kuning menyerlah.

Hamra terus bergegas ke bilik ibunya, "Bu, Mak Cik Leha datang!" Belum sempat Cut Hamizalia menjawab Hamra, Hamra sudah meninggalkan bilik ibunya dan menuju ke dapur untuk membuat minuman.

"Siapa datang Ra?" tanya Nek Tijah yang baru balik dari kebun di belakang rumah.

"Mak Cik Leha ada kat depan," suara Hamra perlahan menjawab.

Perbincangan yang nampak serius antara Cut Hamizalia dan Mak Cik Leha dikejutkan dengan datangnya Kamal.

"Kamal dari mana?" tanya Cut Hamizalia kepada anaknya itu.

"Eh Mak Cik Leha. Apa khabar mak cik? Nadia apa khabar?" tanya Kamal yang benar-benar ingin mengetahui keadaan Nadia.

Kamal memohon diri dan meninggalkan ibunya, yang berbual rancak dengan Mak Cik Leha di ruang tamu depan rumahnya itu.

"Kham . . . Kham . . . tolong keluar sebentar. Ibu nak cakap sesuatu yang penting," Cut Hamizalia bercakap perlahan di depan bilik tidur Kamal.

"Kamal, Mak Cik Leha datang ni kerana ada orang yang memberitahunya, tempoh hari Kamal dukung Nadia dan bercumbu dengannya di tasik sekolah." Cut Hamizalia cuba mencari penjelasan dari anaknya yang terkejut dengan berita itu.

Mata Kamal mula menatap ibunya dengan tajam, dan jantungnya menderu kuat, wajahnya berubah seketika menjadi merah kerana rasa malu apabila ibunya mendapat tahu peristiwa tempoh hari.

"Bu . . . demi Allah, Kamal hanya menolong Nadia yang terjatuh di tasik sekolah dan kemudian dibantu oleh dua orang pengurus surau sekolah mengangkatnya ke surau, kamal hanya membantunya Bu," jawab Kamal.

"Mengapa mereka berkata demikian?" tanya Cut Hamilizia.

Kamal mula menarik nafas panjang.

"Kamal, ibu percaya pada kata-kata Kamal, tetapi Haji Faiz tu kan, kepala batu. Apa dia boleh terima penjelasan Kamal? Ibu kesian dengan Nadia, dia baik sangat sehingga tak faham antara cinta dan derita," Cut Hamizalia cuba menerangkan kepada Kamal.

Cut Hamizalia terus menarik tangan kiri Kamal dan segera membawanya ke ruang tamu keluarga itu.

Mak Cik Zaleha terdiam seorang diri, dengan wajah yang gugup dan memandang ke arah lantai rumah kayu itu, yang sudah nampak usang dan beberapa bahagian mulai sedikit berlubang.

"Leha, Kamal akan menjelaskan semuanya kepada awak," Cut Hamizalia meminta Kamal duduk berhadapan dengan Mak Cik Zaleha. Sementara Hamra berdiri di sebalik langsir yang membatasi ruang tamu itu untuk mendengarkan perbincangan itu.

"Kamal, tempoh hari Mak Cik datang minta tolong kepada Kamal untuk mencari Nadia, kan?" Mak Cik Leha mula bertanya soalan. Kamal hanya mengangguk.

"Dan mak cik bersyukur Kamal sudah membantu tetapi . . ." suara Mak Cik Leha mula kedengaran perlahan.

"Tetapi apa, mak cik?" tanya Kamal cemas.

Mak Cik Leha bernafas panjang dan melanjutkan kata-katanya. "Semalam ada dua orang lelaki bercerita peristiwa itu dan mengatakan yang Kamal nak ambil kesempatan di saat Khaldi pergi."

Kamal terasa hatinya sangat terusik dengan kata-kata Mak Cik Leha itu.

Kamal mula berdiri dengan nada marah. "Ini cerita karut . . . !".

"Kamal, sememangnya tak tahulah dari mana datangnya cerita karut ini, tapi mak cik terdengar jiran sebelah bercakap mengenainya semasa mak cik menyidai baju tadi."

Kamal yang berdiri dengan marah, kemudian duduk kembali. Dia pasti khabar buruk mengenainya sudah tersebar dimana—mana.

"Leha, dari mana cerita itu?" tanya Cut Hamizalia dengan penuh rasa ingin tahu.

Mak Cik Leha hanya menggelengkan kepalanya.

Suasana ruang tamu itu, tiba-tiba hening sejenak, hembusan angin terdengar jelas menyapu dedaunan yang jatuh dari pokok mangga di depan rumah.

"*Hmm*, entahlah . . . sekarang Nadia tengah sakit dan dia tidak mahu makan. Keadaannya semakin hari semakin teruk, di luar sana orang tengah menceritakan tentang anak kesayangan saya. Sungguh malang nasibnya!" Mak Cik Leha terus menitiskan air matanya, dan tidak dapat lagi bercakap kerana kesedihannya.

"Cut Izalia, tolonglah Nadia perlu masa depan," Mak Cik Leha berkata lagi dengan suara tegas walau masih menangis.

"Siapa nanti yang nak kahwin dengan Nadia? Jika gosip ini tersebar dari kamping ke kampung, seperti awak tahu, Haji Faiz menaruh harapan pada Khaldi. Dia sanggup membantu Razali apa sahaja, demi Nadia dan Khaldi bersatu. Takut rasanya Izalia, apa yang akan terjadi?" Mak Cik Leha mulai terisak kuat.

Cut Hamizalia terus mendekati Mak Cik Leha di mana tangan kanannya membelainya, berkata, "Kak Leha, janganlah berfikir yang bukan-bukan, walaupun Abang Haji Faiz itu pemarah, tapi rasanya dia tak akan melakukan perkara-perkara yang tak elok."

Kamal yang tengah duduk di antara ibunya dan Mak Cik Leha hanya bernafas panjang.

Cut Hamizalia memeluk Mak Cik Leha, seraya membersihkan air matanya yang sudah jatuh berderai membasahi pipinya, bahkan baju dan kain selendangnya itu.

"Kak, saya akan bincangkan hal ini dengan Razali malam ini juga. Saya berjanji, Insya Allah, semuanya akan dapat diatasi." kata Cut Hamizalia yang cuba menenangkan Mak Cik Leha.

Kamal masih duduk terdiam, memandang ibunya dan sesekali memandang Mak Cik Leha.

"Izalia, akak takut Haji Faiz. Kalau dia marah, segala yang mustahil akan berlaku. Apa yang akan terjadi dengan anak dara akak? Tolonglah akak merayu."

"Izalia, dia akan menghukum Nadia apabila dia mendengar cerita ini", tambah Mak Cik Leha.

Mak Cik Leha terus berlutut pada kaki Cut Hamizalia. Cut Hamizalia terkejut dengan tindakan itu dan terus memegang kedua bahu Mak Cik Leha dan memintanya bangun.

Kamal merasa sangat hiba melihat Mak Cik Leha berlutut kepada ibunya, Kamal yang terdiam mula bercakap akan apa yang dirasakannya selama ini.

"Bu, Kamal rasa, kita sepatutnya selamatkan Nadia. Dia gadis yang baik dan berbudi luhur, walau Kamal tak begitu mengenalinya, tetapi Kamal jatuh hati melihat sikapnya," Kamal bercakap sambil menatap wajah ibunya.

Ruang tamu yang berdinding kayu, bercatkan warna putih yang luas itu nampak sempit, sudut-sudutnya yang tajam, terasa curam dan menghimpit. Sesak dada Zaleha memikirkan apa tindakan yang akan diambil suaminya, jika mengetahui hal ini nanti.

"Izalia, akak benar-benar takut dengan apa yang akan Haji Faiz lakukan, hanya . . ." suara Mak Cik Leha terputus.

"Hanya apa kak?" tanya Cut Hamizalia yang masih ingin tahu kalimat Mak Cik Leha yang terputus itu.

Zaleha tak dapat menjawab kata-kata Cut Hamizalia. Dia hanya menangis tak henti-henti.

Cut Hamizalia terdiam sesaat. Dalam fikirannya terbayang peristiwa lama yang terjadi pada Nadia, kerana kealphaannya membawa pulang kuih kegemaran ayahnya itu.

Kampung Sungai Tapah, December 1973,

Jalan Besar Lengkong Tiga

"Nadia, boleh tolong mak cik?" Cut Hamizalia bertanya dengan senyum pada Nadia yang baru berusia 5 tahun pada ketika itu.

Nadia yang sedang bermain congkak bersama Lidya, Najwa, Zila serta Nora segera berdiri dan menjawab, "Iye mak cik, sudah pastilah Nadia boleh tolong."

Cut Hamizalia yang tersenyum, melihat ke arah Nadia dan terus menyerahkan sekotak kecil kuih coklat yang ditempah oleh ibunya itu. "Tolong berikan kepada ibumu, Nadia. Dan jangan lupa sampaikan salam mak cik juga minta maaf kerana terburu-buru."

Cut Hamizalia melambaikan tangannya, seraya meninggalkan Nadia dengan kawan-kawannya yang masih seronok, bermain didepan rumahnya itu.

Namun, tak lama kemudian, Nadia terlalu seronok dengan permainan congkak, sehingga apabila balik ke rumahnya, dia terlupa membawa sekotak kuih coklat tadi.

"Assalamu'alaikum mak, Nadia balik," suara Nadia nyaring terdengar di depan pintu rumahnnya itu.

"Mak . . . Ehh . . ." Nadia tiba-tiba jadi kekok memandang ibu dan ayahnya yang sedang duduk santai di ruang tamu depan rumahnya itu.

"Kenapa? Ada yang tak kenakah?" Zaleha memandang ke arah anaknya yang kelihatan serba salah itu.

"Kuih dalam kotak tu, tertinggal." Nadia mula memandang wajah ibunya dengan perasaan kecewa.

Mak Cik Zaleha terus segera berdiri, dan berusaha bercakap dengan suara yang lemah-lembut agar Haji Faiz tidak mendengar perbualannya itu.

"Ah, kan Nadia hanya main di laman depan, cepat pergi ambil kuih kesukaaan ayah. Cepat pergi sebelum ayah tahu." Zaleha berbisik pada telinga Nadia dan memujuknya untuk kembali ke tempatnya bermain.

Laman yang luas, sebahagiannya ditutup oleh lantai simen, di mana terdapat dua buah pokok mangga yang terletak di bahagian depan sebelah kanan dan kiri, di sekelilingnya terdapat pelbagai tanaman buah-buahan yang masih kecil, menyamankan laman rumah keluarga Haji Faiz itu.

"*Emm*, mana agaknya kotak tu?" Nadia bercakap dalam hati seraya mencarinya hampir ke seluruh laman yang besar.

Nadia mula nampak cemas dan takut. "Macam mana, jika ayah tahu kotak tu dah hilang?" Fikir Nadia di dalam hati.

Nadia semakin risau memikirkan bagaimana caranya mendapatkan kembali sekotak kuih coklat yang diberikan Cut Hamizalia untuknya, mengingat kuih itu adalah kuih kesukaan ayahnya, yang dipesan khas beberapa hari yang lalu.

"Leha . . . . mana kuih coklat yang kita tempah dari istri Zali? Mana air teh O abang. Takkanlah lambat sangat awak menyediakan untuk abang?" suara Haji Faiz menjerit kuat dari bilik tidurnya.

"Sabar bang, kejap lagi Leha hidangkan." suara lembut Zaleha menjawab soalan suaminya. Mak Cik Leha cuba berjalan laju ke laman depan untuk mengambil kuih coklat dari Nadia itu.

Nadia pula terasa takut dan cemas, dia terpaksa kembali ke rumahnya dengan tangan kosong, tanpa dapat membawa apa-apa di tangannnya. Zaleha berasa tidak sedap hati itu, sudahpun berada di laman depan rumahnya menanti kepulangan Nadia.

Nadia berjalan perlahan dengan wajah cemas kembali ke rumahnya. Zaleha berdiri cemas melihat anaknya yang balik dengan tangan kosong itu.

"Nadia, kamu jumpa kotak kuih ayah?" suara Zaleha berbisik pada telinga Nadia.

Dengan perasaan kecewa dan sedih, Nadia hanya menggelengkan kepalanya. Zaleha yang sangat memahami suaminya itu, terus terfikir untuk mencari jalan keluar agar suaminya tidak marah dan menyalahkan anaknya itu.

"Biar ibu ke rumah mak cik awak tu. Tolong ibu, temankan ayah minum teh." Zaleha yang memakai baju kedah panjang, putih bergaris-garis hitam, dan kain panjang kurung warna hitam itu, terus menyambar selendang panjang berwarna merah jambu, dan bergegas pergi ke rumah Cut Hamizalia.

Walau Nadia takut dengan amarah ayahnya, namun dia cuba mengawal perasaannya. Nadia mula duduk bersama ayahnya untuk minum petang bersama-sama. Haji Faiz sangat menyayangi Nadia, namun sikapnya yang mudah naik pitam itu, sukar untuk berkompromi.

"Ayah, jangan marah ya." Nadia berkata seraya meletakkan secawan teh panas di meja bulat rotan, yang menghadap pintu rumah mereka.

"Hah, kenapa? Sudah pasti ayah tak marah. Cepat bagi tahu ayah," Haji Faiz terus meletakkan cawannya seraya memandang Nadia tajam.

"Begini, Nadia hilangkan sekotak kuih coklat yang diberikan Mak Cik Cut Hamizalia pada Nadia tengah hari tadi. Nadia lupa. Setelah menerima kuih tu, Nadia masih bermain dan kemudian balik tanpa membawa kuih tu."

Haji Faiz memandang anaknya sinis, "Kamu makan kuih ayah?"

"Tidak, ayah. Nadia tak menyentuhnya pun" suara Nadia lemah dan berharap dapat meyakinkan ayahnya itu.

"Kamu Nadia, jangan sesekali menipu ayah. Jika kamu nakkan kuih tu, cakaplah! Cakap!" Haji Faiz mula marah melenting tanpa sebab.

Nadia yang baru berusia 5 tahun itu hanya menangis sekuat hatinya. "Nadia tak ambil, ayah!"

"Jangan suka menipu!" Suara Haji Faiz menengking anaknya.

Nadia kelihatan sangat takut dan sedih.

Zaleha yang baru sampai di rumah Cut Hamizalia dengan nafas terengah-engah.

"Assalamu'alaikum, Cut Izalia?"

Cut Hamizalia yang baru sahaja berganti pakaian, terus menyarungkan baju kebayanya dan mengambil kain selendang dari bahan renda cotton yang berwarna kuning dan berjalur emas bergegas menuju ke pintu depan rumahnya.

"akak, saya sudah hantar kuihnya kepada Nadya," suara Cut Hamizalia yang menjawab pertanyaan Zaleha dari depan rumahnya.

"Tak adakah sikit lagi kuih tu? Tolonglah suami akak suka marah Cut Izalia, jadi akak takut abang marahkan Nadia." suara Zaleha berusaha membuat Cut Hamizalia faham.

"Kak, tak ada lagi kuih tu, tapi Izalia boleh buat dan sekejap lagi Izalia hantarkan ke rumah Akak, yaa kak." Cut Hamizalia cuba memujuk Zaleha agar kembali ke rumahnya.

Zaleha terus meninggalkan rumah Cut Hamizalia.

Sementara di rumah Haji Faiz.

"Biar ayah ikat mulut Nadia, supaya tak suka menipu!" suara Haji Faiz cuba menakut-nakutkan Nadia yang tengah menangis, seraya duduk di salah satu kerusi kayu, *teak wood* meja makan keluarga itu.

Zaleha yang baru sampai di rumahnya, "Abang . . . tolonglah. Nadiakan sudah mengaku dia lupa, tak cukupkah semua itu? Sekejap lagi Cut Hamizalia akan hantarkan kuih coklat yang baru untuk abang." Zaleha merayu suaminya.

Terus tanpa bercakap banyak Haji Faiz memukul dinding dengan kuat, dengan tangannya yang gempal, dan kemudian meninggalkan ruang makan menuju ke bilik tidurnya.

"Mak, mengapa ayah tak percayakan Nadia?" Nadia memeluk ibunya erat seraya menangis teresak-esak.

"Nadia, ayah tu hanya panas baran sahaja, sudah pastilah dia percaya dengan Nadia dan dia cintakan Nadia. Jadi Nadia tak boleh ambil hati dengan sikap ayah." pujuk Zaleha kepada anaknya Nadia.

Nadia hanya mengangguk sedih. Walau nampak masalah ini kecil, namun kemarahan Haji Faiz kepada Nadia yang meluap-luap itu, membuat si kecil menangis tak henti.

Sejam pun telah berlalu, "Assalamu'alaikum, Kak Leha., ini Cut kak" suara Cut Hamizalia dari pintu depan.

"Wa'alaikum salam, sila masuk Cut Izalia." suara Zaleha menjawab seraya berjalan dan memeluk Nadia, yang tak henti-henti menangis hingga hampir kehabisan nafas dan wajahnya pucat.

"Nadia, anak cantik tak boleh nangis." Cut Hamizalia mencium kening Nadia dan memujuk Nadia. Tetapi, Nadia masih menangis tak henti.

"Ayah hukum Nadia, ayah tak percaya dengan Nadia," kata Nadia dengan suara tangisnya yang semakin kuat.

Cut Hamizalia terdiam memandang Zaleha, seolah-olah ingin bertanya sesuatu. Namun Zaleha, hanya dapat bernafas panjang.

"Maafkan akak Cut, inilah yang akak takutkan. Abang Faiz, cepat sangat marah, dia seorang yang baik namun terkadang saya cukup gelisah melihat sikapnya," suara Zaleha lemah.

Cut Hamizalia sangat hiba, melihat Nadia yang menangis tak henti-henti. Dia merasa bahawa ayahnya melepaskan amarah padanya dan menuduhnya memakan kuih itu adalah tak berasalan, namun dia tidak dapat membela diri.

"Nadia, ini mak cik buatkan gula-gula coklat dan kuih coklat untuk ayah dan Nadia. Jangan lupa datang ke rumah mak cik, ada adik Hamra, Khaldi dan Kamal mereka semua kawan Nadia." Cut Hamizalia terus mendukung Nadia dan menciumnya beberapa kali. Pelukan mesra Cut Hamizalia membuatkan Nadia nyaman dan akhirnya tertidur.

Peristiwa itu sememangnya masih segar dalam ingatan Cut Hamizalia. Dia yang duduk di kerusi ruang tamu bersama Kamal dan Mak Cik Zaleha, termenung tidak kurang dari lima belas minit membayangkan peristiwa itu.

"Cut Izalia, akak balik dulu ya." suara Mak Cik Leha mengejutkan Cut Hamizalia yang masih termenung.

"Izalia, saya mesti balik rumah sekarang, takut kalau-kalau Haji Faiz dengar khabar itu. Kesian budak-budak kat rumah sorang-sorang," suara Mak Cik Leha lemah.

"Kak, Insya Allah saya, Abang Razali dan anak-anak akan mencari jalan secepat mungkin. Kakak janganlah fikir yang bukan-bukan. Sabarlah kak, Cut yakin Abang Haji Faiz takkan membuli anak sendiri. Kakak bertenang ya, kami sentiasa akan bersama akak," Cut Hamizalia memeluk Zaleha yang masih sedih dan cuba menghapuskan air matanya yang bercucuran.

Belum sempat Mak Cik Leha berkata apa-apa, Kamal dari belakang berkata padanya, "Mak cik, jika sesuatu akan terjadi pada Nadia, Abang Khaldi lah yang patut dipersalahkan, mak cik jangan bersedih."

Hampir seminggu telah berlalu, Haji Faiz terdengar berita yang mengatakan bahawa Nadia ditinggalkan oleh Khaldi kerana main kayu tiga dengan Kamal. Jantung Haji Faiz seperti tak terdetik, wajahnya merah membara, nafasnya terengah-engah memasuki rumahnya tanpa salam dan terus menuju ke bilik tidur Nadia.

"Bang, janganlah buat macam ni dengan Nadia," Zaleha merayu Haji Faiz yang sudah naik berang melenting seraya mengancam akan memasung kedua kaki Nadia. Walau dengan hati cemas dan perasaan takut, Nadia cuba menerangkan peristiwa sebenar kejadian petang itu di Tasik Manjoi, namun Haji Faiz tak mahu mendengar.

"Ayah, tolonglah. Ini baju Mak Cik Milah. Nadia pinjam sebab baju Nadia basah terkena hujan. Tolong jangan menuduh Kamal yang bukan-bukan," terang Nadia.

Setelah mengoyakkan baju kurung milik Mak Cik Milah yang dipinjam oleh Nadia, Haji Faiz berjalan dengan marah yang meledak-ledak menuju ke bilik simpanan di sebelah kanan rumahnya.

Tidak kurang daripada sepuluh minit berlalu, Zaleha yang mengikuti suaminya datang membawa dua batang kayu panjang yang berlubang bulat di setiap hujungnya dan meletakkan kaki Nadia pada lubangnya seraya mengikatnya.

"Bang, tolonglah. Nadia tak akan lari dengan mana-mana lelaki. Dia tak akan buat perkara yang bukan-bukan, abang. Leha merayu lepaskan ikatan kayu kaki Nadia ni." Air mata Zaleha berderai tak kuasa menahan perasaan sedih akibat keputusan suaminya itu.

Haji Faiz sama sekali tidak peduli dengan amaran Zaleha itu. Dia tetap memasung kedua kaki Nadia. Dia kecewa terhadap Nadia apabila adik Mak cik Milah, Si Din memberitahunya berita tentang dirinya dan kamal.

"Jangan sesekali, kau conteng arang di muka ayah, Nadiaaaa!" Haji Faiz menjerit dan mendekatkan dirinya kepada Nadia.

"Tak cukup dengan memalukan ayah, putus tunang, ditinggalkan oleh lelaki yang hebat tanpa sebarang alasan, rupanya kau berbuat maksiat dengan Kamal! Itulah sebabnya khaldi memutuskan pertunangan kalian!" Haji Faiz menyambung perkataannya dengan marah.

"Bang, Leha mohon, jangan pasung kaki anak kita bang." Zaleha merayu seraya menangis tersedu-sedu, seraya memegang kedua tangan Haji Faiz yang bersungguh-sungguh dan air matanya jatuh ke atas tangan Haji Faiz yang memasung kaki Nadia itu.

Walau Nadia dan Zaleha menangis tidak henti-henti, namun Haji Faiz tak terdetik hatinya. Dia terus meninggalkan anak dan isterinya yang dalam kesedihan.

Setelah meninggalkan anaknya di dalam bilik tidurnya, Haji Faiz dengan nafsu amarahnya bergelora terus berjalan menuju ke arah rumah Encik Razali.

"Razali, jahanam! Keluarlah! Sampai hati kau perlakukan begini padaku." jerit Haji Faiz dari depan laman rumah Encik Razali.

Jeritan Haji Faiz, membuatkan Cut Hamiazalia menarik kain selendangnya yang berwarna putih polos dan menyarungkan pada kepalanya.

"Bang Haji Faiz, Abang Razali sedang tidur. Apa yang penting sangat?" tanya Cut Hamizalia dengan wajah agak pucat takut akan amarah Haji Faiz.

"Bang Haji, sekejap Cut panggilkan Kamal." Cut Hamizalia terus meninggalkan Haji Faiz yang sedang marah, seraya berjalan ke laman yang terletak di belakang rumah, di mana Nek Tijah tengah sebuk berkebun dengan Kamal dan Hamra.

"Kamal, sini!" Cut Hamizalia melambaikan tangannya pada Kamal. Kamal memandang ke arah Nek Tijah yang sedang sibuk membasuh pasu lalu berkata, "Nek, sekejap, Kamal nak bantu ibu, nanti Kamal balik bantu nenek." Kamal tersenyum meninggalkan Nek Tijah dan Hamra seraya berjalan terus ke arah Cut Hamizalia yang bersembunyi di sebalik pintu dapur rumah kayu itu.

"Razali!" Haji Faiz masih memekik kuat di luar rumah Encik Razali.

"Kamal, ayah sedang tidur kerana terlalu letih dan badan ayah agak panas. Jadi tolong Kamal layan Haji Faiz dan ibu akan buatkan minuman," Cut Hamizalia dengan tenang terus merebus air.

"Pak Cik Faiz, sila masuk." Kamal menegur seraya bersalam dengan Haji Faiz.

"Kau biadab! Sampai hati kau rosakkan pertunangan Nadia. Apa nasib anak daraku?" Haji Faiz terus menumbuk wajah Kamal dengan kuat.

"*Brak...*", Kamal terjatuh dan matanya terus lebam.

"Kamal kenapa tak jemput Haji Faiz masuk?" tanya Cut Hamizalia dari dalam rumahnya, namun Kamal masih terjatuh dilantai.

Cut Hamizalia yang tak mendengar apapun jawapan daripada anaknya terus bergegas berjalan menuju ke laman depan.

"Ya Allah, Kamal!" Cut Hamizalia memegang wajah anaknya yang lebam.

"Kenapa Bang Faiz, menumbuk Kamal?" Cut Hamizalia bertanya cemas kepada anaknya.

"Entahlah bu, tapi yang pasti Nadia tengah menderita sekarang, tolonglah bu. Kamal tak dapat biarkan Nadia menderita," Kamal menatap wajah ibunya yang sedih itu.

Petang yang kelam, berlalu dengan pantasnya, rumah kayu Razali yang luas nampak sempit, heningnya malam terasa mencekam. Razali yang terbaring di tempat tidurnya, berselimut kain batik rangkap dua, yang tak terjahit bucu-bucunya, menutupi seluruh wajah Razali.

"Bang, tolonglah. Izalia ada sesuatu yang mustahak untuk dibincangkan." Cut Hamizalia mengoncangkan badan Razali yang sedang terbaring.

"Bang, kita mesti bertindak," sambung Cut Hamizalia.

"*Hmm*, ada apa Izalia? Mengapa bangunkan abang? Abang tengah tak sihat." suara Razali lemah terbatuk-batuk seraya bangkit dari tidurnya.

Razali terus menggosok-gosokkan matanya seraya memandang Cut Hamizalia yang tengah berdiri dekatnya.

"Bang, Haji Faiz mengamuk dan terus memukul Kamal. Katanya khabar angin sudah tersebar yang Kamal sengaja menjadi orang ketiga sehingga pertunangan Nadia dan Khaldi putus. Katanya, Kamal dan Nadia berbuat tak senonoh pada petang semasa kita menghantarkan Khaldi ke lapangan terbang tempoh hari." Cut Hamizalia menerangkannya pada Encik Razali dengan kesal.

Encik Razali yang baru bangkit dari tidurnya seperti disambar petir.

"Hah! Apa? Izalia, apa mereka kata? Anak kita, Kamal berbuat tak senonoh? Apa kena-mengena putusnya hubungan pertunangan Khaldi dengan Kamal?" Razali yang duduk terus berdiri dengan pandangan kesal serta penuh harap kepada Cut Hamizalia.

Beberapa kali Encik Razali terbatuk dan berjalan mundar-mandir, mengelilingi biliknya. Dia nampak sangat gelisah dan marah akan berita yang tersebar hampir di seluruh daerah sungai Tapah itu.

"Bang, bertenang dulu. Sememangnya sama sekali tak ada kaitan langsung. Tempoh hari Kamal menolong Leha mencari Nadia, yang tengah sakit dan melarikan diri dari rumahnya. Mungkin ada orang berfikiran sumbang apabila melihat Kamal mendukung Nadia yang pengsan," Cut Hamizalia cuba meyakinkan suaminya.

"Jadi, mengapa si Faiz itu melalak petang-petang? Dia memukul Kamal walhal sepatutnya dia harus mengucapkan terima kasih kepada Kamal," Razali menambahkan kata-katanya kesal pada Haji Faiz.

"Ah . . . abang, macam tak tahu sahaja perangai Haji Faiz yang panas baran itu. Walau tak salah sekalipun, dia masih tak dapat menerima kenyataan." Cut Hamizalia terus terduduk dekat dengan suaminya yang baru bangun tidur.

"Bang, apa kata kalau kita tanya Kamal?" Cut Hamizalia tiba-tiba mempunyai akal lain untuk menyelesaikan masalah Nadia.

"Maksud kamu?" Razali memandang Cut Hamizalia bingung.

"Kita akan selesaikan masalah ini dengan jalan yang lebih baik, lagipun Nadia adalah gadis solehah, penyayang dan cantik. Izalia rasa dia memang sesuai untuk Kamal. Tetapi, kita mesti tanya mereka berdua dahulu sebelum bertindak, macam mana bang?" tanya Cut Hamizalia.

"Tapi . . . bang," Cut Hamizalia memandang suaminya dengan senyuman manja.

"Abang mesti mengkotakan janji,"

"Hmm, janji? Bila abang berjanji? Janji apa Izalia?" Encik Razali berkerut dahi memikirkan akan janjinya, seraya memandang Cut Hamizalia dengan pandangan mata yang tajam.

Encik Razali yang berjalan mundar-mandir terus terhenti seraya melihat isterinya pelik dan penuh tanda tanya.

"Eh, mungkin abang lupa. Dulu semasa Izalia hamil Hamra, Izalia selalu berfikir akan emak, kerana tak tahu apa yang terjadi dengan seluruh anggota keluarga Izalia di Banda Aceh."seraya menatap wajah suami yang masih tercengang atas permintaannya.

"Ah, itu !, MashaAllah, abang hampir lupa. Baiklah, biar abang sihat dulu. Sudah pasti kita akan menjenguk keluarga di Banda Aceh. Lagipun Hamra sudah hampir berusia 18 tahun, abang rasa memang sudah sepatutnya kita berkunjung ke Banda Aceh." Razali tersenyum ke arah isterinya yang masih memandang lantai kayu bilik tidurnya itu.

Ruangan bilik yang hanya bersaiz 500 kaki persegi, bercatkan warna cream cair terasa mewah dan lapang bagi Cut Hamizalia yang sangat gembira pada masa itu, walaupun pada awalnya dia sangat cemas dengan kemarahan Haji Faiz.

Dua hari telah berlalu, di ruang tamu keluarga Razali, "Bang, teruk benar Haji Faiz tu!" suara Cut Hamizalia kesal, mengejutkan Razali hendak sahaja meninggalkan rumahnya menuju ke bengkelnya.

"Kenapa lagi ni?" tanya Razali seraya mengambil secawan air kopi panas yang dihidangkan oleh Cut Hamizalia.

"*Hmm*, tadi semasa solat subuh, emak pergi tenggok si Leha. Kerana emak tahu daripada Liza, jiran sebelah hujung tu, katanya Leha sudah dua hari tak keluar rumah. Jadi tanpa fikir panjang, emak terus pergi ke rumah Leha," Cut Hamizalia menarik kerusi rotan yang bulat dan terus duduk.

"*Hmm*, teruklah dia!" ujar Cut Hamizalia seraya kesal seraya memandang suaminya.

"Maksud kamu? Abang sungguh tak faham langsung" Encik Razali menjawab, seraya memandang wajah Cut Hamizalia yang sedang resah.

"Sampai hati dia bang. Dia memasung kaki Nadia dengan kayu lalu menguncinya. Nadia hanya dapat terbaring di atas lantai. Alasannya kerana Nadia tak mengaku bahawa dia putus tunang kerana main kayu tiga dengan Kamal. Walhal memang Khaldi yang memutuskan pertunangan secara lisan, lalu Khaldi memberikan sepucuk surat kepada kita semasa di lapangan terbang tempoh hari." Cut Hamizalia cuba mengingatkan peristiwa pemergian Khaldi.

Terbayang dalam wajah Encik Razali, peristiwa keberangkatan Khaldi di Lapangan Terbang Subang tempoh hari. Dari Malaysia menuju ke Britain.

"Ah, iya surat itu. Abang juga terkejut jika dia memberikan sepucuk surat semasa di lapangan terbang tempoh hari, dan isinya hanya mengatakan bahawa, dia dan Nadia sudah tidak ada apa-apa hubungan lagi ".

Encik Razali bernafas panjang.

"Sampai hati Khaldi. Dulu dia yang beriya-iya, meminta kita masuk meminang. Walau puluhan kali kita cuba katakan kepadanya bahawa Haji Faiz sukar menerima hakikat jika hubungan mereka terputus," Encik Razali menambahkan kata-katanya dengan gelisah.

Cut Hamizalia duduk memandang dinding kayu bilik tidurnya yang berwarna merah kecoklatan itu, seraya berfikir untuk mencari jalan penyelesaian akan masalah ini.

"Kita mesti bertindak, bang. Kesian Nadia, dia sudah hampir tiga hari tak dapat menghadiri kelasnya. Izalia tak dapat bayangkan apa yang akan terjadi nanti," Cut Hamizalia bernafas panjang.

Encik Razali terdiam, dia terus memandang pintu bilik tidurnya dan terus terfikir, di mana tergantung sebuah tulisan, "Dan Allah tidak akan merubah nasibmu, jika kau tak berusaha merubahnya."

Encik Razali, diam termenung seraya berfikir, walau badannya terasa sejuk mengigil namun kesedihan akan kisah ini membuatnya mampu melawan rasa yang mencengkam. Tulisan yang tergantung di dinding bilik tidurnya itu, seakan-akan memberikannya sebuah jalan penyelesaian atas masalah ini.

"*Emm* Izalia, baik awak tunggu di sini, abang akan panggil Kamal di laman depan." seraya meninggalkan Cut Hamizalia.

Encik Razali berjalan perlahan, dengan mengunakan sweater berwarna kelabu, dengan kain pelekat, berjalur-jalur hitam putih, serta memakai stokin hitam ke arah laman depan.

Kamal yang sibuk membersihkan basikalnya, bersiul-siul seperti suara burung gagak hitam yang riuh tidak jauh darinya.

"Kamal, sini nak, ayah ingin bercakap sesuatu dengan kamu." Suara Encik Razali yang menegur Kamal.

"Baiklah, ayah." Jawab Kamal dan segera membasuh kedua tangannya.

Cut Hamizalia sudah berada di ruang makan bersama Encik Razali dan wajah mereka sangat tegang. Di dalam hatinya mereka terasa cemas akan apa yang akan dibincangkan itu.

Kamal duduk dengan wajah penuh tanda tanya walaupun dalam hatinya terasa bahawa ibu dan ayahnya akan membicarakan berita yang sudah tersebar luas hampir di seluruh Daerah Manjoi itu.

Apalah tidaknya, masyarakat yang mengenal satu sama lain membuat berita itu tersebar secepat angin berhembus. Peliknya lagi kerana sifat Kamal yang pendiam membuatkan ramai yang mempercayai berita itu.

"Kamal." Cut Hamizalia memandang wajah anaknya dengan wajah hiba.

"Ya," suara Kamal lemah menjawab teguran ibunya.

"*Hmm*, kamu sudah tahu keadaan Nadia sekarang?" tanya Cut Hamizalia kepada anaknya itu. Wajah Kamal nampak cemas, jantungnya berdebar-debar. Walaupun dia tahu pasti bahawa antara dia dan Nadia tidak pernah terjadi apa-apa.

"Maksud ibu?" Kamal memandang wajah ibunya yang nampak cemas.

"*Hmm*, boleh ayah bertanya sesuatu?" suara Encik Razali lemah. Kamal memandang ayahnya pelik lalu dia mula tersenyum. Beberapa saat kemudian dia mengangguk.

"Pagi tadi, nenek menjenguk Nadia. Nampaknya Haji Faiz itu memang keterlaluan," suara Encik Razali nampak marah. Kamal tertanya-tanya dalam hatinya. "Maksud ayah?" Cut Hamizalia memandang wajah suaminya yang terhenti dan terbatuk-batuk beberapa kali itu.

"Sudah tiga hari, Haji Faiz mengikat kaki Nadia dan dia tak dapat pergi ke sekolah, tak dapat berjumpa siapa-siapa. Wajah Nadia nampak pucat dan kusut. Entah mengapa gadis sebaik Nadia disia-siakan oleh Khaldi. Ayah sangat kecewa dan kecil hati, namun kita mesti mencari jalan penyelesaian akan hal ini." Kata Encik Razali seraya memandang wajah anaknya.

Kamal yang duduk terdiam memandang cemas dan bingung memandang wajah ayah dan ibunya tanpa dapat bercakap apa-apa.

"Ayah tak faham mengapa abang kamu bersikap demikian. Dia hanya menginginkan wanita kaya, bukan wanita solehah dan berakhlak mulia." Encik Razali bernafas panjang. Petang itu, suasana keluarga Razali yang biasa ceria, nampak hening semua penuh tanda tanya dan perasaan kesal terhadap sikap Khaldi.

Kamal kemudian menceritakan beberapa peristiwa yang dilihatnya sendiri akan perlakuan buruk abangnya terhadap Nadia.

"Ayah, sebenarnya Kamal sangat mengkagumi Nadia. Namun kerana Nadia sangat mencintai Abang Khaldi maka Kamal berundur untuk mengemukakan hasrat hati ini. Kamal sangat tidak setuju dengan pertunangan Abang Khaldi dengan Nadia, namun apa yang Kamal boleh lakukan?" Kamal berkata seraya meramas-ramas tangannya dan wajah gugup memandang ayahnya.

Kata-kata Kamal membuatkan Encik Razali yakin bahawa Kamal sememangnya sesuai sebagai pendamping Nadia.

"Kamal, dapatkah kau luruskan niatmu itu?" tanya Encik Razali kepada Kamal.

"Maksud ayah?" suara Kamal lemah penuh tanda tanya.

Wajah Cut Hamizalia nampak cemas menunggu jawapan Kamal atas hasrat suaminya. Dia berharap agar Kamal dapat menyelamatkan masa depan Nadia yang berkecai kerana berita dan sikap anak tirinya, Khaldi.

Tiba-tiba, hening sunyi, yang terdengar hanya suara desah angin menyapu dedaunan. Cut Hamizalia dan Encik Razali memandang Kamal, berharap cemas akan jawapan anaknya itu.

"*Hmm*, maksud ayah, Kamal sanggup memperisterikan Nadia? Hidup bersamanya sebagai seorang suami yang baik?" tanya Encik Razali dengan jelas. Cut Hamizalia menatap wajah anaknya cemas dan penuh harap.

"Ibu memohon jika Kamal menaruh hati kepada Nadia, ibu memohon sangat, sudikah Kamal menyunting Nadia tanpa menganggap diri sebagai pak sanggup bagi Nadia?" kata Cut Hamizalia meyakinkan anaknya.

Kamal sememangnya sudah menduga bahawa ibunya sangat menyayangi Nadia dan ingin membantu menyelamatkan masa depannya yang kini nampak tidak jelas.

"Kamal sangat gembira walau mungkin usia Kamal enam bulan lebih muda berbanding dengan Nadia, tetapi Nadia sememangnya seorang wanita idaman Kamal." jawab Kamal dengan nada lemah namun tegas.

"Jadi, Kamal dapat menyelamatkan maruah Nadia?" tanya Encik Razali.

"Ayah, Kamal berjanji untuk menunaikan hasrat mengahwininya tahun depan, jika ibu dan ayah setuju." Kata Kamal dengan yakin menjawab kedua orang tuanya.

Encik Razali terus berdiri ke arah Kamal dan memeluknya. Dia merasa bangga dengan Kamal yang sememangnya baik hati budi dan pekerti. Begitu juga dengan Cut Hamizalia yang tersenyum bangga menatap wajahnya.

Hampir dua bulan telah berlalu, peristiwa hitam itu sudah tidak kedengaran lagi.

Mengunjungi Banda Aceh 1982

Ruang tamu keluarga Encik Razali penuh sesak dengan tetamu.

Di dalam bilik tidur, Kamal tengah bersiap dengan mengenakan baju Melayu berwarna hitam dan kain sampin songket ala perak, bercorak bunga halus buatan tangan.

Cut Hamizalia menatap wajah anaknya dengan rasa bangga bercampur sebak akan kehilangannya suatu hari nanti.

"Bu, terima kasih atas bantuan ibu, sehingga Kamal dapat menunaikan hajat Kamal." Kamal mencium tangan ibunya kerana hari itulah pertunangan Kamal dan Nadia. Dan mereka memutuskan untuk nikah tahun depan selepas kedua-duanya tamat dari SPM.

"Kamal, ibu juga berterima kasih atas keberanian serta keikhlasanmu. Doa ibu sentiasa untukmu." Cut Hamizalia mencium kening anaknya seraya membelai rambutnya yang hitam menutupi bahunya itu.

"Kamal, harapan ibu, kau dapat mendirikan rumah tangga sakinah mawaddah waa rohmah. Didiklah anak-anakmu nanti dengan keteguhan iman serta cinta atas kesederhanaan." Cut Hamizalia menatap wajah Kamal dengan rasa bangga.

Kamal hanya tersenyum dan mengangguk.

Majlis pertunangan yang sederhana itu nampak jauh lebih meriah berbanding pertunangan Nadia dan Khaldi dulu. Namun ramai jiran yang hadir tanpa diundang kerana ingin menyaksikannya setelah mendengar berita yang tersebar.

Tiga hari kemudian.

"Ayah, semua baju dah dimasukkan dalam beg biru tua itu?" Hamra bertanya seraya memandang ke arah beg yang tak berada jauh daripadanya.

"Assalamu'alaikum" suara gemuruh terdengar dari ruang tamu keluarga Encik Razali. Encik Razali dan Hamra menjawab serentak seraya memandang ke arah ruang tamu itu. "Wa'alaikumusalam."

Hamra meninggalkan ayahnya dan terus berjalan bergegas ke arah pintu depan rumahnya.

"Mak Cik Leha . . . Kak Nadia," Hamra menyambut mereka dan bersalam dengan Mak Cik Leha.

"Sila masuk." Hamra nampak sangat gembira dengan kehadiran Mak Cik Leha dan Nadia.

"Eh, tak bersiap lagi?" Cut Hamizalia menegur Hamra yang tiba-tiba berjalan menuju ke arah dapur.

Dalam fikiran Hamra, dia tidak sabar ingin bertolak ke Banda Aceh, walaupun dia tahu bahawa perjalanan itu agak meletihkannya. Namun, keinginannya mengetahui keluarga ibunya tidak dapat dibendung.

"Bu, di depan ada Kak Nadia dan Mak Cik Leha, nak menjenguk kita sebelum bertolak." jawab Hamra kepada ibunya. Cut Hamizalia terus berjalan meninggalkan Hamra dan menuju ke bilik tamu rumah itu.

Sementara itu di ruang tamu keluarga Razali.

"Cut Izalia, alhamdulillah. Akhirnya hajat keluarga kita hendak berbesan inshaAllah akan menjadi kenyataan. Apakah semua sudah sedia?" tanya Mak Cik Leha kepada Cut Hamizalia.

"Kami sudah bersedia, alhamdulillah. Akhirnya saya dapat menunaikan hajat yang telah lama terpendam." Ujar Cut Hamizalia gembira menatap wajah Zaleha dan Nadia.

"Mak cik, Kak Nadia sila minum, masih panas lagi ni." Hamra menghidangkan teh panas lalu mempersilakan mereka minum.

"Bu, mak cik, Kak Nadia saya mohon diri dulu ya." Hamra lalu meninggalkan mereka di dalam ruang tamu keluarga bersama Cut Hamizalia.

"Hamra, cepat tukarkan pakaian tu. Ni sudah pukul berapa? Abang akan mengangkat beg-beg ini ke dalam kereta. Cepat, bangunkan nenek." Kamal mengingatkan Hamra seraya mengangkat beg-beg menuju ke kereta Volkswagen hitam milik Encik Razali itu. Kamal berjalan melalui pintu belakang.

"Ayah, Hamra dah siap ni!" jerit Hamra dari depan bilik tidurnya.

"Nek . . . bangun. Kami hendak meninggalkan Ipoh. Bangun nek dan cepat bersiap." Hamra menjerit dari laman belakang.

"Hamra! Bangunkan nenek dengan sopan. Tak boleh jerit." Kamal menegur Hamra yang nampak sangat seronok dengan perjalanan ke Banda Aceh itu.

Hampir satu tahun usia pemergian Khaldi ke Britain, dan keluarga Razali akhirnya dapat memenuhi keinginan isteri tercintanya untuk kembali dan melihat Banda Aceh kota kenangan.

"Ayah, kita naik feri?" tanya Hamra kepada ayahnya yang sibuk melihat peta Indonesia itu.

"Ya, pastilah. Ibu ingin mengenang kisah lamanya itu. Jadi ayah putuskan agar kita semua menaiki feri dan mengunakan *routing* yang sama, dengan apa yang digunakan ibumu dulu." Razali menjawab pertanyaan Hamra seraya tersenyum.

Nek Tijah yang sebenarnya sudah bersiap walaupun dia tidak pergi ke Banda Aceh, tetapi Kamal dan Nek Tijah akan menghantarkan mereka sampai ke jeti pelabuhan.

Sementara itu, di tangan kanan Nek Tijah, dia mengenggam sesuatu dan berbisik pada telinga Cut Hamizalia. "Nak, ini adalah kalung beserta pendant, milik Allahyarham Nenek Razali. Mereka kata kalung ini akan membawa tuah serta menjaga si pemakainya dari aral dan marah bahaya. Emak nak sangat Izalia memakainya."

"Terima kasih mak, sangat cantik pendant ini." Cut Hamizalia memandang pendant yang berada dalam gengaman tangannya. Nek Tijah memandang kalung dan pendant, yang digenggam Cut Hamizalia pada tangannya dengan wajah tersenyum menatap kalung itu.

"Maafkan mak, Izalia. Mak sepatutnya memberikannya pada hari perkahwinan kalian. Namun mak rasa bahawa kalung itu tak memberikan tuah kepada Juwita. Juwita diketahui menderita barah payu dara, apabila tepat tiga bulan mak menyerahkan kalung ini. Mak khuatir. Namun mak rasa, penyakit Juwita tiada kena-mengena dengan kalung ini." Nek tijah mengambil kalung itu dari genggaman Cut Hamizalia dan terus memasangkannya pada leher Cut Hamizalia yang mempunyai tahi lalat kecil itu.

Suasana gembira nampak terserlah dalam keluarga Razali, dapat dirasai, apabila Nek Tijah dan Kamal melihat Hamra yang sibuk mengelilingi kapal feri di Selat Melaka itu. Seperti mengenang kisah lamanya, Cut Hamizalia terpukau beberapa saat di depan kapal feri itu lalu apabila tersedar, dia terus menuntun tangan kanan ibu mertuanya ke sebuah ruang tunggu di pelabuhan itu.

"Mak, tengoklah. Inilah tempat Izalia berjumpa dengan abang dulu." Cut Hamizalia berbisik pada telinga Nek Tijah, di mana tempat dia berjumpa Razali, sudah berubah menjadi sebuah kaunter tiket dan restoran kecil yang diperbuat daripada kayu.

Sementara itu Hamra dan Kamal berjalan tidak jauh dari tempat kapal-kapal feri berlabuh di pelabuhan itu.

"Hamra, pasti seronok pergi keluar negara, kan? Andai abang boleh meninggalkan kerja . . ." kata kamal kepada Hamra sambil melihat lautan lepas yang tak jauh darinya.

"Abang, macam mana nak tutup bengkel ayah tu? Banyak motorsikal dan kereta yang perlu diperbaiki. Lagipun, abang mesti menabung untuk perbelanjaan perkahwinan nanti." Hamra memandang Kamal yang sibuk memandang lautan luas itu.

"Hem, betul juga. InsyaAllah, mungkin suatu hari nanti abang akan membawa kak Nadia mengunjungi nenek dan atuk di Banda Aceh." Kata Kamal sambil tersenyum ke arah Hamra.

Hamra hanya mengangguk dan kemudian bersama dengan Kamal berjalan menuju ke arah ayahnya.

"Nek, sayang ya, nenek tak dapat pergi," Hamra memandang Nek Tijah dan memeluknya kuat-kuat.

"*Kreng . . . Kreng . . .* para penumpang feri *Aman Bahari* di harap segera menuju ke kapal di laluan Jeti 5A. Terima kasih." suara itu kedengaran berulang kali.

"Hamra, dengar tu suara pengumuman. Cuba tenggok tiket yang ada di dalam beg tangan awak tu." ujar Encik Razali kepada Hamra. Hamra segera membuka tas tangannya yang digantungkan di lehernya berwarna coklat muda itu.

"Itulah kapal feri kita menuju ke Tanjong Balai." Hamra menunjukkan tiketnya kepada ayahnya.

"Hamra, jaga ibu dan ayah." kata Nek Tijah kepada Hamra.

"Eh, jangan lupa salam abang untuk semua keluarga di Banda Aceh." Kamal menambahkan kata-katanya Nek Tijah kepada Hamra.

"Baiklah, nek. Abang, Hamra berjanji untuk jaga ayah dan ibu, dan sampaikan salam nenek dan abang." Hamra terus memeluk neneknya dengan erat.

"Kamal . . ." Cut Hamizalia memanggil Kamal dengan lemah.

"Ya, Bu . . ." Kamal menjawab panggilan ibunya seraya berjalan mendekati ibunya.

"Ingat nak, jaga nenek dan jangan tinggalkan solat serta amalan-amalan ibadah yang lain. Jaga maruah keluarga kita. Nak, ibu dan ayah sangat berharap kepadamu."

"Ya, Kamal ingat. Layanlah pelanggan dengan baik, gaji Encik Mamat dan pegawai lain ada dalam almari kecil putih di bilik rehat ayah di bengkel tu." Encik Razali kemudian memeluk Kamal seraya mengosok-gosak rambut kepalanya yang panjang itu.

"Iya, itu memang pasti. Jangan risau, Kamal tahu tanggungjawab bos!" Kamal tersenyum ke arah ayahnya seraya mencium tangan itu. Nek Tijah dan Kamal kemudian beranjak perlahan meninggalkan Pelabuhan Melaka apabila kapal *Aman Bahari* sudah jauh dari pandangan mata.

Sepanjang perjalanan kembali ke rumah, Nek Tijah tertidur dalam kereta sementara Kamal memandu perlahan.

"Ayah, subhanallah indahnya selat Melaka ni. Airnya mengalir tak henti, desah ombaknya mengalunkan setiap gelombang yang memecahkan kesunyian pantai. Ibu, tenggoklah." Hamra berjalan mengelilingi kapal *Aman Bahari* yang berwarna biru tua dan putih, di mana bahagian belakang kapal itu, penuh dengan para nelayan yang berada di belakang atas dek kapal.

"Izalia, mengapa tak sudi memandang lautan sesekali? Awak masih terkenang peristiwa lama itu?" Razali mengajak isterinya untuk berjalan mengelilingi kapal itu. Kapal *Aman Bahari* yang mempunyai dua tingkat dek penumpang dan satu dek barangan itu penuh sesak dengan ramai manusia dan barangan. Kelihatan ramai pedagang yang kembali ke Tanjong Balai dengan membawa barang-barang yang hendak dijual di Republik Indonesia nanti. Suasana cukup meriah, suara tinggi rendah, riuh terdengar hampir di seluruh penjuru kapal *Aman Bahari*.

"Izalia, abang nak tengok-tengok kapal ni. Tak nak ikut abang? Jomlah." suara Razali cuba memujuk sang isteri yang nampak gelisah.

"Tak apalah, Izalia lebih selesa duduk di sini. Kepala Izalia agak pening." Cut Hamizalia berusaha memberikan alasan kepada suaminya untuk mengelak ajakan suaminya.

"Baiklah, kalau begitu abang pergi berjalan-jalan dulu." Razali meninggalkan Cut Hamizalia yang nampak tidak selesa dengan perjalanan itu.

Hamra yang mengenakan baju kurung coklat berbunga putih dan kain tudung putih yang menutupi dadanya, nampak ayu dan ceria. Wajahnya berseri-seri memandang indahnya lautan. Hamra terus berjalan mengelilingi kapal *Aman Bahari*. Tiba-tiba seorang wanita setengah baya yang memakai kebaya panjang hitam dan kain batik tulis Kota Pekalongan, bertanya, "Adik, dari mana?"

"Assalamualaikum mak cik. Saya Hamra binti Razali dari Ipoh, Perak hendak menuju ke Banda Aceh." tegur Hamra seraya bersalam dengan wanita setengah baya itu.

Wanita itupun bersalam. "Walaikumusalam, saya Ibu neneng dari Medan." Akhirnya Hamra berbual mesra dengan wanita setengah baya itu.

Cut Hamizalia yang letih, akhirnya terlelap dalam tidurnya. Hampir dua puluh minit berlalu, "Jangan, tolonglah jangan . . ." Cut Hamizalia mengigau dalam tidurnya. Suara igauannya cukup kuat sekali sehingga Razali dan Hamra yang berada di luar kapal itu mendengarnya dan segera masuk ke dalam kapal.

"Bu . . . Ibu . . ." Hamra mengoncangkan badan ibunya masih lelap tertidur.

"Izalia, Izalia kenapa ni? Bangunlah. Tak akan sesiapa boleh mengganggu awak. Abang akan sentiasa di sisimu," suara Razali perlahan berbisik di telinga Cut Hamizalia yang sedang tertidur lelap.

Peluh sejuk membasahi badan Cut Hamizalia yang nampak cemas. Dia kemudian terbangun, "Astaghfirullah, abang." Razali terus memeluk Cut Hamizalia yang masih terduduk dengan peluh sejuk terus bercucur membasahi wajahnya bahkan seluruh tubuhnya.

Dalam hati dia berdoa, "Yaa Allah, ampunkanlah dosa hamba, ampunkanlah dosa ayah dan ibu hamba." Cut Hamizalia berbisik dalam doanya. Razali terus memeluk isterinya dan membersihkan peluh sejuk yang membasahi seluruh wajahnya dengan sapu tangan koton berwarna ungu muda, berjalur-jalur putih itu. Lalu, dia terus berkata dengan Hamra, yang sedang berdiri tepat di depannya.

"Hamra kamu main dulu ke depan dek kapal dan hati-hati. Biar ibu dan ayah berbincang sekejap." Encik Razali bercakap seraya mengusapkan kain tuala kecil ke wajah Cut Hamizalia yang masih cemas dan berpeluh sejuk itu.

Hamra terus meninggalkan kedua orang tuanya dan kembali bermain di atas dek kapal.

Hampir sepuluh minit telah berlalu, Encik Razali akhirnya mengajak Cut Hamizalia dan Hamra untuk menikmati udara segar di atas dek kapal, di mana terdapat sebuah kafetaria kecil yang menjual pelbagai makanan dan minuman.

"Kak, saya mahu dua teh panas kosong dan satu roti bakar." Razali bercakap dengan wanita pemilik kafetaria yang berdiri tidak jauh darinya. Cut Hamizalia masih merasakan bahawa mimpi buruk itu bukannya suatu mimpi tetapi lebih nampak seperti kisah yang nyata.

"Abang, Cut sangat risau," Razali yang duduk berhadapan dengan Cut Hamizalia nampak pelik dengan kata-kata isterinya itu. Perlahan-lahan Encik Razali bertanya, "Izalia, kamu mimpikan apa tadi?"

Cut Hamizalia bernafas panjang, sesekali dia menghadap ke arah Hamra yang tengah berdiri di tepi kafetaria dan menghadap lautan lepas yang begitu indah itu.

"Begini, bang. Cut bermimpi jika orang kampung menyiksa ayah kerana mereka menyangka bahawa ayah melakukan beberapa sihir. Mereka juga menuduh ayah memelihara beberapa jin di dalam rumah kami." Cut Hamizalia menitiskan air matanya tanpa disedari.

Razali belum sempat menjawab kata-kata isterinya, "Ini teh dan roti bakar, semuanya lapan ribu rupiah," wanita kafetaria itu meletakkan dua buah gelas penuh dengan air teh manis dan panas serta roti bakar ke atas meja di mana Razali dan Cut Hamizalia duduk itu.

Cut Hamizalia mula memandang ke atas kerana malu apabila pemilik kafetaria itu melihat air matanya.

"Ini Bu, dua ribu rupiah bakinya." Pemilik kafetaria menghulurkan dua keping wang kertas seribu rupiah yang berwarna biru berlogo garuda dan kapas itu kepada Encik Razali.

"Bakinya ya? Terima kasih." ujar Razali kepada wanita pemilik kafetaria seraya tersenyum padanya.

"Izalia, itu cuma mimpi sahajalah. Jadi jangan ambil berat pasal mimpi awak. Lagi pun sudah hampir lapan belas tahun awak meninggalkan Banda Aceh. Yang perlu awak fikirkan adalah ayah dan ibu awak akan sangat gembira melihat Hamra. Gadis yang solehah yang cantik, pandai dan mesra kepada semua orang. Bercita-citanya untuk menjadi seorang doktor. Sudahlah, lupakan mimpi awak." Razali terus minum air teh panas yang ada di depan mejanya.

"Jom, makan roti bakar ni, biar awak kuat." Razali kemudian memotong roti bakar itu kotak-kotak kecil dan kemudian menyerahkannya kepada Hamra.

"Abang, demi Allah mimpi itu seperti kenyataan." kata Cut Hamizalia seraya memandang suaminya.

"Baiklah, tapi Izalia makan dulu roti ni." Razali menghulurkan roti bakar kepada Cut Hamizalia.

"Abang kan tahu semasa Cut meninggalkan Banda Aceh, ayah memang bersikap pelik. Dia selalu menyalakan arang batu dengan kemenyan seraya mengasapkannya berjam-jam seraya duduk bersila di laman belakang yang luas. Beberapa kali Cut Hamrina nampak ayah bercakap sendiri semasa duduk di gazebo kayu belakang laman rumah kami. Dia bercakap seorang diri. Cut rasa memang dia membela jin. Alasannya agar dapat menyembuhkan ibu yang menderita stres berat pada masa itu." Cut Hamizalia cuba meyakinkan suaminya.

"Ya Allah. Ayah kamu membela jin tapi untuk apa semua itu?" Razali meletakkan secawan teh panasnya, hairan memandang Cut Hamizalia.

"Bang, ayah berharap dapat menyembuhkan ibu. Dia juga tak mempercayai doktor. Baginya doktor hanya membuat pesakit hanya bahan kajian serta pendapatan dan bukan membantu pesakit untuk sembuh." Air mata Cut Hamizalia tidak dapat ditahannya lagi. Air mata Cut Hamizalia terus berderai membasahi wajahnya yang ayu.

Encik Razali yang duduk berdekatan dengan Cut Hamizalia segera membersihkan air mata isterinya yang jatuh berderai. "Izalia, jangan lagi kau titiskan air mata derita itu. Berdoalah tiada satu penderitaan tanpa penghujung, tiada satu kesukaran tanpa sebarang kesudahan. Yakinlah ayah dan ibumu dalam keadaan yang bahagia."

Cut Hamizalia menggenggam erat tangan suaminya seraya bernafas panjang. "InshaAllah bang, amin. Namun hati ini masih sukar untuk berfikir demikian."

Hamra yang nampak letih berdiri memandang laut kemudian berjalan perlahan-lahan mendekati ibu dan ayahnya yang nampak serius berbual.

"*Hem . . . ehmm . . . ehmmm . . .*" Hamra sengaja terbatuk-batuk dekat ayah dan ibu.

"Eh, Hamra . . ." Encik Razali menegur Hamra dengan manja.

"Iya, lama sangat bincangnya," Hamra terus duduk di antara Razali dan Cut Hamizalia.

Cut Hamizalia yang masih bersedih terus berubah menjadi gembira dan bersikap seolah-olah tiada apa yang mengganggu fikirannya kerana dia sangat kasih pada Hamra dan tidak mahu Hamra mengetahui kisah keluarganya itu.

"Hamra, nak makan apa? Sedap roti bakar coklat keju kat sini. Cuba rasa." kata Cut Hamizalia kepada Hamra seraya menyuapkan roti bakar yang sudah dipotong kecil seperti dadu itu.

Cut Hamizalia cuba menyembunyikan segala kesedihannya di dalam hati.

"Ibu baru sahaja menangis?" Hamra memandang ke arah ibunya dengan penuh tanda tanya.

"Emm, menangis? Tak lah, hanya tadi ada pasir masuk mata ibu, ha . . . ha . . . ha . . ." Cut Hamizalia terus ketawa untuk menutupi kesedihannya itu.

Cut Hamizalia mengusap-usap tudung Hamra dan tersenyum beberapa kali ke arahnya seraya berkata, "Hamra, jom tunjukkan ibu sekeliling kapal ini." Hamra membimbing tangan ibunya, mengajaknya melihat-lihat isi kapal *Aman Bahari* walaupun Cut Hamizalia tengah bersedih.

Semasa melihat laut, Cut Hamizalia menutup matanya beberapa kali, seolah-olah tidak mau mengenang kembali perjalanannya dulu.

"Mengapa ibu memejamkan mata?" Hamra memandang ibunya dengan penuh tanda tanya.

"Ah, taklah Hamra. Ibu hanya merasakan sejuknya angin yang menerpa wajah ibu. Sungguh indahnya kehidupan di laut ni, Hamra." Cut Hamizalia mula membuka wajahnya seraya memandang laut yang luas walaupun masih nampak gelisah.

"Bu, tengok tu," suara Hamra menjerit gembira seraya menunjuk ke arah sebuah kapal nelayan kecil berwarna kuning kecoklatan yang nampak sibuk itu. Cut Hamizalia belum sempat lagi melihat kapal nelayan itu, tiba-tiba, "Hreek . . . hreek . . ." suara pintu dek bawah terbuka dan tertutup ditiup angin yang kuat.

"Wah, suara apa?" wajah Hamra nampak takut seraya meramas tangan ibunya. Cut Hamizalia memandang sekelilingnya cemas.

"Mari kita masuk ke kabin Hamra." ajak Cut Hamizalia kepada Hamra.

"Ibu, tengok. Suara pintu ini yang berbunyi dari tadi. Cemas dan takut Hamra dibuatnya," suara gelak tawa Hamra membuatkan Cut Hamizalia dan Razali yang sedang duduk di kabin dek kapal itu tergelak.

Sungguh tidak dijangka oleh Cut Hamizalia perjalanannya menuju ke Banda Aceh seperti kasih yang hilang dan telah kembali.

"Hamra, kamu ni kelakarkan." Encik Razali tergelak kuat apabila Hamra meniru gerak seorang nahkoda yang terbentur kepalanya pada dinding kayu kapal itu apabila cuba nak mengurat dirinya.

Cut Hamizalia sangat gembira dengan perjalanan tak disangka itu, ternyata memberikan kegembiraan dalam hidupnya.

"Ayah, tenggok tu," suara Hamra kuat mengejutkan Encik Razali dan Hamra yang tengah duduk di dek kabin kapal itu.

"Ayah, tengoklah!" Hamra kembali menjerit dekat ayahnya dan menunjuk keluar tingkap di mana dia melihat berpuluh-puluh tongkang besar membawa muatan manusia dan tong yang berisi cairan.

"Cecair apa tu?" fikir Hamra dalam hati seraya memandang tak henti-henti ke arah tongkang-tongkang yang nampak sesak itu.

Sementara itu, Razali terus duduk sambil berfikir.

"Bang, sekejap lagi kita sampai kan?", Cut Hamizalia bertanya pada suaminya.

Razali dengan binggung menjawab, "Oh Izalia, ini baru pertama kalinya abang pergi ke seberang, abang tak tahu benar. Tunggu sekejap, abang akan cuba tanya kepada orang tempatan. Razali meninggalkan isterinya yang sedang duduk dengan pandangan kosong.

"Ibu, kenapa ni? Nampak macam gelisah sahaja." Hamra bertanya kepada ibunya seraya memeluk bahu ibunya dengan tangan sebelah kanannya.

Di dalam kabin kapal itu, beberapa orang sedang berkerumun apabila seorang lelaki tiba-tiba tak sedarkan diri dan mulutnya berbuih-buih.

"Ibu, tenggok orang tu." Hamra menunjuk jari ke arah lelaki yang jatuh di atas lantai kayu kapal itu.

"Hamra jangan pergi ke sana. Tengok tu ramai orang berkerumun, biar ayah sahaja yang pergi untuk menolongnya." Cut Hamizalia seraya memegang erat tangan Hamra kerana takut Hamra meninggalkannya.

Sementara Razali terus meninggalkan Cut Hamizalia dan Hamra terus berjalan menuju tempat di mana lelaki itu rebah. Hamra duduk kesal dan memandang lelaki yang tiba-tiba jatuh terbaring, di atas dek kayu kapal itu.

"Bukan ibu tak bagi Hamra tengok, tapi kan tak elok, jika kita melihat sahaja orang yang dalam kesusahan tanpa dapat menolongnya? Cuba fikir apakah pak cik itu ingin sakit demikian hingga menjadi bahan tontonan umum?" Cut Hamizalia membelai kain tudung Hamra yang berwarna putih itu.

"Ibu, Hamra sebenarnya ingin menolong pak cik. Kan Hamra banyak membaca buku-buku perubatan, sedikit sebanyak Hamra boleh menolongnya."

Cut Hamizalia memandang Hamra, seraya melepaskan tangannya dari bahu Hamra yang sedang berdiri di sebelahnya itu.

"Lagipun, ayah seorang mekanik. Hamra tak yakin ayah mengerti tentang penyakit-penyakit ini. Apa yang ayah boleh tolong? Paling-paling ayah cuma boleh tolong mengangkatnya hanya itu sahaja, sedangkan Hamra yakin boleh menyedarkannya, Hamra mohon, bu." Hamra terus berlutut di kaki ibunya. Cut Hamizalia sangat terkejut dengan tindakan itu.

"Hamra, kamu pasti?" Cut Hamizalia masih ragu akan keyakinan Hamra itu. Sementara itu, orang semakin ramai berkerumun di sekitar lelaki yang jatuh itu. Belum sempat Cut Hamizalia meneruskankan kata-katanya itu, Hamra sudah pergi meninggalkannya.

"Ya Allah, ku mohon dengan segala belas kasih, jika memang anakku Hamra dapat menolong lelaki itu, maka permudahkan baginya." Cut Hamizalia berharap cemas.

Hamra terus berlari laju menuju ke arah lelaki yang masih rebah itu di atas lantai itu Dia kemudian menjerit, "beri Laluan, beri laluan !" seraya mendorong semua orang ke tepi.

Lalu Hamra meminta beberapa kain sapu tangan serta air panas, dan dia terus membersihkan buih di sekitar mulut lelaki itu. Tak lama kemudian Hamra melonggarkan baju dan tali pinggang ketat milik lelaki itu. Hamra menaikkan kaki lelaki itu dibantu oleh Encik Razali dan dua orang lelaki yang lain.

Tidak lama kemudian, Hamra meminta agar ayahnya beserta seorang lelaki yang hendak membantu pesakit itu, untuk mengerakkan tangan lelaki itu seperti gerakan takbirotul ikhram beberapa kali. Dan akhirnya dia menggosok rambut lelaki itu dengan air sejuk serta meletakkan bantal di bawah kepala lelaki itu sejurus semuanya selesai.

Hampir lima belas minit berlalu, "Ayah, terima kasih, pak cik saya sangat berterima kasih atas bantuan pak cik," ujar Hamra kepada ayahnya serta lelaki yang membantunya tadi.

"Eh, Non enggak usah terima kasih segala. Kita memang harus menolong yang susah dan menderita tanpa harus diminta. Saya yang seharusnya berterima kasih dengan Non, sudah membantu, kawan saya Sukirman." jawab lelaki yang bermisai tebal dan bertopi bulat seperti seorang petani yang masih duduk tidak jauh dari tempat Hamra.

Semua orang melihat kecekapan Hamra menolong pesakit.

Tidak lama kemudian, "Kirman, Kirman," suara lemah seorang lelaki memanggil nama Pak Cik Sukirman.

"Ayah, alhamdulillah lelaki itu sudah sedar," suara Hamra bersyukur sambil tersenyum ke arah lelaki yang terbaring.

"Loh, kamu Ujang. Ayo terima kasih dulu dengan Non ini." suara Pak Cik Kirman yang meminta lelaki itu untuk mengucapkan terima kasih kepada Hamra terdengar jelas.

"Tak payah, menolong orang yang susah dan menderita adalah satu keharusan dan tanggung jawab kita semua. Alhamdulillah, Allah telah menolong kita semua." ujar Hamra memandang lelaki itu yang masih lemah badannya namun masih boleh tersenyum lebar.

"Razali bin Ismail, dan ini anak bongsu saya Hamra binti Razali." Encik Razali terus bersalaman dengan Pak Cik kirman dan tidak lama kemudian kami meninggalkan mereka.

Ibu yang pada awalnya duduk cemas, berdiri tersenyum memandang kami dan terus berjalan ke arah Hamra, seraya memeluknya dengan erat.

"Alhamdulillah. Tangan kamu memang diciptakan untuk menolong yang lain. Ibu bangga kepadamu," Cut Hamizalia tersenyum bersyukur atas tindakan anaknya walau pada awalnya dia berasa sangat cemas.

"*Hmm*, ibu, kan Hamra selalu membaca buku *medication survivor*, di mana buku itu mengajarkan setiap cara untuk menangani pesakit-pesakit dengan segera. Bahkan beberapa cara pembedahan sederhana juga diajarkan di dalamnya."

"Hamra, atuk kamu pasti bangga jika berjumpa dengan kamu nanti." Cut Hamizalia bernafas lega melihat anaknya yang memang benar-benar nampak mempunyai bakat dalam dunia perubatan itu. Kegembiran keluarga Razali amatlah terasa sempurna apabila lelaki Lhoksumawe yang rebah di lantai itu dapat berjalan seperti biasa. Lalu, lelaki itu membawa kuih-muih dan memberikannya kepada keluarga Razali yang sedang duduk menikmati pemandangan di kapal *Aman Bahari* itu.

"*Treet, treet . . . ting* . . . Penumpang-penumpang diharap bersiap kerana kapal akan tiba di Pelabuhan Tanjong Balai Indonesia dalam masa 10 minit dari sekarang. Terima Kasih." suara pengumuman yang kedengaran jelas itu mengejutkan semua penumpang.

Riuh rendah suara penumpang mula terdengar lagi walau beberapa waktu lamanya Kapal itu tenang tanpa suara.

"Hamra, ke tepi sedikit. Ayah nak ambil *bagasi* kita dari atas turun ke bawah," Encik Razali sibuk menguruskan keempat-empat bagasi bawaan keluarganya itu.

"Bapak Razali, sekali lagi saya mengucapkan ribuan terima kasih atas bantuan Bapak dan anak bapak kepada saya tadi. Saya sememangnya menderita penyakit sawan babi sejak kecil." kata Pak Ujang bersalaman dan memeluk ayah dengan rasa gembira.

"Pak Ujang, jangan lupa minum banyak air suam. Kurangkan stres, olah raga yang cukup dan makan makanan yang seimbang, rehat mesti cukup." Hamra menasihatkan kepada Pak Ujang.

"Yaa, Bu doktor saya akan cuba melaksanakan nasihat ibu doktor," Pak Ujang tersenyum ke arah Hamra.

Berbunga-bunga hati Hamra apabila Pak Ujang memanggilnya dengan panggilan Bu Doktor. Pipinya merah menyala, matanya bulat bersinar-sinar. Ini semua kerana Hamra memang bercita-cita menjadi doktor.

Akhirnya, keluarga Razali telah bersedia untuk melanjutkan perjalanan menaiki kapal dari Tanjung Balai menuju ke Lhokshumawe Aceh. Hati Cut Hamizalia berdetak keras, jiwanya nampak tidak tenang apabila melihat seseorang yang berbadan tegap dan bercambang hitam lebat berdiri di tepi sebuah kaunter tiket dan kerap memerhatikannya.

"Izalia, kenapa nampak gugup?" tanya Razali yang memerhatikan isterinya itu.

"Taklah, bang. Orang tu, nampak mirip dengan orang yang Cut kenal dulu." jawab Cut Hamizalia seraya mendekati Hamra.

Encik Razali bergegas menuju ke loket tempat penjualan tiket dari Tanjong Balai menuju ke Lhoksumawe.

"Alhamdulillah, kapal kita menuju ke Lhoksumawe akan bertolak sekejap lagi." ujar Encik Razali kepada Cut Hamizalia dan Hamra.

"Ayah, pukul berapa kita bertolak?" tanya Hamra dengan wajah agak pucat. Hamra mula memegang perutnya, dia terasa sangat pening dan mual-mual kerana tak biasa dengan perjalanan jauh yang meletihkan di feri itu.

"Hamra, kenapa ni?" Cut Hamizalia terus memeluk anaknya seraya melihat wajahnya nampak pucat.

Encik Razali segera bergegas menuju ke sebuah kedai yang terletak di Pelabuhan Tanjong Balai itu untuk membeli ubat gastrik.

"Kamu tunggu di sini. Ayah beli ubat gastrik. Awak tengah masuk angin ni. Hamra kan tak biasa dengan angin kuat di laut. Nanti jika berada di kapal, awak duduk sahaja dalam kabin dan jangan berjalan-jalan tak tentu arah." Encik Razali meninggalkan Cut Hamizalia dan Hamra.

Cut Hamizalia cuba mengurut leher Hamra dan kepalanya. Mereka masih berdiri tidak jauh dari tempat kapal yang menuju ke Lhoksumawe itu.

"Jom Hamra, kita naik kapal ni," ujar Encik Razali yang datang dari arah depan Hamra seraya membimbing tangan Hamra yang sejuk itu. Selama perjalanan dalam kapal dari Tanjong Balai menuju ke

Lhoksumawe, Cut Hamizalia dan Hamra hanya tidur dalam kabin dek setelah keduanya minum ubat gastrik dan ubat pening kepala.

Masa berlalu begitu cepat, ombak menggulung dan berkali-kali membentur pantai, memecah kesunyian Pelabuhan Lhoksumawe itu.

"Izalia, kita dah sampai kat Lhkosumawe ni," suara Encik Razali mengejutkan Cut Hamizalia.

Sementara itu, Cut Hamizalia sememangnya sedang tidur lena dan tak mendengar suara Encik Razali.

Kapal Ferri mula merapat ke pelabuhan Lhoksumawe. Suara para pekerja pelabuhan mula terdengar dari jauh.

"Abang, kita dah sampai?" suara bising para kuli pelabuhan yang sibuk untuk menambatkan kapal pada salah sebuah tempat pangkalan kapal itu mengejutkan Cut Hamizalia.

"Hamra sayang, kita dah sampai ni," suara Cut Hamizalia lembut mngejutkan anaknya.

"*Ehmm, ehmm . . .*" suara Hamra masih mengantuk menjawab.

"Jom, kita mesti turun ni," Cut Hamizalia menambahkan kata-katanya kepada Hamra.

Encik Razali sudah berdiri tidak jauh dari depan pintu kapal itu seraya melihat sekelilingnya, di mana para penumpang yang lain tengah berdiri berjejal di dekat pintu kapal itu.

Hamra, Cut Hamizalia dan Encik Razali segera turun dari kapal itu.

"Pak, apa mau sewa mobil?" tegur seorang kanak-kanak lelaki yang berumur tidak kurang daripada 13 tahun mengenakan topi berwarna putih dan dan di atasnya terdapat tulisan dari sulaman tangan '*Cinta Aceh*'.

Encik Razali belum sempat menjawab begitu juga dengan Cut Hamizalia yang masih memandang ke kanan dan ke kiri seraya melihat di sekelilingnya, namun Hamra sudah mengikuti kanak-kanak lelaki itu.

"Ayah, ibu, jom dia nak tunjuk tempat sewa kereta. Cepatlah sikit." Hamra menjerit dari jauh seraya memandang belakangnya di mana Encik Razali dan Cut Hamizalia masih berdiri.

"Ya Allah, bang, tengok tu. Hamra dah ikut budak tu. Mungkin budak tu memang boleh dapatkan sewa kereta ke Banda Aceh," Cut Hamizalia bernafas panjang dan memandang suaminya yang membawa dua bagasi besar pada tangan kanan dan kirinya.

"Hamra . . . kenapalah dia cepat sangat percaya kat orang. Jomlah kita ikuti dia." Encik Razali terus bergegas berjalan cepat menuju ke arah Hamra.

"Pak, ini kereta istimewa Toyata kijang berwarna hitam, buatan tahun 80 puluhan, sewanya hanya 400.000 ribu rupiah dari Lhoksuwame ke Banda Aceh termasuk petrol dan pemandu." Seorang lelaki berbaju warna coklat tua dengan menggunakan kain pelekat memberitahu Encik Razali yang berada di dekatnya.

"Eh tak apa, terima kasih." jawab Encik Razali kepada lelaki itu dan terus berjalan menuju ke arah Hamra yang sudah mendahuluinya 100 meter jauh di depan.

Akhirnya Encik Razali memutuskan untuk menyewa kereta Toyata kijang tahun 1982 yang berwarna hijau tua dengan kadar sewa hanya rupiah 375.000 termasuk petrol dan pemandu kereta itu.

"Mashaallah, indahnya bumi Aceh ni," kata Hamra mengkagumi pemandangan di sekitarnya. Cut Hamizalia hanya tersenyum memandang Hamra.

"Alhamdulillah Ya Allah, syukur akhirnya diri ini dapat berjumpa dengan ayahnda dan bonda. Kami sangat menyukai perjalanan ini," bisik Cut Hamizalia di dalam hati. Cut Hamizalia sangat gembira mendengar Hamra, menyukai perjalanannya. Beberapa jam telah berlalu, keluarga Razali masih antusias melihat keadaan jalan-jalan di Banda Aceh melalui pintu cermin kereta yang dinaikinya itu.

"Bapak, boleh saya tahu alamatnya di mana ya di Banda Aceh? Kerana dalam waktu tiga puluh minit kita akan sampai ke Banda Aceh." Pemandu kereta itu bertanya kepada Encik Razali.

Razali terus memandang ke belakang, di mana Cut Hamizalia sedang duduk. "Izalia, apa nama jalan rumah kat Banda Aceh tu?"

"Ayah, takkanlah dah lupa. Jalan Tengku Cik Di Tiro, kan ibu?" Hamra menjawab pertanyaan ayahnya.

"Oh, itu jalan utama kota sekarang. Jadi bapak keluarga orang kaya dan bangsawan terkenal ya" suara lelaki itu menyindir keluaga Razali yang sememangnya tak tahu apapun pasal Banda Aceh. Kata-kata pemandu kereta sewa itu membuatkan Hamra berfikir.

"Eh, datuk seorang bangsawan yang kaya raya?" tanya Hamra di dalam hati.

Namun Cut Hamizalia sama sekali tidak menjawab sindiran pemandu kereta itu.

"Pak berhenti sekejap di depan pinggir pendopo pemakaman yaa, saya mau berkunjung ke kubur adik saya", suara Cut Hamizalia terdengar jelas.

"Adik ibu? Baik." Jawab pemandu kereta itu.

Hamra tidak merasa hairan dengan keinginan ibunya menziarah ke kubur adik-adiknya bahkan dia sangat gembira melakukan perjalanan ke Banda Aceh itu.

"Abang, Hamra, jom turun. Kita ziarah dulu," suara Cut Hamizalia yang beranjak turun seraya mengenakan baju kurung warna hitam satin yang terdapat sekuntum mawar merah dan corak kecil abstrak putih serta berselendang panjang hitam. Hamra yang sangat gembira terus melompat dari kereta itu.

"Eh, Hamra . . . awak ni, janganlah melompat. Kamu pakai baju kurung, nanti koyak baju kamu." Encik Razali memandang Hamra dengan wajah kesal.

"Hmm, Hamra tak melompat tinggi mana pun, maafkan Hamra ye." Kata Hamra seraya menarik tangan ayahnya agar berjalan laju mengingatkan Cut Hamizalia sudah berada di depan mereka.

Sememangnya Hamra, selalu bergaya seperti lelaki, dia sangat lasak dan sukar berjalan perlahan. Dia lebih suka berlari berbanding berjalan perlahan-lahan.

Sesampainya di perkuburan Bangsawan Pendopo Aceh.

Cut Hamizalia sudah berjalan mencari kubur kedua orang adiknya.

"Ya Allah! Ibu! Ayah!" suara Cut Hamizalia menjerit dengan penuh esak tangis tatkala melihat dua buah batu nisan yang bertuliskan nama kedua orang tuanya itu.

"Ya Rohman, mengapa diri ini lena dan leka. Ibu maafkanlah Izalia," suara tangis Izalia sebak terdengar hampir di seluruh penjuru perkuburan itu. Razali terus duduk mendekati isterinya dan terus membelainya, seraya mencium keningnya.

"Izalia, Allah mencintai ibu dan ayah. Jadi Allah memanggil mereka kembali awal dari yang kita jangka. Maafkan abang, Izalia. Sepatutnya abang datang jauh lebih awal. Mari kita dirikan solat ghaib dan membaca al-quran serta doa-doa agar Allah meniadakan seksa kubur baginya dan menghapuskan segala dosanya serta meletakkan mereka bersama orang-orang mujahid." Razali memujuk Cut Hamizalia yang terduduk di atas tanah tanpa alas apapun.

Sementara itu Hamra yang duduk berlawanan arah dengan Cut Hamizalia melihat sekitar perkuburan itu dari jauh, dia terlihat seorang wanita tua bongkok mengamati keluarganya.

Hamra belum sempat bercakap apa-apa.

"Harma, pergi ambil wudhu dengan ibu. Kemudian jangan lupa ambil sajadah serta alasnya, dan ambil al-qur'an di surau itu. Ayah nak cari penjaga kubur ni." Encik Razali seraya menunjuk ke arah sebuah surau kecil dalam perkuburan itu.

"Baiklah, ayah," Hamra mengangguk namun mata sebelah kanannya menjeling tajam ke arah wanita bongkok itu.

"Mari, ibu," Hamra terus membimbing ibunya.

Wanita tua yang mengenakan selendang panjang yang dilipat, berbentuk bulat terlilit di kepalanya, seraya mengenakan kain batik jawa berjahit dan baju *blouse* putih dengan *design* bunga melur sekuntum-sekuntum, walau baju itu sudah lama namun warnanya masih nampak jelas dan cantik.

Sementara itu, Hamra berjalan menuju surau bersama Cut Hamizalia.

"Ibu rasa mak cik tu tak pelik?" tanya Hamra kepada ibunya.

Cut Hamizalia memandang sekelilingnya dan kemudian menjawab Hamra, "ah, Hamra ibu tak nampak siapa-siapa pun." Cut Hamizalia terus mengambil wudhu tanpa menghiraukan Hamra.

"Hamra, pergilah ambil wudhu dulu. Nanti kita cari mak cik tu." Kata Cut Hamizalia kepada Hamra yang mengintip dari celah-celah dinding surau yang terbuat dari bahan papan sisa kayu berwarna coklat dengan *design* bintang segi lapan dan lima.

Cut Hamizalia terus menunaikan solat ghaib dan kemudian mengaji begitu juga dengan Hamra.

"Izalia, awak dah solat?" tegur Encik Razali yang berdiri di belakang kain langsir yang menjadi pembatas antara tempat solat lelaki dan wanita di dalam surau itu.

"Sudah, bang." jawab Cut Hamizalia kepada suaminya.

"Hamra?" tanya Encik Razali.

"Sudah ayah" Hamra menjawab dengan senyum walaupun ayahnya tidak dapat melihatnya. Tidak lama kemudian, mereka meninggalkan surau seraya membawa sebaldi air dan bunga melur bercampur bunga mawar merah yang dibelinya semasa turun dari kapal Lhoksumawe tadi.

Sebelum sampai di batu nisan Teungku Panggiran Ridwan dan Cut Hazlina, Cut Hamizalia berbisik pada Razali, "Bang, Hamra nampak seorang mak cik tua, mungkinkah dia penjaga kubur? Atau . . . ?" Cut Hamizalia terus terdiam tanpa meneruskan percakapannya.

"Mak cik tua?" Razali bertanya ke arah Cut Hamizalia seraya memandang sekelilingnya.

"Iya ayah, Hamra melihatnya beberapa kali. Biar Hamra cari dia," suara Hamra lemah seraya memandang ke sebuah lorong kecil yang tak jauh daripadanya.

"Hamra, biar kita berdoa dulu di kubur atuk dan nenek kamu ya." Cut Hamizalia menatap wajah Hamra seraya menggenggam tangan jejari Hamra agar tidak meninggalkannya.

Hamra seorang gadis yang comel dan lucu. Walaupun badannya tembam berisi, namun sikapnya sangat tegas. Kadang kala dia lebih nampak dewasa daripada usianya. Gadis ceria ini mempunyai sikap dan cara yang tegas seperti lelaki.

Tidak lama kemudian, Encik Razali, Hamra dan Cut Hamizalia menuju ke kubur besar yang terletak dalam sebuah gazebo kayu, di mana terdapat kubur Teungku panggiran Achmad dan Cut Zamrina.

Cut Hamizalia dan Razali membaca yasin dan bacaan tahlil. Hamra yang membaca Tahlil nampak gelisah, sesekali matanya menjeling ke arah sebuah tiang kayu besar dalam perkuburan tua itu, lalu Ia terus melirik ke arah lorong gelap yang mempunyai dua penjuru itu dan berharap mak cik tua itu datang menemuinya.

"Hamra, baca yang betul." tegur Encik Razali kepada Hamra.

"Iya, ayah," Hamra terus menundukkan pandangan ke arah buku tahlil yang dipegangnya dan mula membaca dengan benar walaupun fikirannya ingin mengetahui siapa mak cik tua itu sebenarnya.

Cut Hamizalia membaca dengan khuysuk.

Cut Hamizalia mula membaca. "Astagfirullah robbal barroyaa, Astaghfirullah minnal hoyota, haggil maujud, laa ila hal ilallah hula ila haa ilallah".

Air mata Cut Hamizalia masih terus bercucuran walaupun berkali-kali dilap dengan sapu tangan koton berwarna putih polos di tangan kirinya. Sementara tangan kanannya memegang buku bacaan tahlil berwarna kuning itu.

"Ayah, biar Hamra yang menaburkan bunga-bunga itu. Ayah dan ibu lebih baik terus balik ke rumah arwah atuk dan rehat dulu. Nanti Hamra balik jalan kaki. Boleh kan, Bu?" Hamra memegang erat tangan ibunya seraya tersenyum manja berharap ibunya mengiyakan keinginannya.

"Izalia, rumah awak tak begitu jauh dari sini? Saya rasa ini baru pertama kalinya kita sampai Banda Aceh. Jadi kita mesti sampai ke rumah arwah atuk dulu," Razali menjawab permintaan Hamra.

"Ayah, tolonglah. Hamra nak tenggok sekeliling tempat baru kita ni. Lagipun rumah atuk hanya beberapa ratus meter sahaja dari tempat ni. Iyakan, bu?" Hamra memandang ibunya serta berharap ibunya bersetuju.

Cut Hamizalia masih sedih, beberapa saat kemudian dia mengangguk.

"Izalia, mengapa kamu izinkan Hamra berjalan kaki menuju ke rumah yang dia tak tahu?" tanya Encik Razali seraya memandang pelik ke arah Cut Hamizalia.

"Abang, tempat ni hanya 250 meter sahaja dari jalan Teungku Cik Di Tiro rumah ayah dan ibu. Lagi pula Izalia rasa mak cik tua tu adalah Nyak Dadang isteri Bapak Sabruddin penjaga kubur sekaligus pemangku pemelihara harta peninggalan keluarga di Raja Aceh. Namun baik kita pastikan dulu bang." Cut Hamizalia memandang ke arah suaminya dan kemudian terus berjalan ke lorong gelap yang mempunyai dua hala yang berbeza itu.

Hamra yang mengikutinya dari belakang, begitu juga Encik Razali

"Hah, mana arah menuju rumah kayu Pak Sabruddin?" tanya Hamra dalam hati seraya berhenti tepat di penghujung lorong yang panjang kira-kira 15 meter panjangnya itu sambil berfikir.

"Bu, biar ibu pergi ke kanan dan Hamra ke kiri."

Hamra tersenyum ke arah ibunya seraya menunggu jawaban daripadanya.

"Eh, tak Izalia, Hamra dan awak pergi ke kanan dan saya akan pergi ke kiri. Ingat, menjerit jika ada sesuatu yang tak kena atau pergi terus ke kereta," Encik Razali berusaha untuk mengawal keadaan yang penuh tanda tanya itu.

Perkuburan yang luas dan tidak kurang daripada dua hektar itu, dikelilingi pokok bunga kemboja yang tingginya tidak kurang daripada tiga meter, berbunga putih dan kuning di kelopaknya, batu nisannya banyak diukir daripada kayu mahagoni serta terdapat beberapa gazebo kayu yang masing-masing menampung dua hingga tiga batu nisan lama tulisan jawi.

Razali berjalan terus dan melihat sekelilingnya. Hanya terdapat pokok kemboja dan beberapa pokok asam yang tingginya hampir enam meter itu serta ratusan batu nisan batu yang terbuat daripada kayu yang nampak usang dan berusia ratusan tahun lamanya.

Walaupun mereka berjalan mengelilingi beberapa Gazebo kayu, namun mereka tidak dapat berjumpa wanita tua yang digambarkan oleh Hamra itu.

Tiba-tiba, Hamra menujuk ke arah pondok kayu lama yang ditutupi oleh dua buah pokok ceres yang tidak berbuah. "Bu, lihat tu! Sebuah pondok lama."

Cut Hamizalia tidak menjawab, namun dia berjalan laju menuju ke pondok kayu itu.

"Mengapa kau tinggalkan ibu, Cut Hamizalia? Dan setelah semuanya berakhir kau datang, mengapa?" suara Encik Sabaruddin terdengar jelas dari belakang mengejutkan Cut Hamizalia.

Cut Hamizalia tergamam dan tidak dapat bercakap apa-apa. Hamra yang nampak takut segera menarik tangan ibunya dan menggenggamnya lalu beberapa saat kemudian mereka berpaling.

"Sungguh derita hidup ayahanda apabila kau meninggalkannya!" Suara Encik Sabaruddin menambahkan kata-katanya.

Cut Hamizalia terus menoleh ke belakang dengan mata berkaca-kaca.

"Maafkan segala kesalahan diri ini Pak Nde!" Cut Hamizalia terus rebah di bawah kaki Pak Sabaruddin yang nampak sedih dengan matanya berkaca-kaca.

Hamra menyaksikan peristiwa itu dengan penuh tanda tanya.

"Mengapa sampai terjadi seperti ini, nak ?" Pak Sabaruddin bertanya kerana tidak mengetahui peristiwa sebenarnya yang sedang berlaku.

"Bukan maksud hati untuk meninggalkan ayah dan ibu. Namun masa itu hanya terfikir satu cara untuk mengembalikan ingatan ibu, Pak Nde." Cut Hamizalia masih menangis dan duduk menjangkung di kaki Pak Sabaruddin.

"Anakku, bangunlah semuanya sudah berakhir. Yang Pak Nde sesalkan adalah . . .", akhirnya air mata Pak Nde terus tercurah tanpa henti. Hamra tercenggang melihat peristiwa itu.

Sementara itu, Pak Nde matanya berkaca-kaca, membayangkan peristiwa lama yang terjadi pada Keluarga Teungku Panggiran Achmad.

Dan Cut Hamizalia juga terbayang dalam fikirannya peristiwa sehari sebelum dia meninggalkan Banda Aceh.

1965 Jalan Teungku Cik Ditiro Banda Aceh,

Bukan seperti biasanya, Teungku Panggiran Achmad kali ini membakar kemenyan dan melakukan ritual pemanggilan jin, di laman belakang rumahnya itu. Asap mengepul gelap hampir seluruh isi rumah, suasana seram mula terasa hampir di seluruh laman belakang yang luas itu.

"Oh, datanglah penguasa-penguasa yang mampu melerai badai menyembuhkan segala ibu penderitaan, pergilah segala penyakit yang menimpa isteri hamba." Suara Teungku Panggiran Achmad menyeru di depan kemenyan yang mengepulkan asap tebal menutupi wajahnya dengan pakaian serba hitam dan rambut yang panjang menutupi bahunya itu.

Namun hari ini tidak seperti hari sebelum-sebelumnya, di mana Pak Sabaruddin yang sepatutnya menutup pintu pagar laman belakang terlupa dan terus meninggalkannya. Asap yang mengepul ke angkasa membuat ramai yang memandang ke arah laman rumah Teungku Pangiran Achmad.

"Lihat, asap mengepul lagi. Adakah kali ini Panggiran nak membakar rumahnya?" kata seorang lelaki.

Penduduk Banda Aceh yang berada di sekitar Jalan Teungku Cik Ditiro, sememangnya sudah mengetahui gerak-geri Teungku Panggiran Achmad yang pelik sejak kedua orang anaknya meninggal dunia. Teungku Panggiran Achmad sentiasa berpakaian serba hitam dan selalunya dia akan pergi ke gua alam yang bernama Gua Guha Tujoh bersendirian pada sebelah malam.

"Ayah, Hamrina akan tidur di bilik ibu malam ni." kata Cut Hamrina seraya memberikan secawan teh kosong kepada ayahnya.

"Hmm . . ." Teungku Panggiran Achmad menjawab Cut Hamrina.

Apabila, dia merasa terganggu oleh Cut Hamrina, Teungku panggiran Achmad meninggalkan rumahnya.

"Ayah yakin malam ini penjaga-penjaga Burnei Telong dan gua guha Tujoh akan membantu ayah untuk menyembuhkan ibumu," Teungku Panggiran Achmad bercakap seraya meneguk teh yang diberikan oleh Cut Hamrina.

"Ayah, tolonglah hentikan perbuatan ayah tu. Jin-jin itu tak dapat menolong ayah, percayalah." kata Cut Hamrina merayu ayahnya dengan lembut.

"Apa kau kata? Setelah aku bersemadi di Gua Guha Tujoh barulah ibumu tak lagi menjerit pada malam hari dan memanggil nama Teungku Panggiran Ridwan dan Cut Hazlina. Itulah hebatnya para jin yang dapat menolong kita," jawab Teungku Panggiran Achmad seraya memandang Cut Hamrina tajam.

Cut Hamizalia yang berada di sebelah adiknya, iaitu Cut Hamrina terus meninggalkan ayahnya dan pergi ke bilik tidur ibunya yang berada di atas rumah itu seraya menatap wajah ibunya yang sedang tidur lena.

Cut Hamizalia berbisik kepada ibunya, "Ibu pasti sembuh. *Aunty* Zamalia akan membantu ibu, percayalah." seraya menyelimutkan ibunya dan mencium kening ibunya.

Tidak lama kemudian, Cut Hamrina memegang tangan ayahnya. "Ayah, tolonglah tak payah pergi malam ni. Cukurlah janggut dan rambut ayah yang sudah hampir menutupi bahu. Potonglah biar kemas sedikit, ayah." Cut Hamrina memegang tangan ayahnya dengan kuat.

"Ah, kamu! Biarkanlah ayah meneruskan perjuangan ini. Tinggal sedikit sahaja usaha ayah sehingga ibumu sembuh. Bila ibumu sembuh nanti, ayah akan merapikan keadaan ayah," Teungku Panggiran Achmad menepis tangan Cut Hamrina dan pergi meninggalkannya. Teungku Panggiran Achmad bergerak perlahan seraya melihat kanan dan kirinya, lalu meninggalkan kediamannya itu.

Sesampainya Teungku Panggiran Achmad di Gua Guha Tujoh, dia terus menyeru beberapa kali. "Oh, penguasa-penguasa gunung Burnei Telong, tiada penyakit datang menjelang, tanpa sebab maka bawalah dia pergi dan buatlah aku mampu terbang melihat agungnya gunung jagaanmu."

Teungku Panggiran Achmad terus menggeleng-gelengkan kepalanya, seraya memejamkan mata dan mulutnya kumat-kamit membaca segala mantera untuk memanggil jin yang sudah menjadi pembantunya itu. Sesekali angin kencang berhembus dingin mencekam namun tidak seperti apa yang dijangka jin-jin yang diserunya tidak datang pada malam yang dinantikannya itu.

Beberapa minggu kemudian, tepatnya tiga minggu setelah kepergian Cut Hamizalia ke Malaya.

"Ayah, kakak sudah tak ada lagi di rumah ini. Tolonglah, tak payahlah ayah pergi malam-malam. Jin-jin itu tak akan dapat membantu ayah, percayalah," kata Cut Hamrina seraya menggenggam jejari ayahnya dengan erat.

"Ah, kamu tahu apa? Jin-Jin itulah yang membantu ayah agar ibumu tak lagi gelisah akan kematian Ridwan dan Hazlina tahu!" Teungku Panggiran Achmad menengking serta melepaskan jejari Cut Hamrina dari genggamannya lalu memandang Cut Hamrina tajam dengan nafas panjang.

"Ayah, Cut Hamrina kesal mengapa ayah bersikap seperti ini? Inilah sebabnya kakak Cut Hamizalia meninggalkan rumah dengan alasan mencari Aunty Cut Zamalia. Dia letih ayah. Dan ibu tak dapat memahami apa-apa, dia hanya tahu menangis dan menjerit, bahkan makanpun dia tak faham. Semua harus dibantu, Cut Hamrina letih ayah." Tangis Cut Hamrina kuat sehingga Nyak Dadang yang berada di belakang rumahnya terdengar.

Di belakang rumah besar Teungku Panggiran Achmad. "Ah, abang dengar tu. Tuanku Kisanak membuat Cut Hamrina menangis lagi malam ni. Mengapalah orang tua itu tak sedar-sedar bahawa hilangnya akal Cut Zamrina bukan kerana bomoh atau sihir atau saka tidakpun kerana kutukan, tapi ianya ujian Allah akan hambanya yang cinta dengannya. Bila agaknya semua ini berakhir?" Ungkap Nyak Dadang yang sememangnya bosan dengan perlakuan Teungku Panggiran Achmad kepada anak-anaknya itu.

Rumah yang besar dan mewah itu bercatkan putih seperti mutiara nampak suram sepi tanpa makna apabila kematian Teungku Panggiran Ridwan dan Cut Hazlina menjadi bayangan hidup bagi seorang ibu, Cut Zamrina yang sudah berubah akalnya itu.

Hujan rintik-rintik mula turun. Nyak Dadang memeluk Cut Hamrina seraya berkata, "sabarlah, nak. Ini ujian, jika kau dapat bersabar maka besar balasannya."

Sementara itu, Teungku Panggiran Achmad sudah berjalan menuju ke gua Guha Tujoh. Kemudian terus menyalakan kemenyan serta meletakkan beberapa jenis bunga dan persembahan bersama seekor kambing hitam yang terpotong tanduknya dan di atasnya terdapat tiga biji telur ayam kampung.

Gua Guha Tujoh yang mempunyai langit-langit cekung dan lantainya yang tajam menambahkan lagi seram bagi sesiapa sahaja yang berada di dalamnya terutama pada malam hari. Teungku Panggiran Achmad terus bersila dan memejamkan mata seraya berkata, "Oh penguasa-penguasa gunung Burnei Telong! Tiada penyakit datang menjelang, tanpa sebab maka bawalah dia pergi dan buatlah aku mampu terbang melihat agungnya gunung jagaanmu."

Teungku Panggiran Achmad terus menggeleng-gelengkan kepalanya seraya memejamkan mata dan mulutnya kumat-kamit membaca segala mantera untuk memanggil jin yang sudah menjadi pembantunya itu. Sekali-sekala, Teungku Panggiran Achmad mengerang dan mengaum seperti seekor singa serta berpeluh sejuk hampir seluruh tubuhnya, walau angin kenjang berhembus.

Hujan rintik-rintik mula turun dan tidak lama kemudian, hujan lebat membasahi bumi. Tidak jauh dari Gua Guha Tujoh dua orang lelaki nelayan Bakhor dan Nyamin yang baru balik dari menangkap ikan berjalan dan kemudian berteduh di depan Gua Guha Tujoh itu.

Teungku Panggiran Achmad yang sudah dirasuk jin seperti singa itu, kemudian mengaum kuat tak henti-henti.

"Nyamin, kau dengar tak suara seperti singa mengaum?" tanya Nyamin kepada Bakhor lalu segara Menyalakan lampu suluh ke arah gua itu.

"Singa? Kau janganlah takutkan aku!" jawab Bakhor dengan perasaan takut dan was-was.

"Eh, ada ke singa di dalam gua ni?" Bakhor tiba-tiba rasa ingin tahu walaupun berasa takut dan gelisah.

"Entahlah. Apa kata kita lihat sendiri ke dalam Gua Gua Tujoh ni." Nyamin mengajak Bakhor seraya membimbing tangan Bakhor yang seram sejuk itu.

"Ah, tak perlulah. Nanti kalau kita diterkam, bagaimana? Aku masih ada anak bini yang nak disara," Bakhor berusaha menolak walaupun Nyamin sudah membimbing tangannya.

Baru beberapa langkah memasuki Gua guha tujoh angin bertiup kencang. Malam terasa ganjil, suasana takut mencengkam dapat dirasakan oleh siapa sahaja yang berada dekat.

"Bakhor, mengapa angin ni kuat sekali? Jangan lepaskan tangan aku," kata Nyamin kepada Bakhor.

Nyamin berasa sangat takut, bulu romanya berdiri, wajahnya pucat dan detak jantungnya berdekup kencang.

"Oh penguasa-penguasa gunung Burnei Telong! Tiada penyakit datang menjelang tanpa sebab maka bawalah dia pergi dan buatlah aku mampu terbang melihat agungnya gunung jagaanmu." suara Teungku Panggiran Achmad terdengar jelas mendesah.

Bakhor dan Nyamin sangat terkejut apabila Teungku Panggiran Achmad duduk melayang-layang di dalam gua itu.

"Hah, Tuanku Kisanak?"

Suara Nyamin bergetar apabila melihat Teungku Panggiran Achmad yang tengah bersemadi dengan kemeyan serta seekor kambing hitam yang digantung bersama pelbagai bunga melor sementara beberapa ekor ayam kampung yang nampak sudah mati kerana diminum darahnya.

"Bakhor, lari !" jerit Nyamin dengan kuat.

Namun, jin sembahan Teungku Panggiran Achmad sudah masuk ke dalam badan Bakhor yang tegap tiba-tiba tergolek jatuh. Tangannya terlilit satu sama lain dan mulai merayap dalam gua itu seperti seekor ular.

Apabila Nyamin dapat melarikan diri ke kampung yang terletak tidak jauh dari Gua Guha Tujoh, dia menjerit meminta tolong.

"To . . . toloooong, to . . . toloooooong . . ." jerit Nyamin kuat dengan nafas masih terengah-engah. Suara Nyamin yang kuat mengejutkan hampir seluruh penduduk di kampung itu, walaupun ramai yang sudah lelap tertidur pada malam hari itu.

Dengan nafas tersengal-sengal, "Bapak, Ibu! Kawan saya, Bakhor telah dirasuk jin yang diseru dan dipuja oleh Teungku Panggiran Achmad. Tolonglah, kami hanya nelayan miskin, kawan saya memiliki keluarga, tolonglah." Suara Nyamin terdengar terputus-putus, nafasnya terengah-engah, peluh sejuk terus bercucur membasahi seluruh tubuhnya itu.

Dua orang penduduk kampung itu bertanya, "hah, Tuanku Kisanak? Dia memelihara dan menyembah jin? Kamu tak berbohong kepada kami?" Kedua-dua lelaki yang berbadan tegap itu menjelingkan matanya ke arah Nyamin.

Suara riuh rendah terdengar apabila Nyamin menyebut nama Teungku Panggiran Achmad kerana dia keluarga bangsawan yang dikenali oleh hampir semua penduduk Banda Aceh pada waktu itu.

"Ya, demi Allah yang menjadikan langit dan bumi, mereka berada di Gua Guha Tujoh. Saya nampak beberapa ekor ayam kampung mati kerana dihisap darahnya, kemenyan yang berkepul-kepul asapnya, bunga melur, bunga tanjung, bunga asoka serta seekor kambing hitam yang digantung dan beberapa biji telur ayam kampung yang digunakan sebagai sajian pembuka. Tolonglah kawan saya. Dia hanya nelayan miskin seperti saya." Penduduk riuh mendengarkan penjelasan Nyamin itu.

Malam yang gelap, mencengkam bagi semua penghuni Kampung Tualang Berahi di mana Nyamin datang meminta pertolongan. Kejadian malam itu seperti sebuah bencana akan melanda.

"Tunggu!" Suara seorang lelaki muda guru silat kampung itu seraya mengenakan pakaian silatnya dengan membawa perlengkapan silat berjalan ke arah Nyamin dan dua orang pemuda yang lain.

"Mana penghulu kampung? Tok Imam?" suara lelaki guru silat itu nampak kesal.

"Oi, Badur! Dengar sini, imam tak ada di kampung ni. Kan dia orang kampung sebelah dan kami sudah tak pakai penghulu, yang ada Pak Adun," jawab salah seorang daripada mereka.

"Baiklah, kita berangkat sekarang," jawab seorang lelaki yang sudah berumur dengan wajah cemas.

Angin yang menderu berdesah seolah-olah mengerti segala kesedihan dan kehibaan Cut Zamrina yang menangis pada malam itu tanpa sebab yang pasti. Cut Hamrina yang berada di samping ibunya itu terus memeluk ibunya apabila melihat ibunya mula gelisah serta menangis sendiri tanpa sebab.

"Ibu, adakah ibu bersedih kerana kakak Cut Hamizalia meninggalkan ibu?" tanya Cut Hamrina. Sememangnya Cut Zamrina tidak menjawab apa-apa, hanya menangis dan merintih-rintih.

"Nyak . . . Nyak . . ." jerit Cut Hamrina memanggil Nyak Dadang yang berada di biliknya.

"Nyak . . . tolong ibu," Cut Hamrina belum sempat meneruskan kata-katanya.

Rumah Teungku Pinggiran Achmad di jalan Cik Ditiro sudah dipenuhi oleh ramai tetangga dari pelbagai kampung di Banda Aceh dengan berpakaian serba putih dan mengenakan kopiah putih, berdesak-desakan seraya menjerit-jerit.

"Keluarkan jin peliharaanmu! Kami akan berperang melawannya, Teungku Pangiran Achmad."

Suara itu kedengaran semakin jelas. Cut Zamrina mula menangis dengan kuat. Sesekali merintih-rintih, seolah-olah hendak mengatakan sesuatu.

"Keluarlah dan panggillah jin yang kau puja selama ini!" jerit dua orang lelaki yang nampak kesal. Jeritan suara yang datang tiba-tiba membuat Nyak Dadang bingung dan berlari ke atas rumah itu, di mana bilik tidur Cut Zamrina berada.

"Cut Hamrina, cepat bawa harta ibu. Nampaknya orang-orang kampung mahu menyerbu rumah ini." Suara tangis Cut Zamrina kuat sehingga terdengar oleh ramai orang yang berada di luar rumahnya hendak menghakimi perbuatan Teungku Panggiran Achmad.

"Tutup jalan ni, kamu semua bertenang!" jerit seorang lelaki tua berkopiah seperti Pak Lebai rupanya ketua Kampung Burnei yang cuba memberhentikan sekumpulan orang yang hendak menyerang rumah Teungku Panggiran Achmad.

"Berhenti! Dia bukan bomoh atau pemelihara jin, berhenti!" suara kuat Pak Sabaruddin cuba mengendalikan keadaan.

Teungku Panggiran Achmad sepertinya dapat mengetahui keadaan rumahnya melalui bisikan jin yang dipujanya.

"Oh penguasa Burnei Telong, apa yang harus kulakukan pada mereka?" tanya Teungku Panggiran Achmad kepada Bakhor yang sudah dirasuk oleh jin ular itu. Bakhor yang terlilit badannya mulai merayap. Dia meninggalkan Gua Guha Tujoh secepat langkah seribu dan terus melilit badannya pada dua orang lelaki yang berada di belakang.

Keadaan tidak terkawal, "serang rumah ni, biar dia habis dengan sihirnya!" Jerit seorang lelaki mula membakar tepi rumah Teungku Pangiran Achmad.

Nyak dadang terus membawa Cut Hamrina serta Engku Mulia Cut Zamrina meninggalkan rumahnya melalui pintu belakang.

"Bodoh! Kau fikir jika kau membakar rumah ini Tuanku Kisanak akan berhenti memuja jin?" tanya Pak Sabaruddin yang sudah kehilangan kesabarannya seraya membuka paip air dan menghentikan api yang baru mula menyala itu.

"Berhenti!" ujar seorang imam yang datang lambat.

"Kamu semua sudah hilang akal? Mereka tengah dalam keadaan susah, kedua orang anaknya baru sahaja meninggal baru sebulan, isterinya mula hilang kesedarannya dan kamu hendak menambahkan derita mereka? Astaghfirullah hal adhiem," Imam menggeleng-gelengkan kepalanya.

"Kita harus bantu mereka," ujar imam itu lagi.

"Uruskan Teungku Panggiran Achmad beserta jinnya. Dan kamu Ghulam, Safirudin dan Zulkiflie ikut saya ke Gua Guha Tujoh." ujar imam Adam yang kemudian membantu Pak Sabruddin memadamkan api. Kemudian, ramai yang membantu imam Adam memandamkan api.

"Nyak, jalan jangan laju-laju. Ibu menangis lagi ni." Cut Hamrina berbisik seraya memegang tangan ibunya dengan erat.

Nyak Dadang membawa Cut Hamrina dan ibunya ke perkuburan keluarga diraja yang letaknya tidak kurang dari 400 meter, sebelah barat rumah Teungku Pangiran Achmad.

Keadaan yang kecoh itu reda seketika apabila Imam Adam memandikan Bakhor yang terlilit seluruh badannya dan merayap seperti ular, Imam yang memegang kepala Bakhor serta membisikkan pada telinganya, "Bissilahir ladhie laa yadduru maasmihi, saiun fiel airdhie wa la fies sama'e wahuwas sami'ul aliem", beberapa kali seraya menahan nafasnya dan kemudian meniupkan pada telinga kanannya, seraya menutup telinga sebelah kiri Bakhor dengan tangannya.

"Ayuh mengaji surat Al-kahfie sekarang!" ujar imam kepada yang hadir seraya cuba membelai kepala bakhor.

Memang menakutkan, Bakhor berjalan serupa seokar ular walau berbadan manusia, dia memanjangkan lidahnya seraya bergoyang naik turun beberapa kali seperti ular yang hendak menyerang musuhnya, matanya menghadap ke atas tajam, tangan dan kakinya terlilitkan satu sama lain seolah-olah seperti seekor ular.

Orang kampung yang pada awalnya marah, menjadi sedih dan hiba melihat keadaan Bakhor.

Sementara itu di Pendopo Perkuburan Diraja.

"Nyak, di mana ibu tidur?" tanya Cut Hamrina sedih melihat ibunya yang menangis tak henti-henti.

"Ridwan, Oh Hamrina anak-anakku jangan tinggalkan ibu," tangis Cut Zamrina yang hendak berjalan seorang diri ke arah kubur ke dua orang anaknya itu.

"Cut, ke mari. Oh Kisanak, hujan lebat ni, hati-hati ya."

Nyak Dadang memberikan beberapa daun pisang lebar seraya menutupkan kepala Cut Zamrina, sedangkan Cut Hamrina mengandeng tangan ibunya dengan kuat.

"Bu, Ridwan dan Hazlina senang melihat ibu datang, tapi ibu mesti rehat dulu." Cut Hamrina memeluk ibunya dengan erat.

"Engku Kisanak, hujan ni hati-hati." Nyak Dadang memegang daun pisang yang masih muda, daunnya nampak hijau tua, keras seraya memayungi kepala Cut Zamrina. Hujan rintik-rintik terus membasahi tanah perkuburan Diraja itu.

Kemudian Cut Hamrina, Nyak Dadang dan Cut Zamrina berjalan menuju ke sebuah rumah kayu lama yang dibangunkan oleh pengikut sultan Malik As Saleh untuk penjaga kubur di Raja itu.

Di depan rumah Teungku Panggiran Achmad Setengah jam kemudian.

"Alhamdulillah, Allah telah menjaga kita semua dari kesalahfahaman, masalah pemeliharaan jin, saya akan menangganinya. Kamu jangan sekali-kali menghakiminya sendiri. Mana kawan Bakhor? Keluarganya?" tanya Imam Adam, seraya membersihkan luka-luka di sekitar badan dan wajah Bakhor. Luka yang berdarah di sekitar badan dan wajah Bakhor terjadi kerana dia dimasuki oleh jin ular sehingga badannya dililit dan merayap di kampung itu.

"Pak imam, Bakhor bukan orang kampung kami. Kenapa, Pak?" tanya Afiffudin yang membantu pak imam membersihkan luka Bakhor yang masih berdarah.

Pak imam hanya terdiam. Kemudian dia bernafas panjang. "Hmmm . . . rasanya kita tak perlu berbalah dalih. Baik kita balik dulu dan rehat. Besok pagi, saya akan menjumpai Teungku Panggiran Achmad dan tolong jangan beritahu apa-apa kepada keluarga Bakhor. Nanti saya yang akan memberitahu mereka."

"Tapi, imam . . ." Azammudin menyela.

"Mengapa masih ada tapi, kan ini salah faham seseorang yang sudah beriman namun masih memuja dan bergantung pada sesuatu selain Allah, tak kira apalah bentuknya. Itukan syirik dan orangnya disebut sebagai musyrik?" tanya Ikhwan dari belakang.

"Begini Ikhwan dan serta saudaraku seiman lainnya . . ." Pak imam kemudian duduk dan menerangkannya dengan khidmat. Menyambung perkataannya. "Ya, memang benar, apa yang kamu kata. Kita harus menyelidiki dulu dan menyelesaikan masalah ini dengan bijaksana." Pak

Imam menambahkan kata-katanya seraya memandang satu persatu wajah orang kampung yang berada di depannya itu.

"Benar ke Teungku Panggiran Achmad memuja dan bergantung kepada Jin? Atau dia kena rasuk jin? Itu perlu diteliti terlebih dahulu." Pak Imam bercakap seraya berdiri.

"Seperti anda tahu, bahawa jin adalah makhluk halus yang sememangnya hampir menyerupai kehidupan manusia, bezanya dunia mereka semu, dan dunia kita nyata jadi jin boleh menggunakan badan kita sebagai media mereka untuk hidup di dunia yang nyata. Manusia adalah selalu salah dan lupa, jadi tentu Tuanku Teungku lupa." Imam berhenti sejenak dan memandang sekelilingnya.

"Pak Imam apa yang harus kita lakukan?" tanya satu suara kecil.

Imam menjawab dengan senyum, "kita harus mengingatkannya sebelum menghukumnya. Kamu sudah berjumpa dan mengingatkan Teungku Panggiran Achmad akan perbuatannya itu?" Imam bertanya dengan lantang, seraya menatap wajah satu persatu yang hadir.

Suara riuh-rendah itu tiba-tiba senyap sepi, semua hanya duduk diam dan tidak menjawab.

Imam memandang satu persatu wajah yang berada di depannya, "Hmm . . . ini maknanya kamu belum pernah mengingatkannya, bukan?" Semua hanya duduk terdiam.

"Ingat, kita adalah saudara sesama Islam iaitu saudara seiman, jangan pernah melukai hati saudara kita kerana hasutan. Kita harus sentiasa menasihati satu sama lain. Jangan pernah berfikir keji atas saudara-saudara kita." Imam mula menasihatkan penduduk kampung yang berkerumun di depannya.

"Oh, saudaraku, bukan bermakna selepas kamu semua lahir sebagai orang Islam, maka gugur tanggungjawab atas kamu untuk melakukan perkara yang wajib. Kita mesti mengambil berat tentang kesedihan saudara kita yang lain agar mereka tak terpesong dan sesat. Dakwah bukan hanya berbicara yang di bayar di depan umum, tetapi dakwah adalah menjadi sebuah kewajiban bagi setiap orang Islam kepada saudara muslimnya yang lain. Untuk mengingatkan mereka yang lupa atau khilaf ataupun benar-benar tidak mengerti aturan dan peraturan menurut agamanya. Jadi berbangga sebagai umat Islam saja tak cukup, kita mesti mengamalkan ajaran Rasullullah s.a.w dan mengikuti jejaknya." Semua yang berada di sekeliling Pak Imam hanya tercengang mendengar kata-katanya.

"Afif dan Ikhwan tolong hantar balik Bakhor ke rumah keluarganya. Dan ingat tak perlu menceritakan peristiwa yang baru sahaja terjadi. Saya percaya kamu berdua." Bakhor menatap Pak imam tersenyum.

Hari berlalu begitu cepat, menjelang Subuh Pak Sabaruddin mengetuk pintu rumah kayu di pendopo makam di Raja seraya berkata, "Nyak, Oh Enyak . . . dah boleh balik ke? Tuanku Kisanak sudah sampai di rumah."

Sementara itu, Cut Zamrina masih menangis sedih kerana hendak meninggalkan kubur kedua-dua orang anaknya itu.

"Ridwan, Hazlina, ibu takkan tinggalkan kamu keseorangan," suara Cut Zamrina terdengar jelas dari luar rumah kayu itu.

"Abang, kat sanakah? *Rampungkah*(selesaikah) sudah?" Nyak Dadang menjawab lembut panggilan suaminya.

"Engku Kisanak, kita mesti balik ke rumah. Keadaan sudah aman, Cut Hamrina bangun. Solat subuh kat surau sana." Nyak Dadang membangunkan Cut Hamrina yang masih tidur lena, badannya melengkung seperti huruf waw kerana letih dan lapar.

"Wa'alaikum salam, abang. Tak masuk? Tiada apa di sini. Hanya ada sebuah kerusi kayu di hadapan kita." kata Nyak Dadang menyambut suaminya. Cut Hamrina berjalan dengan mata terpejam menuju ke surau yang terletak di depan perkuburan Di Raja itu.

"Cut Hamrina, hati-hati. Tiang di depan," jerit Pak Sabaruddin yang melihat Cut Hamrina berjalan dengan matanya yang masih terpejam kerana masih mengantuk.

"Aww . . . aww . . . huk . . . uhuk . . . ihik . . ."suara tangis Cut Hamrina terdengar jelas dari pelbagai penjuru makam itu. Pak Sabaruddin terus lari ke arah Cut Hamrina yang masih menangis dan menutupi wajahnya yang ayu.

Darah yang mengelucur dari dahinya membuatkan Pak Sabaruddin gugup dan segera lari mencari daun sirih, kemudian mengoyakkan daun sirih itu. "Cut Hamrina, ke bawah sedikit, Nak." seraya meletakkan daun sirih yang sudah dikoyak-koyakkan di kening Hamrina yang masih berdarah.

"Eh . . . tak apalah Pak udin, Hamrina dah boleh jalan. Darah pun dah berhenti, biar saya ambil wudhu dulu," segera Hamrina meneruskan perjalanan ke surau seraya meletakkan tangannya yang berisi daun sirih di atas dahinya yang luka.

Pak Sabaruddin kemudian membawa Cut Zamrina, Cut Hamrina dan Nyak Dadang kembali ke rumahnya. Rumah yang indah itu, nampak jelas kesan terbakar di sebahagian kecil dindingnya, yang menghadap tepat ke tepi jalan raya.

Keesokan harinya, beberapa penduduk masih ingin menghukum Teungku Panggiran Achmad.

"Tuanku Kisanak! Keluar! Keluar! Atau kami membakar rumah Tuanku Kisanak!" jerit beberapa warga kampung sebelah. Mereka tidak setuju dengan keputusan Imam Adam menyelesaikan masalah dengan menggunakan cara yang baik.

"Nyak! Pak Sabarrudin!" jerit Cut Hamrina dari bilik tidurnya. Cut Hamrina menjerit seraya berlari menuju ke kamar tidur ibunya di mana, rumah kayu mereka itu mempunyai tingkap besar sehingga dapat melihat siapa sahaja yang berada di bawah rumah itu.

"Bu . . . bangunlah. Ramai orang di bawah, tolonglah," kata Cut Hamrina cuba mengejutkan ibunya yang masih tidur lelap di atas katil kayu jati dengan ukiran bunga seroja yang nampak begitu indah.

Belum sempat Cut Zamrina bangun, Cut Hamrina terus berlari ke bawah. "Nyak . . . Nyak . . . . Nyaaaak!" Cut Hamrina mula menjerit ketakutan kerana suara orang kampung semakin kuat mendobrak (membuka secara paksa) pintu pagar rumahnya.

"Oh, Tuanku Kisanak, keluar! Ayam kami banyak yang mati kerana jin yang dibela oleh Kisanak. Kami mahu membuat perhitungan!"

Cut Hamrina semakin takut apabila melihat rumah Nyak Dadang dan Pak Sabarrudin terbuka dan tiada sesiapa yang menghuni. Kosong. Dalam keadaan panik, Cut Hamrina memberanikan dirinya untuk membuka pintu pagar rumahnya.

"Kreek . . . dum!" suara pintu pagar kayu besar, seraya melihat ke hadapannya.

"Maaf, cari siapa?" suara Cut Hamrina lembut menegur orang ramai yang memakai t-shirt putih lengan pendek dan berseluar panjang hitam yang lebar.

"Ah, ke tepi!" jerit salah seorang daripada mereka seraya masuk ke dalam rumah keluarga Teungku Panggiran Achmad tanpa meminta izin terlebih dahulu.

"Pak, kan saya belum mempersilahkan bapak masuk. Kenapa bapak masuk ke rumah saya? Bersopanlah sedikit" Cut Hamrina menjerit kesal.

Belum sempat menghalau lelaki yang nampak seperti buru sergap itu, ramai lelaki di luar masuk ke rumahnya.

"Tuanku, keluar! Tuanku Kisanak!" Mereka mula menjerit-jerit dengan kuat. Cut Hamrina terus berlari menuju ke bilik tidur ibunya. Jeritan orang-orang yang tidak dikenali itu mengejutkan Cut Zamrina yang lelap dalam tidurnya sehingga dia berlari menuju ke tangga kayu tanpa melihat di sekelilingnya dan jatuh tergulung-gulung.

"Ibu!" jerit Cut Hamrina seraya mengoncangkan badan ibunya yang sudah terbujur kaku dengan lumuran darah di sekitar kepala dan badannya. Jeritan Cut Hamrina membuatkan ramai lelaki yang tidak dikenali itu lari meninggalkan rumah Teungku Cut Achmad tanpa memberikan sebarang pertolongan.

"Assalamu'aalaikum, mengapa pintu semua terbuka?" tanya Pak Sabaruddin dan Nyak Dadang yang baru balik dari pasar pagi sambil membawa beberapa guni yang berisi sayuran dan daging, ayam serta buah-buahan.

"Ibu . . ." Cut Hamrina menangis dengan kuat sehingga dapat didengar oleh sesiapa sahaja yang berada di depan pintu pagar rumah itu, walaupun jarak pintu pagar dan rumah agak jauh kerana terpisah oleh halaman yang luas.

"Cut Hamrina . . ." jerit Nyak Dadang yang terus berlari menuju ke dalam rumah itu. Pak Sabaruddin yang pada awalnya hendak membawa beg bawaannya menuju ke dapur terkejut. "Ya Allah, Tuanku! Abang, tolong . . ." jerit Nyak Dadang membuatkan Pak Sabarruddin berlari kencang.

"Cut letakkan tangan pada sebelah kanan bawah badan ibu dan Nyak sebelah kiri. Kereta dibawa oleh Kisanak. Saya akan ke kandang kuda sebelah untuk membawa kereta kuda." kata Pak Sabarudin seraya berlari meninggalkan Cut Hamrina dan Nyak Dadang.

"Ke atas sedikit, Nyak jangan tinggi-tinggi mengangkatnya," arah Pak Sabaruddin sambil memberi amaran seraya mengangkat badan Cut Zamrina yang masih berlumuran darah.

Belum sempat bertanya apa-apa kepada Cut Zamrina, Pak Sabaruddin terus bersama-sama Nyak Dadang dan Hamrina menuju rumah sakit Banda Aceh yang terletak dalam lapan kilometer dari kediaman Teungku Panggiran Achmad.

Pendopo makam Di Raja Aceh 1982

Encik Razali, Hamra dan Cut Hamizalia khusyuk mendengar cerita Pak Sabaruddin.

"Cut Hamizalia sungguh duka nestapa menimpa keluarga apabila Kisanak Eungku Cut Zamrina berada di rumah sakit dan keadaannya kritikal," Pak Sabruddin terus menitikkan airmatanya menatap wajah Cut Hamizalia dan Razali serta Hamra.

"Apa yang terjadi setelah ibu, Cut Zamrina jatuh dari tangga, Pak Sabaruddin?" tanya Encik Razali seraya menatap wajah Pak Sabaruddin dan Nyak Dadang penuh curiga. Cut Hamizalia masih menangis teresak-esak.

"Ibu, sudahlah. Jangan terus-menerus menangis, segalanya sudah berlalu. Kita seharusnya berdoa agar atuk dan nenek diletakkan rohnya bersama para syuhada dan mujahid. Jadi kita tak usahlah mengorek cerita luka lama kan, ayah?" Hamra memeluk ibunya seraya mencium kening ibunya beberapa kali.

"Ra, Ibu . . . Ibu menyesal mengapalah tak dapat menolong nenek!", Cut Hamizalia menitiskan airmatanya tak henti.

Sementara Pak Sabaruddin menyambung ceritanya akan kisah dan peristiwa lama keluarga Tengku Panggiran Achmad pada Cut Hamizalia. Berderai air mata Cut Hamizalia penyesalan demi penyesalan dirasainya kerana tak dapat membantu Sang Bonda.

Rumah sakit besar Banda Aceh 1965

"Bu, bangun. Jangan tinggalkan Hamrina seorang diri. Kak Hamizalia pergi mencari *auntie* Zamalia, agar ibu dapat sembuh, tolonglah." Cut Hamrina menitiskan air matanya tak henti-henti.

"Hmm, celaka! Siapa yang hendak menentangku?" kata Teungku Panggiran Achmad seraya berjalan mengelilingi rumahnya, seraya naik berang dan meremas-remas tangannya yang gempal.

"Hmm, ke manakah isteri dan anakku, Cut Hamrina?" fikir Teungku Panggiran Achmad sambil melihat sekeliling rumahnya. Teungku Panggiran Achmad berdiri disebelah tangga sambil mengeram, "Apa bau busuk ni?" Dia terkejut melihat darah berada tepat di bawah tangga yang sudah hampir beku dan dikerumuni lalat itu,

"Oh,Tuhan, apa yang telah terjadi?" kata Teungku Panggiran Achmad sambil mengambil darah yang sudah busuk dengan jari telunjuknya.

"Oh, penguasa-penguasa Gua Guan Tujuh! Bangkitkan amarahmu dan kucar-kacirkan hidup mereka yang menganggu keluargaku!" Teungku Panggiran Achmad mengeram-geram kesal seraya memandang ke atas langit-langit rumahnya. Teungku Panggiran Achmad berjalan-jalan mengeram seraya berfikir.

Pendopo Pemakaman Banda Aceh 1982

Cut Hamizalia menitis airmatanya tak henti-henti mendengar cerita Pak Sabaruddin tentang kisah lama ibu dan ayahnya. Encik Razali dan Hamra memeluk Cut Hamizalia dengan air mata yang berderai. "Bu . . . berhentilah menangis. Atuk dan nenek sudahpun pergi sebagai syuhada', kita mesti ikhlas, ibu," kata Hamra dan mencium kening ibunya. Pendopo pemakaman itu hening seketika.

Langit yang cerah perlahan berubah warna mendung gelap mula menyelimuti langitnya. Yang terdengar hanya suara burung yang terdengar jelas menyahut kesunyian jiwa Cut Hamizalia yang merasa sangat bersalah atas segala peristiwa yang terjadi.

"Izalia, ikhlaskan mereka. Razali menghapuskan air mata yang menitis di pipi Cut Hamizalia dengan sebuah sapu tangan sutera putih bergaris coklat keemasan, seraya bernafas panjang.

Nyak Dadang yang juga duduk tidak jauh dari mereka menitiskan air matanya seraya berkata dalam hati, "Oh Allah Sang Pencipta, muliakan hidup mereka, seperti kau memuliakan para syuhada."

Hamra tidak dapat menahan sebak, walaupun dia cuba menundukkan pandangannya dan bernafas panjang. Dengan air mata yang terus berderai tidak berhenti, Cut Hamizalia menatap wajah Pak Sabaruddin yang matanya berkaca-kaca.

Nyak Dadang yang beranjak dari tempat duduknya, kemudian berjalan perlahan, "Cut, adakah kau yang duduk di situ?" Nyak Dadang berjalan perlahan mendekati Cut Hamizalia.

"Nyak, maafkanlah Cut. Tolonglah Nyak." Cut Hamizalia terus berlutut sambil meminta maaf kepada Nyak Dadang.

"Cut, ibu dan ayahmu banyak menderita. Kepergianmu membuat keadaan tidak terkawal . . ." Nyak Dadang terus menangis.

"Nyak, Cut mohon ceritakanlah apa yang terjadi. Cut mohon, Nyak!" seraya mencium kedua tangan Nyak Dadang yang membelainya itu.

Jalan Teungku Cik Di Tiro Banda Aceh 1965

Teungku Panggiran Achmad mengambil sebahagian darah yang berciciran di bawah rumahnya, sambil mencium bau hanyirnya darah itu, dia berjalan-jalan mengeram seraya berfikir.

"Oh Penguasa-penguasa Gua Gua Tujoh . . . , tunjukkanlah kuasamu, hancurkan segala yang melawan kuasamu dan ganyanglah mereka dengan balamu," Teungku Pangiran Achmad mengeram.

"Tuk, tuk . . . tuk . . . , Tuanku . . ." suara nyaring Pak Sabaruddin mengetuk rumah besar Teungku Pangiran Achmad di jalan Cik Di Tiro Banda Aceh. Rumah yang berwarna putih ibarat mutiara itu, terasa gelap kelam tidak bererti bagi Teungku Pangiran Achmad dan isteri yang kehilangan akalnya itu kerana tertekan.

"Ah, mengapa Si Sabaruddin mengetuk pintu?" tanya Teungku Pangiran Achmad dalam hati. Melangkah setapak demi setapak dengan berat hati dan berharap berita yang baik akan menenangkan diri dan jiwanya. Langkah yang berat, terasa seakan-akan menekan lantai rumah yang dibuat daripada ukiran kayu dan jubin yang berwarna hitam dan putih itu.

"Ya, Sabaruddin sebentar!" jawab Teungku Pangiran Achmad.

Teungku Pangiran Achmad terus berjalan menuju ke pintu depan rumahnya yang tidak kurang dari tiga setengah meter tingginya itu diperbuat daripada kayu jati asli yang kekar kukuh berdiri walau tidak bercat rapi.

"Assalamu'alaikum . . . Oh Tuanku!" Sabaruddin terus memeluk Teungku Pangiran Achmad tanpa dapat bercakap sepatah katapun. Peluh sejuk yang terus jatuh membasahi badan Pak Sabaruddin, dapat dirasa oleh Teungku Pangiran Achmad yang berdiri terpaku dan hanya berharap, seraya matanya memandang ke atas.

"Tuanku, kumohon berhentilah mengunjungi Gua Guha Tujoh dan memuja mahluk halus yang berada dekat dengan kita. Masyarakat kita tidak faham apabila Tuanku hanya berharap mereka dapat membantu penyakit Engku Mulia Cut Zamrina, tolonglah Teungku," tangis Pak Sabaruddin semakin menjadi-jadi.

Pelukan yang kuat dan air mata yang berderai membasahi wajah Pak Sabaruddin, tak putus-putus. Teungku Pangiran Achmad mula terasa sebak namun, dia hanya berdiri paku tanpa dapat berbuat apa-apa.

Di laman depan rumah Teungku Achmad yang luas, terdapat pokok asam jawa, pokok mangga dan pokok jambu yang membuat laman itu terasa amat nyaman dan rendang. Pepohonan itu sayu, seolah-olah mengerti kesedihan yang diderita oleh Cut Zamrina dan keluarganya.

"Sabaruddin, saya hanya berniat untuk mencari ubat penawar bagi penyakit yang tiba-tiba datang dan membuat isteri beta terpaku tanpa mengenali beta, anak-anak beta atau diri sendiri!" Teungku Panggiran Achmad bercakap seraya memandang wajah Pak Sabaruddin

"Sabaruddin, berbulan beta berharap derita itu pergi, namun semakin hari semakin nampak bahawa isteri beta tidak lagi mengenali hidup ini. Berat rasanya derita ini, sukar menerima takdir yang begitu pahit ironik dan menyayat hati. Sungguh jin-jin itu tidak merosakkan manusia, apabila kita tidak menganggu mereka, beta sudah buktikan semua itu." Teungku Pangiran Achmad bernafas panjang dengan mata merah melihat wajah Pak Sabaruddin yang sedih.

"Tuanku, tiada apa yang dapat saya perbuat jika tuan berkehendak demikian." Pak Sabaruddin mula melepaskan tangannya yang masih melingkar pada bahu Teungku Pangiran Achmad seraya berjalan ke dalam rumah besar itu.

"Mengapa sukar sangat membuat mereka faham bahawa jin-jin penguasa Gua Guha Tujoh hanya membantuku dan tidak menyakiti beta atau orang lain," Teungku Pangiran Achmad membalikkan badannya seraya memandang Pak Sabaruddin yang melipat pakaian Nyak Dadang dan Cut Hamrina.

Keadaan yang menyayat hati, kerana cinta tulus Tengku Panggiran Achmad pada sang isteri tak kenal masa, lelah dan kompromi. Keinginannya untuk mengembalikan akal waras sang isteri akibat tekanan yang dirasainya, menjadi bumerang bagi Tengku Panggiran Achmad untuk mencari bantuan secara tersembunyi.

Waktu berlalu begitu pantas berlalu, Nyak Dadang dan Hamrina tidak putus dengan ayat-ayat Al-Quran yang dibacanya tak henti-henti, serta air mata yang terus mengalir membasahi pipi mereka.

"Ibu, adik, pesakit harus istirahat. Baik kamu berdua menunggu di kamar sebelah ya." Kata seorang jururawat yang datang bersama doktor untuk memeriksa Cut Zamrina. Hospital Banda Aceh yang begitu sibuk, terasa sunyi sepi, yang ada hanya alunan doa dan ayat-ayat suci yang berterusan dibaca dengan suara perlahan.

"Sabaruddin, beta berjanji akan berhenti mengunjungi Gua Guha Tujoh apabila isteri beta selamat dari mala petaka yang menimpanya. Biar mereka rasa kemarahan Penguasa Gua Guha Tujoh kerana mereka telah menyakiti beta." Teungku Pangiran Achmad menegur Pak Sabaruddin yang sudahpun bersiap meninggalkan rumah besar itu menuju ke Hospital Besar Banda Aceh. Sabaruddin hanya menganguk tanpa dapat berkata apa-apa.

Pak Sabaruddin terus menaiki kereta kudanya setelah meletakkan kereta volkwagon buatan tahun 1958 itu yang berwarna hitam dan lampunya sudah agak malap, ke dalam laman depan rumahnya yang luas itu.

"Sabaruddin!" Teungku Pangiran Achmad menjerit kuat seraya memberhentikan kereta kuda Pak Sabaruddin yang hendak meninggalkan jalan Cik Di Tiro yang sunyi di awal pagi itu.

"Kenapa Teungku menghentikan kereta kuda saya?" Pak Sabaruddin dengan wajah terkejut memberhentikan kereta kudanya.

"Sabaruddin, kumohon bawalah beta pergi bersamamu. Diri ini tak berupaya untuk menyembuhkan isteri tercinta dari derita cintanya yang sentiasa menganggu fikiran dan hidupnya. Tolonglah Sabaruddin," wajah Teungku Pangiran Achmad sedih dan air mata yang tergenang di matanya lalu menatap Pak Sabaruddin yang nampak risau dan tergesa-gesa. Tanpa disedari air mata Pak Sabaruddin jatuh berderai,

"Sabaruddin, maafkanlah beta, bawalah beta pergi bersamamu. Beta berjanji untuk menjauhi segala bentuk mahluk halus yang beta puja dulu demi kasih beta pada Nanda Cut Zamrina," Teungku Pangiran Achmad terus menaiki kereta kuda Pak Sabruddin dan memegang erat tangannya.

Pak Sabaruddin hanya mampu bernafas panjang, "Alhamdulillah, Allah membuka pintu hati Tuanku." Tidak lama kemudian, Pak Sabaruddin sudah jauh dari rumah Teungku Pangiran Achmad dengan menaiki kereta kudanya dengan wajah gembira dan penuh harap agar Cut Zamrina sembuh daripada komanya dan sekaligus pulih dari hilang ingatannya itu.

Sesampainya Teungku Pangiran di Hospital Banda Aceh, "Cut, kasih hamba yang tiada batas, wanita penyabar sejagat kumohon, bangkitlah untuk terus hidup bersamaku. Percayalah ada atau tidak zuriat lelaki darimu itu tak penting lagi bagi diri ini."

"Cut, hidup ini hampir musnah ditelan zaman. Tak sanggup diri ini melihat dirimu tak lagi mengenali diri sendiri." Teungku Pangiran Achmad mendesah.

"Cut kumohon, bagilah satu lagi kesempatan agar diri ini mampu mencari kebenaran, memang diri ini adalah lelaki yang lemah, bukan kerana lahir hanya sebagai satu-satunya lelaki dalam keluarga, namun tuntutan demi tuntutan sebagai kaum bangsawan, membuat kepala ini terasa berat, jiwa ini terkongkong." Air mata Teungku Pangiran Achmad berderai membasahi pipinya.

"Kumohon, sambutlah kedatangan suamimu ini. Separuh jiwa ini padamu Cut. Itulah sebabnya semua makhluk halus dipuja kerana aib bagi darah bangsaku apabila penyakit yang merosak kepalamu itu diketahui ramai orang," Teungku Pangiran Achmad bersimpuh di bawah katil Cut Zamrina di mana dia berada di ruang khas kerana keadaannya agak tenat.

Walau darah yang keluar dari kepala Cut Zamrina sudah terhenti, namun dia masih belum dapat mengatasi keadaan kritikal akibat jatuh dari tangga rumahnya yang tinggi itu. Dalam keadaan terbaring, jari Cut Zamrina mula bergerak-gerak seolah-olah mendengar ucap dan tangis suaminya.

Sementara itu, Cut Hamrina yang mengetahui dari Pak Sabarudin bahawa ayahnya sudahpun sedar dan datang untuk menjengguk ibunya terus berlari dari ruangan sebelah menuju ke bilik khas tempat di mana Cut Zamrina dirawat.

"Ayah!" Cut Hamrina yang sentiasa takut dengan ayahnya kali ini memberanikan diri untuk datang dan memeluknya. Suasana hening di bilik gawat darurat, terasa menyentuh perasaan sesiapa sahaja yang melihatnya. Pak Sabaruddin dan Nyak Dadang penuh dengan esak tangis terharu melihat peristiwa itu.

Beberapa jam kemudian, walaupun keadaan Cut Zamrina berangsur pulih tetapi dia masih belum dapat berbicara dan sarafnya terputus sehingga doktor memberitahu bahawa dia akan sembuh dan lumpuh keseluruhannya.

Seperti menghitung hari bagi Teungku Pangiran Achmad, dia tidak lagi dapat merasakan indahnya hidup apabila isterinya lumpuh, bahkan tidak dapat menggerak-gerakkan tangan dan kakinya. Teungku Pangiran Achmad tidak dapat lagi menerima kenyataan hidup.

Semakin hari semakin jelas perilaku pelik Teungku Pangiran Achmad yang membuat masyarakat setempat semakin tidak selesa.

Hampir dua bulan berlalu.

"Kejam . . . kejam . . . Celupar . . . . Sampai hati uhuk . . . uhuk . . ." tangis Cut Hamrina semakin kuat seraya berlari menuju ke bilik tengah, di mana biasanya dia bermain bersama keluarganya.

Cut Hamrina menangis sehingga basah karpet Persia yang berukiran abstrak berwarna merah, emas dan hitam yang menutupi lantai ruang tengah rumah Teungku Pangiran Achmad itu. Nyak Dadang yang baru sahaja selesai membasuh baju terus datang ke arah Cut Hamrina dengan membawa baldi yang berisi penuh baju yang sudah dibasuhnya itu.

Nyak Dadang terus mendekati Cut Hamrina, "Cut, Hamrina . . . Ilmu itu penting. Nyak faham jika Cut malu untuk bersekolah sebab ramai yang mencemuh dan berkata buruk tentang Tuanku, tapi nak itu tak akan terjadi selama-lamanya," Nyak Dadang membelai Cut Hamrina yang menangis dalam pangkuannya di ruang tengah rumah Teungku Pangiran Achmad.

"Nyak, ingin mati rasanya. Ke manapun Hamrina pergi orang selalu berkata tentang ayah, walhal ayah bukannya orang gila. Lagipun, memahami kehidupan mahluk halus dan berkawan dengannya, bukan bermakna menyembahnya. Iyakan, Nyak?" Tangisan Cut Hamrina masih kedengaran.

"Cut Hamrina, sememangnya ayah Cut tak menyekutukan Allah, namun siapa yang faham? Dia sukar untuk diajak berbincang, yang dia mahu hanya menyembuhkan orang. Nyak melihat sendiri, dia cuba membantu Sudir yang patah kaki dengan mengurutnya, itukan perbuatan yang baik? Namun, ayah selalu menolak untuk menyembuhkan yang lain. Jadi sukar bagi orang kampung yang jauh dari kita untuk mengetahui hal ini. Lagipun Nyak yakin pasti ada yang menghasut," Nyak Dadang cuba mengembirakan hati Cut Hamrina yang sedih dan tertekan.

"Nyak, bila agaknya ibu sembuh? Juga bila Kak Hamizalia balik?" Tiba-tiba Cut Hamrina berhenti menangis.

"Ehmm, Nyak yakin satu atau dua hari lagi pasti dia datang. Nyak juga dengar katanya keluarga Teuku Lendra Hakiem baru balik dari Tanjong Balai," Nyak Dadang masih membelai rambut Cut Hamrina yang hitam panjang itu.

"Ah, betul ke, Nyak?" Cut Hamrina yang terbaring terus duduk dan tersenyum.

"Alhamdulillah, itu maknanya Abang Lendra Hakiem dan akak serta *auntie* akan balik ke rumah kita, jadi taklah sunyi rumah ni, iyakan?" Matanya Cut Hamrina yang bulat itu jadi nipis tajam dengan wajah tersenyum walau matanya masih merah kerana bekas tangisnya tadi.

"Iya, pasti rumah kita akan meriah seperti dulu. *Auntie* Zamalia akan mengubatkan ibu. Jadi, Engku Mulia Cut Zamrina boleh bergerak seperti dulu lagi. Dan ayah akan berhenti dengan perangai yang pelik itu." Nyak Dadang kemudian menyambut tangan Cut Hamrina untuk bersama-sama dengannya ke laman belakang. Berbual mesra bersama Nyak Dadang membuat Cut Hamrina lupa betapa sukar dan peritnya hidup yang dilaluinya. Tidak ada rasa nikmat rumah mewah dan indah yang dimiliki, semua nampak semu baginya.

Beberapa minit kemudian, "Nyak, cuba cari Hamrina, satu dua tiga . . ." seraya bersembunyi di antara baju-baju yang baru sahaja disidai oleh Nyak Dadang di laman belakang itu.

"*tu, wa ga pat ma nam ju pan lan lu*, sudah belum?" Nyak Dadang menutup wajahnya dengan kain basuh warna merah meron. Cut Hamrina berlari ke sana-ke mari agar Nyak Dadang tidak dapat menangkapnya.

Petang yang indah, bagi Cut Hamrina yang baru berusia hampir 13 tahun itu. Hidup rasanya ceria, indah dan lapang tidak setitik kesedihan nampak di wajahnya, sungguh seperti karunia.

Pendopo Pemakaman Banda Aceh 1982

"Nyak, bagaimana ibu dan ayah meninggal dunia? Adakah ibu sembuh dari lumpuhnya itu? Apakah Teuku Lendra Hakiem datang bersama *Auntie* Zamalia?" Air mata Cut Hamizalia masih berderai, kelopak matanya yang indah kecoklatan itu basah dengan air mata. Merah bola matanya yang coklat mudah dan indah itu kerana dia tidak berhenti daripada menangis.

Suasana perkuburan itu nampak sunyi dan hening yang terdengar hanya suara daun yang dihembus angin dan sesekali suara burung gereja yang nyaring.

"Ibu, tolonglah! Tak perlu lagi, ibu mencari tahu akan kisah atuk dan nenek, Hamra sangat sedih." Hamra memeluk ibunya dan mula menangis dengan kuat seperti bayi yang kelaparan.

Tangisan Hamra membuat Cut Hamizalia terkejut dan terus terdiam tanpa bertanya lagi akan peristiwa lama yang memang ingin diketahuinya itu.

"Ya Allah, apakah Ibuku dapat sembuh dari lumpuhnya? Adakah ibuku sembuh dari penyakit hilang ingatannya? Adakah Auntie Cut Zamalia dapat menolong ibu? Mengapa Teuku Lendra Hakiem tidak mencariku di Malaysia?" Pertanyaan-pertanyaan itu muncul di dalam kepala Cut Hamizalia namun mulutnya terkunci.

Nyak Dadang dan Pak Sabaruddin mula bertanya akan keadaan Razali serta peristiwa pertemuan dan pernikahan Razali dengan Cut Hamizalia. Seketika ruangan pendopo pemakaman yang suci itu dipecahkan kesunyiannya apabila Razali membuat lawak jenaka tentang kesah hidupnya itu.

Sementara itu, Cut Hamizalia masih diam terpaku memandang pokok kemboja yang terletak tidak kurang tiga meter, sebelah utara tempat duduknya itu, terbayang segala peristiwa hidupnya dulu dalam fikirannya yang penuh dan kalut. Cut Hamizalia ingin sekali mengetahui segala peristiwa yang berlaku kepada keluarganya, terutama ibunya, namun mulutnya seperti tergam, matanya terpaku tajam tidak dapat berkata apa-apa.

"Izalia! Izalia! Oh Izalia!" Razali menegur Cut Hamizalia yang masih duduk terpaku, walhal Hamra sudah bermain-main bersama dengan Nyak Dadang. Pak Sabaruddin sudahpun menghidangkan secawan kopi untuk Razali. Cut Hamizalia masih tidak berkedip matanya, kepalanya penuh gambaran dan bayangan akan peristiwa yang mungkin berlaku.

"Izalia, jangan mimpi di siang hari," Razali menggoncangkan badan Cut Hamizalia yang nampak pucat dan hanya mampu menatap pokok kemboja yang berbunga putih kekuningan.

"*Hmm*, Izalia," Razali bernafas panjang apabila Cut Hamizalia terus berkedip dan memandang wajahnya tersenyum.

"Eh jom kita pergi ke rumah besar," ajak Pak Sabaruddin seraya meneguk kopinya kepada Razali dan Cut Hamizalia.

"Bu, cantiklah sungai di belakang Pendopo pemakaman ini, ke marilah." Hamra nampak begitu gembira melihat indahnya bumi Banda Aceh yang tidak pernah dikenalinya itu.

"Hati-hati! Arus airnya deras. Nanti jatuh, baik-baik dengan Nyak Dadang kamu," Cut Hamizalia yang terdiam terus menjawab Hamra yang sudah berjalan jauh darinya.

"Razali, baik kamu balik ke rumah besar bersama Cut. Bapak nampak dia sangat letih, pastinya kalian menempuh perjalanan yang cukup jauh." Pak Sabaruddin bercakap seraya berdiri mengajak Razali dan Cut Hamizalia beranjak dari duduknya untuk pergi berehat.

Hamra sedang bermain bersama Nyak Dadang di belakang Pendopo Pemakaman, tempatnya di sungai kecil yang menerima aliran air dari sungai kreung. Walaupun sungai itu nampak cetek namun aliran airnya cukup deras. Terdapat banyak batu-batu jenis *lime stone*, yang berwarna kelabu berselerak di sana-sini, menampakkan indahnya sungai kecil itu.

"Izalia hendak ke mana ni?" tanya Razali yang hairan melihat Cut Hamizalia berjalan melihat satu persatu nama-nama batu nisan dalam pendopo pemakaman itu.

"Cut . . . biarlah Hamra balik jalan kaki dengan Nyak. Kamu balik rehat dulu. Lagipun supir (pemandu kereta) itukan harus balik, kalau hujan turun payah bagi Pak supir(pemandu kereta) balik, kesiankan dia." Pak Sabaruddin berdiri seraya tangan kanannya membuka pintu kereta kijang hitam yang disewanya dari Tanjong Pinang.

"Izalia, jom. Tak elok dengan Bapak Sabruddin. Dia sudah berdiri di dekat kereta sewa kita." Razali berbisik ke arah Cut Hamizalia yang masih mahu mencari beberapa makam keluarganya.

"Jom, cepat sikit." Razali yang sudah tidak sabar kemudian menarik tangan Cut Hamizalia dan mengajaknya menaiki kereta sewanya itu menuju ke rumah Allahyarham Teungku Panggiran Achmad yang terletak di jalan besar Cut Di Tiro, di Banda Aceh.

"Pak Nde, maaf ya, ada ke yang memindahkan kubur Ridwan? Cut Hamrina masih hidup? Auntie Zamalia balik dari universitinya di Pulau Pinang?" Cut Hamizalia masih ingin tahu cerita kisah hidup keluarganya.

"Hmm . . ." Pak Sabaruddin tidak menjawab segala pertanyaan Cut Hamizalia. Dia hanya diam memandang projek jalan raya yang mula banyak di Banda Aceh itu.

Sesampainya di jalan besar Cut Di Tiro, "Dik, berhenti di depan rumah putih No 250 itu." Pak Sabaruddin menunjukkan tangannya ke arah salah sebuah rumah lama yang berpagar tinggi dari kayu jati solid, nampak ukirannya yang cukup indah walau sudah beratus tahun umurnya.

Cut Hamizalia hanya termenung sementara Razali melihat ke kanan dan kekiri, seraya tersenyum dan mengangguk melihat keadaan di sekitarnya yang nampak nyaman dan asri(rindang dan hijau).

Berhenti, dik." ujar Pak Sabaruddin kepada Pak Supir yang hampir terbabas dari rumah besar Allahyarham Teungku Pangiran Achmad.

"Wah, banyaknya beg. Kamu mahu tinggal lama di sini? Alhamdulillah." kata Pak Sabaruddin yang tercengang melihat empat buah beg besar yang beratnya tidak kurang daripada 25 kilogram setiap satu dengan saiz masing-masing 65cm panjang dan 30cm lebar. Pak supir terus mengangkat beg bawaan Encik Razali, dibantu oleh Pak Sabruddin dan Encik Razali.

Sementara itu, Cut Hamizalia masih berdiri di depan pintu rumahnya, dengan menyentuh pintu kayu besar yang menjadi pintu gerbang rumah ayahnya, seolah-olah itulah pintu kebahagiaan dan kesedihan hidupnya.

"Ini wangnya, Pak! Dan ini untuk wang rokok untuk Bapak." Razali menghulurkan wang seratus ribu plastik yang berwarna merah sebanyak 6 lembar pada Pak supir.

"Eh, banyak ini Pak," Pak Supir itu merasa malu menerima 100 ribu rupiah wang kertas sebagai wang tambahan untuknya.

"Sudahlah, tu rezeki jangan ditolak. Lagi pun awak mahu balik ke Lhoksumawe, kan? Pastinya susah, sebab hari mula mendung. Jadi lebih baik berangkat cepat," kata Pak Sabaruddin kepada supir mobil kijang yang disewa oleh Razali dari Lhoksumawe

"Terima Kasih yaa, Pak . . . , Ibu . . . semoga Allah membalas jasanya, dan dimurahkan rezekinya saya balik dulu, Assalamu'alaikum !".

Tak lama kemudian, Razali dan Pak Sabaruddin, duduk di kerusi kayu yang terletak di laman depan, di mana terdapat pelbagai jenis pokok buah-buahan yang tumbuh subur dan rendang menutupi laman rumah itu . . .

Namun, Cut Hamizalia memandang sekelilingnya seolah-olah banyak yang berubah. Dia terpaku dengan sebuah gambar yang tidak pernah dijangkanya.

"Mengapa gambar Teuku Lendra Hakiem digantung di rumah ini?" Cut Hamizalia terkejut dan terpaku melihat wajah Teuku Lendra hakiem yang tidak berubah sama sekali.

"Izalia, baik kamu rehat dulu. Memang rumah ini sudah banyak yang berubah, namun kamar tidur, halaman depan dan belakang masih dikekalkan seperti dulu. Begitu juga dengan ornament-ornament kayu, masih terpelihara dengan baik, bahkan jauh lebih baik daripada masa kamu remaja dulu," kata Pak Sabaruddin kepada Cut Hamizalia.

Lalu, Pak Sabaruddin terus mengajak Encik Razali melihat halaman belakang, di mana dulu terdapat rumah kecil miliknya yang kini sudah bertukar menjadi *landscape* taman yang indah. Bagi Razali rumah itu, tidak begitu asing baginya, dia seperti pernah berada di rumah besar itu, bahkan tahu satu persatu letak alat masak di dapur rumah itu.

Cut Hamizalia masih terpaku berjam-jam melihat banyaknya perubahan dalam rumah kayu itu. "Hmm . . . siapa yang menghias rumah ini? Mungkinkah Cut Hamrina berkahwin dengan Teuku Lendra Hakiem? Mengapa Teuku Lendra Hakiem sampai hati lakukan semua ini?" Pertanyaan demi pertanyaan, yang sukar untuk ditemukan jawapannya mulai menyelubungi fikiran Cut Hamizalia. Razali yang merasa nyaman di rumah besar itu kemudian berjalan ke arah Cut Hamizalia yang masih berdiri terpegun, melihat langit-langit rumah itu yang sudah bertukar dengan ukiran bunga dan motif yang berwarna putih bak mutiara, hampir sebahagian besar dindingnya sudah terbuat dari konkrit yang kukuh dan tidak lagi menggunakan kayu seperti dulu. Cut Hamizalia tersenyum dan terpegun.

"Adakah Hamrina berkahwin dengan kekasih hatinya, Teuku Lendra Hakiem?" Cut Hamizalia bertanya di dalam hati dan sangat berharap jawapan tidak dari pertanyaannya itu.

Sementara itu, Hamra tengah berjalan menyelusuri aliran sungai kecil seraya bermain air bersama Nyak Dadang. "Hamra, jangan kamu ambil apa-apa dari sungai ini ya." Jeritan Nyak Dadang itu terasa pelik bagi Hamra, namun Hamra menjawab, "Iya Nyak."

"Kenapa Nyak tak izinkan untuk mengambil ikan kecil yang nampak comel ini hah?" tanya Hamra di dalam hati. Walau ingin tahu jawapannya, Hamra seperti sudah memahami mengapa dilarang mengutip apa-apa dari sungai itu.

"Hamra, kamu sudah selesai bermain?" Nyak Dadang bertanya kepada Hamra lagi.

"Sekejap, Nyak. Nyak tunggu di situ sahaja. kejap lagi Hamra selesai." Walaupun sebenarnya Hamra sangat suka bermain air, namun jeritan Nyak Dadang cukup merisaukannya. Tak lama kemudian,

Hamra berjalan menelusuri aliran sungai kecil itu dan kembali ke tanah perkuburan Pendopo.

"Nyak, jomlah kita balik ke rumah atuk." Hamra dengan senyum memimpin tangan Nyak Dadang.

"Hamra, tengok tu, basah baju kamu. Tudung kamu juga basah, kamu mandi di dalam sungai?" Nyak Dadang bertanya seraya memegang celana dan kemeja panjang Hamra yang berwarna biru laut dan tudungnya berwarna putih polos. Hamra hanya tersenyum memandang Nyak Dadang.

"Eh, taklah Nyak. Tadi Hamra jatuh ketika main air. Jadi basah semua. He . . . he . . . sejuk airnya Nyak, *hmm* . . . seronoklah," Hamra terus mengandeng tangan Nyak Dadang seraya meletakkan kepalanya pada bahu Nyak Dadang.

"Ehm, Hamra," Nyak Dadang memandang Hamra sambil berjalan perlahan.

"Eh, Nyak ingatkan Cut Hamrina yang selalu meletakkan kepalanya di bahu Nyak, semasa dulu." Hamra tersenyum menjawab, "Apa maksud Nyak, Auntie Hamrina adik ibu, Nyak?" Nyak Dadang mengangguk.

"Dia cantik seperti ibu Hamra, Nyak?" Sambil berjalan Nyak Dadang mengangguk. Hamra berhenti dan memandang Nyak Dadang tersenyum.

"Hmm, Hamra secantik Auntie Hamrina? Auntie Hamrina di mana sekarang?"

Soalan Hamra bertubi-tubi, sama seperti cara Cut Hamrina apabila dia ingin mengetahui sesuatu dia akan bertanya banyak soalan kepada Nyak Dadang.

"He . . . he . . ." Nyak Dadang berhenti dan tersenyum. "Memang, kamu sama seperti auntie kamu itu, yang suka bertanya tak henti-henti seperti polisi bertanya dengan penjahat saja. Dia berada di Jakarta bersama keluarganya sekarang," Nyak Dadang memimpin tangan Cut Hamrina seraya meneruskan perjalanannya perlahan.

"Maknanya Hamra ada sepupu yah, Nyak? horee . . . . horee . . . ," Hamra menjerit kegirangan mendengar kata-kata Nyak Dadang yang memang sangat diharapkannya itu.

"Semoga sepupu Hamra baik dan sayang akan diri ini." Hamra bercakap dalam hati seraya, tangan kanannya mengandeng tangan kiri Nyak Dadang dengan erat, dan berjalan perlahan menuju ke Jalan Cik Di Tiro, yang sudah semakin hampir dengannya itu. Walau kami sudah berjalan agak jauh dari sungai yang terletak di belakang pemakaman pendopo itu, tetapi suara air mengalir masih terasa segar di telinga ini.

Namun jalan yang besar, tak begitu padat dengan kendaraan roda empat, mengingat ramai yang lebih menyukai menaiki basikal atau motorsikal yang sememangnya jauh lebih selesa, mengingat banyak jalan-jalan kecil, yang sukar dilalui oleh kereta.

Peliknya, diri ini merasakan yang sebenarnya tempat-tempat yang dilalui ini nampak tidak begitu asing, walhal ini baru pertama kalinya, kaki ini melangkah dan mata ini melihat indahnya bumi Banda Aceh, Tanah leluhur yang subur.

"Assalamu'alaikum . . ." Hamra dan Nyak Dadang mengetuk pintu jati besar dengan menarik sebuah lonceng yang berada tepat di tengah-tengah pintu besar itu.

"Hamra, rumah ini terlalu besar luasnya tak kurang dari 1300 meter persegi. Kamu pasti selesa bermain dan ada sebuah kolam renang yang baru siap lebih kurang dua bulan yang lalu, serta taman yang didekorasi ala perancis, sangat indah." Nyak Dadang memandang Hamra tersenyum.

"Kolam renang? Taman ala Perancis?" Hamra terfikir dalam hati. Terlintas dalam fikiran Hamra, "Hmm . . . kolam renang baru siap dua bulan yang lalu, walhal atuk dan nenek, dari batu nisannya tertulis meninggal dunia pada tahun 1968. Siapa yang membangunkan semua itu? Suami auntie Hamrina?" Walau Hamra ingin bertanya, namun dia merasakan bahawa pertanyaannya mungkin akan menyinggung perasaan Nyak Dadang.

"Wa'alaikumussalam," suara Pak Sabaruddin menyahut terdengar jelas dari depan.

"Eh, Pak Cik Udin. Ibu dan ayah ke mana, pak cik?" Hamra bertanya dengan menjeling ke sana ke mari, melihat sekelilingnya.

"Wah, indahnya rumah ni," Hamra memandang ke atas langit-langit rumah, yang berwarna krim cair, dengan desain ala Eropah serta dinding simen yang sangat kukuh, tak seperti cerita ibunya, yang mengatakan bahawa rumah atuknya adalah rumah lama yang berdinding kayu, berpagar batu yang tinggi.

Hamra terus mengerutkan dahinya dan berkata di dalam hati, "Wah, tentunya mahal buat rumah secantik ini. Auntie Hamrina berkahwin dengan orang kaya ke? Pasti hanya dialah satu-satunya dalam keluarga ini yang masih hidup."

Tiba-tiba Hamra tersedar. "Eh, Pak Cik Udin dan Nyak, nak pergi ke mana?" Hamra bertanya seraya berjalan mendekati Nyak Dadang dan Pak Sabaruddin seperti hendak meninggalkan ruang utama rumah itu.

"Ehm . . . tidak. Pak cik dan Nyak nak ajak Hamra berjalan-jalan melihat rumah ini tetapi jika Hamra masih letih, kami akan kembali besok pagi." Nyak Dadang bercakap dengan suara yang lembut kepada Hamra.

"Taklah, Hamra tak letihpun. Lagipun mengapa Pak Cik dan Nyak balik? Bukankah atuk membangunkan rumah Pak Cik dan Nyak di belakang rumah besar ni, jadi rumah ini juga rumah Pak Cik dan Nyak Dadang," Hamra tersenyum dan terus memegang tangan kanan Nyak Dadang dan tangan kiri Pak Sabaruddin. Nyak Dadang hanya tersenyum.

Sambil berjalan ke laman belakang, Pak Sabaruddin menjawab, "Hmm . . . itu dulu. Memang kami mempunyai rumah sendiri di belakang rumah Tuanku, tapi sekarang rumah kami sudah berpindah di dekat pendopo pemakaman."

Dengan wajah terkejut Hamra menjawab, "Kenapa pula pindah ke pendopo, kan kubur tak perlu dijaga. Maksud Hamra jika tak ada si mati maknanya kubur itu tak perlu dijaga, iyakan? Kenapa pula Nyak dan Pak Cik Pindah?"

Terkejut melihat laman belakang yang luasnya tidak kurang daripada 450 meter persegi dengan taman *palm* mengelilinginya, terdapat sebuah gazebo ala Bali yang begitu indah, hampir di setiap penjuru kolam renang. Terdapat lampu taman ala Maroco dan bunga anggerik mengelilingi lamannya.

"Wow, indahnya taman ini" kata Hamra.

"Huss, Non jangan kata wow saja, ucaplah subhanallah. Kan Allah juga yang menjadikan manusia mampu membuat taman seindah ini," Nyak Dadang terus menegur Hamra yang terpegun dengan mulut serta matanya terbuka lebar. Hamra tersentak, "Subhanallah . . . Subhanallah, Mashaallah . . . indahnya taman ini." Lalu Hamra tersenyum.

"Nyak, jom duduk di Gazebo ini," ajak Hamra yang sudah berlari ke arah sebuah Gazebo ala Bali yang indah seraya melambaikan tangannya ke arah Nyak Dadang yang hanya berdiri di atas rumput buatan itu.

Sementara itu, Pak Sabaruddin berjalan ke samping kolam renang, di mana terdapat sebuah kamar ganti dan dua buah air pancur serta sebuah bilik pengendali air elektrik kolam renang itu. Nyak Dadang yang berdiri akhirnya duduk bersama Hamra di Gazebo ala Bali itu.

"Nyak, saya beli makanan untuk makan malam dulu," Pak Sabaruddin terus meninggalkan Hamra yang duduk di Gazebo bersama Nyak Dadang.

"Nyak, bolehkah Hamra bertanya sesuatu?" Hamra tersenyum ke arah Nyak Dadang. Walau taman yang indah, seperti taman firdaus di depannya, namun Nyak Dadang tidak nampak gembira berada di laman belakang rumah besar itu. Nyak Dadang yang menghadap ke atas langit hanya terdiam tanpa berkata apa-apa.

"Nyak, adakah Nyak akan menjawab pertanyaan Hamra dengan jujur?" Hamra terus menggenggam tangan kanan Nyak Dadang yang terayun, mengayun ke bawah Gazebo itu.

"Nyak, apakah *Auntie* Hamrina yang memindahkan rumah Nyak dan Pak Cik Udin? Adakah auntie Hamrina yang membangun rumah atuk ini semula?" Hamra memandang wajah Nyak Dadang dan berharap cemas.

"Hamra, Nyak sukar untuk menceritakan kisah sebenar-benarnya. Hanya Allah yang tahu, biarlah Hamra," Nyak Dadang terus menitiskan airmatanya.

"Eh, Nyak, Hamra tak akan membiarkan orang membuli orang lain, terlebih lagi Nyak Dadang dan Pak Cik Udin adalah manusia yang mulia. Sanggup jaga atuk, nenek, auntie, ibu dan rumah ini, walau ianya indah namun tak membuat nyaman penghuninya, buat apa Nyak? Keindahan dan kemewahan tak bermakna, jika kita harus menjual maruah diri sebagai mahluk ciptaan Allah, betul kan Nyak?" tanya Hamra seraya memeluk bahu Nyak Dadang dan menghapuskan air matanya.

Indahnya taman di depan mata ini, serasa hanya hiasan yang tidak bermakna. Sedih mendengar tangisan Nyak Dadang yang penuh tanda tanya itu.

"Maafkan Hamra, jika banyak sangat bertanya dan menyakitkan hati, Nyak." Hamra mencium kepala Nyak Dadang yang ditutup dengan kain selendang batik panjang yang terjahit kemas. Suasana hening yang terdengar hanya suara dedaunan yang ditiup angin.

"Sungguh takut untuk mengetahui keadaan sebenarnya. Siapakah yang membangunkan rumah atuk semewah ini?" tanya Hamra didalam hati seraya memandang kolam renang dengan desain ala Persia itu.

Sekeliling kolam renang terdapat kubah-kubah yang berbentuk seperti kubah masjid. Tidak jauh dari kolam renang itu, sebuah gazebo ala Bali yang beralaskan permadani indah dan dikelilingi oleh lampu aladin yang tergantung tidak kurang daripada lima buah. Pokok *palm* yang ditanam sebagai pagar mengelilingi laman belakang yang luas ini menambah indahnya suasana. Sukar dibayangkan indahnya taman belakang rumah Teungku Panggiran Achmad kini.

"Nyak, sudah bang ni. Jom kita masuk." tiba-tiba suara Hamra memecah kesunyian yang semakin terasa itu.

"Ehm, baiklah nak," Nyak Dadang melangkah masuk walau air matanya masih tergenang di pelopak matanya. Dia sesekali memandang ke belakang, mungkin teringat akan rumah lamanya itu. Melihat ruangan rumah yang luas, berdesain ala italia kuno, hampir semuanya berwarna cream cair dan putih, yang berwarna keemasan hanya frame dan lampu ala Persia yang di gantung sekitar ruang makan dan ruang tamu rumah itu.

Kelihatan beberapa gambar yang rasanya adalah gambar Teungku Pangiran Achmad dan Cut Zamrina semasa upacara adat perkahwinan dan beberapa gambar lama yang tidak dikenali. Nyak Dadang nampak gelisah apabila malam mula tiba, ibu dan ayah nampak baru bangun dari tidurnya.

"Hamra, kenapa kamu tak rehat lagi?" tanya Razali sambil menyalakan semua lampu dalam rumah ini.

"Eh . . . ayah dah bangun? Nyak Dadang ajak Hamra berjalan melihat rumah ini.Hamra tak rasa penat langsung pun, ayah." Hamra tersenyum ke arah ayahnya.

"Razali nak minum kopi atau teh? Saya buatkan di dapur sekejap, sebab Pak Udin sedang membeli makan malam." kata Nyak Dadang. Nyak Dadang terduduk di ruang tengah pada sebuah kerusi jati berukiran bunga yang cukup halus.

"Eh Nyak, tak apalah biar saya buat kopi dan teh untuk kita semua. Lagi pun Nyak mesti letih. Saya biasa membuat minuman sendiri di rumah." jawab Razali dan berjalan turun dari tangga perlahan-lahan.

"Ayah, ibu belum bangun lagi?" Hamra terus memandang ke atas di mana terdapat tiga buah bilik tidur yang besar dan masing-masing dilengkapi oleh bilik air. Ayahnya terus berjalan menuju ke dapur.

Belum sempat pergi ke bilik ibunya, "Assalamu'alaikum . . ." Hamra melihat ke arah Nyak Dadang.

"Siapa yang datang, Nyak?" wajah Hamra menatap Nyak Dadang dengan tanda tanya. Nyak Dadang berdiri seraya berjalan menuju ke pintu depan rumah.

"Mungkin itu Pak Udin. Datang bawa makanan untuk makan malam Hamra sekeluarga." Nyak Dadang tersenyum dan meninggalkan Hamra yang masih terpaku di ruang tengah itu.

"Pelik. Pak Udin tak ada kunci rumah ini? Walhal semasa di pendopo pemakaman, ibu dan ayah tadi bersama Pak Udin datang ke rumah ini." kata Hamra di dalam hati.

Melihat sekeliling rumah yang begitu mengagumkan, sukar untuk dipercayai bahawa rumah secantik ini tak berpenghuni langsung. Ibu yang kemudian terbangun apabila mendengar suara bacaan amin di masjid yang tidak begitu jauh jaraknya dari rumah di jalan Cik Di Tiro ini. Ibu terus berjalan seraya turun dari tangga dan menegur ayah yang datang membawa sedulang cawan beserta dua buah jag *porselin* berwarna meron dengan *design* bunga berwarna emas yang berisi kopi dan teh.

"Bang, maafkan Izalia. Abang terpaksa buat air panas sendiri kerana kaki dan badan Izalia letih sangat," suara Cut Hamizalia lemah seraya tersenyum ke arah suaminya.

"Eh, tak apa lah. Semuanya sudah lengkap ada di rumah ni, Izalia. Abang sendiri terkejut melihat dapur ala barat yang sukar dijumpai. Semuanya cantik-cantik belaka." Wajah Razali gembira. Yang baru dikunjungi itu, fikir Hamra dalam hati seraya melihat sekelilingnya dengan penuh tanda tanya.

Belum sempat duduk di meja makan besar yang mempunyai ukiran kuno serta hiasan yang berwarna kuning keemasan, Hamra terus berlari mengejutkan ibunya dari laman depan.

"Wah, rumah ini macam milik orang Persia sahaja. Hampir semua lampu dan designnya seperti rumah dogeng dalam aladdin. Cuba ibu melihat kolam renang dan laman belakangnya. Hamra tak sangka datuk sememangnya orang bangsawan yang berharta, iyakan ibu?"

Cut Hamizalia terdiam dan tidak menjawab pertanyaan Hamra. Yang ada di fikirannya hanya, "Adakah rumah ayahnya kini menjadi milik Teuku Lendra Hakiem? Apakah adik Cut Hamrina berkahwin dengan Teuku Lendra Hakiem?" Pertanyaan-pertanyaan itu hanya terlintas di kepala Cut Hamizalia tanpa mampu mencari jawabannya.

Hari berlalu bergitu pantas, hampir enam hari Cut Hamizalia, Razali dan Hamra berada di Banda Aceh. Hampir semua yang mengenali keluarga Teungku Pangiran Achmad terkejut sekaligus gembira dengan kedatangan Cut Hamizalia sekeluarga. Hamra terlalu seronok, hampir setiap harinya Nyak Dadang dan Pak Udin, membawa Hamra berjalan-jalan mengelilingi Banda Aceh. Seperti anak tempatan, Hamra cuba memahirkan dirinya bercakap bahasa Aceh, walhal tiada siapa yang mengajarnya.

Walaupun Hamra gembira berada di Banda Aceh, namun ada beberapa kali kejadian pelik yang dilihatnya di mana beberapa kali Nyak Dadang bercakap seorang diri apabila azan maghrib makin hampir, di sekitar Gazebo kolam renang rumah besar Teungku Cut Panggiran Achmad itu.

Petang itu, sebelum Cut Hamizalia, Razali dan Hamra meninggalkan Banda Aceh. "Nyak, Pak Nde, apapun yang terjadi Nyak dan Pak Nde adalah penganti ibu dan ayah bagi Cut. Mulai hari ini, izinkanlah Cut untuk meminta anak-anak Cut, memanggil Nyak sebagai nenek dan Pak Nde sebagai datuk kerana Cut tahu bahawa sejak perkahwinan Pak Nde dan Nyak, hampir 50 tahun ini, Allah masih tak memberikan zuriat kepada Nyak dan Pak Nde. Lagi pun ayah dan ibu sudah tiada. Selama ini semua keluarga Cut, bergantung dan menyusahkan hidup Nyak dan Pak Nde." Cut Hamizalia memberikan beberapa kotak hadiah yang disimpannya selama ini dan sekotak kad jemputan perkahwinan Kamal.

Pak Sabaruddin dan Nyak Dadang terharu dengan sikap Cut Hamizalia. Tanpa disedari Nyak Dadang menitiskan airmatanya. Sedih apabila sudah hampir masanya Cut Hamizalia hendak meninggalkan Banda Aceh dan kembali ke Malaysia pada petang itu.

"Nyak, pastinya Hamra akan rindu Nyak dan Pak Udin . . . eh lupa, atuk dan nenek," Hamra terus memeluk Nyak Dadang seraya tersenyum.

"Hamra doakan kami, ya. Kami ingin lihat Hamra sekeluarga kembali ke Banda Aceh. Maklumlah kami sudah tua untuk berjalan jauh ke seberang. Rasanya sukar untuk ke Malaysia, jadi pujuk ibu dan ayah supaya sering menjenguk kami di sini." Kata Nyak Dadang seraya mencium kening Hamra.

Airmata Nyak Dadang jatuh membasahi pipi lalu Hamra mengelap air mata itu dengan tersenyum dan mendekatkan pipinya ke pipi Nyak Dadang yang sudah tak anjal lagi.

Pagi yang cerah seakan mendung, sedih dan hiba melihat keadaan Nyak Dadang dan Pak Udin yang hampir seminggu ceria dengan gelak tawa, kini mesti menerima hakikat hidup sendiri.

Hamra, Razali dan cut Hamizalia yang melambaikan tangan dengan titisan air mata. Terasa berat untuk meninggalkan Nyak Dadang dan Pak Udin yang selama ini menjaga keluarganya dengan penuh perhatian, kasih sayang yang tidak berbelah bagi. Kereta kijang yang berwarna putih terus dinaiki oleh keluarga Razali mula meninggalkan Banda Aceh. Seribu tanda tanya yang belum terjawab di dalam kepala Cut Hamizalia. Esakkannya yang tidak pernah terhenti membuatnya penat sehingga tertidur.

Sementara itu, Razali yang berada di sebelah pemandu kereta sewa itu terus berfikir akan tekanan yang dialami oleh Cut Hamizalia. Cut Hamizalia sangat sedih beberapa hari dan wajahnya gelisah apabila memasuki kamar tidur utama rumah Teungku Panggiran Achmad.

Tertanya dalam hati Razali, "Mengapakah Izalia nampak sedih dan kecewa apabila melihat rumah kedua ibu bapanya yang semamangnya sangat indah dan menawan itu?" Razali hanya dapat bertanya di dalam hati tanpa dapat mencari jawabannya.

"Ayah, kenapa diam sahaja?" tanya Hamra mengejutkan Encik Razali yang sedang termenung dan berfikir.

"Ya Allah Hamra, kenapa kejutkan ayah?" Encik Razali yang duduk diam terperanjat akan kejutan Hamra itu.

"Hm, ayah. Hamra tak kejutkan ayah, Hamra hanya bosan kerana sudah hampir setengah jam berlalu. Ibu sudahpun tidur, ayah. Kasihan dia, Hamra rasa ibu menyimpan rahsia tentang rumah itu," Hamra memeluk ayahnya dengan kedua tangannya dari belakang kerusi kereta kijang itu.

Pemandu yang memandang ke arah jalan di depannya, tersenyum dan memandang ke belakang. Sesekali melihat kelakuan Hamra yang manja dengan ayahnya.

"Oh, kenapa peluk ayah dari belakang ni? Ayah tak dapat bergerak langsunglah," Encik Razali mula tertawa melihat kelakuan Hamra yang pelik itu.

"Ayah tak boleh gerak langsung. Apa maksud Hamra? Comel dan peliklah anak ayah ni." Encik Razali masih tergelak melihat perilaku Hamra yang nampak menggelikan baginya. Pemandu kereta yang melihat perilaku Hamra yang comel itu tersenyum sendiri seraya memandang cermin kereta yang terletak di sebelah kanannya.

Walaupun Encik Razali dan Hamra tergelak dengan kuat, namun tidak membangunkan Cut Hamizalia yang sedang nyenyak tidur.

"Pak, apa kita akan berhenti di mana-mana rumah makan?" tanya pemandu kereta sewa seraya menghadap Encik Razali dan sesekali melihat cermin sebelah kanan dan kirinya.

Encik Razali masih berfikir seraya meletakkan jari telunjuknya di sebelah kanan kepalanya dan dahinya berkerut.

"Hm, sememangnya kami ingin berhenti tetapi di mana tempat kedai makan yang sesuai ya?" tanya Encik Razali kepada pemandu itu. Belum sempat pemandu kereta menjawab pertanyaan Encik Razali, tiba-tiba Hamra menyela, "Hmm, Pak . . . saya mahu rasa masakan asli Aceh apabila kita sampai di Lhoksumawe. Rindu rasanya masakan yang membuat Hamra terliur, pecak ikan ayam-ayam dan muloh teupeh-peh. Laparlah rasanya."

Hamra terus melihat ke langit-langit kereta kijang itu, seolah-olah membayangkan masakan yang akan dimakannya nanti dan tangan kanannya memegang perutnya yang berbunyi kuat itu. Hamra memang sangat berselera dengan makanan, terutamanya makanan laut yang kaya vitamin dan protein itu sehingga menyebabkan bentuk badannya bulat dan wajahnya tembam.

"He . . . he . . . adik ni seperti orang Aceh saja. Adik memang minat masakan Aceh?" pemandu kereta sewa itu terus mengerakkan cermin keretanya ke atas, seraya tersenyum. Encik Razali terus memandang Hamra ke belakang dan bertanya, "Hamra, belum satu jam kita meninggalkan kampung ibu, kamu sudah merasa lapar? Tu perut Hamra dah berbunyi kuat."

Encik Razali menegur Hamra yang sememangnya kuat makan kerana sangat sukar bagi Hamra untuk menahan lapar walau hanya beberapa minit sahaja.

"Emm . . . ayah," Hamra bercakap dengan wajah malu.

"Nona Hamra memang benar-benar sudah lapar?" tanya pemandu kereta sewa itu.

Dengan wajah malu Hamra menjawab, "Iya pak cik, kalau boleh kita berhenti rehat untuk makan dulu?" Encik Razali terus menyela, "Hamra, baik kita makan di dekat Bandar Lhoksumawe supaya tak terlalu lambat.

Lagi pun feri bertolak paling lambat pukul 2.30 petang dan sekarang baru pukul 12.30 tengah hari."

Hamra yang tidak dapat menahan rasa laparnya itu terus menjawab, "Tapi, Hamra sudah sangat lapar ni."

"Hmm, baik kita berhenti sekejap di mana-mana kedai makan sedap rasanya. Kasihan Hamra, dia sudah lapar nampaknya." kata Encik Razali pada pemandu kereta sewa seraya memandang Hamra yang berada di belakang tempat duduknya.

Beberapa minit kemudian, "Pak, ini adalah restoran Rahsia Dapur Ibu, salah satu restoran terbaik di Lhoksumawe ini. Pastinya Bapak dan keluarga dapat menikmati Dapoe, gulai kambing, muloh teupeh-peh, gulai kepala ikan, pecak ikan ayam-ayam, acar belanak, kanji rumba, bubur gurih dan urap sayur Aceh. Hmm enak-enak semua makanan di sini."

Hamra yang mendengar kata-kata pemandu itu mulai tidak dapat menahan air liurnya yang sudah membasahi bibirnya itu. Dia menjeling tajam ke arah pemandu kereta sewa dan tangan kanannya memegang perut yang berbunyi kuat beberapa kali.

"Baiklah, kami berhenti di sini, kasihan Hamra. Dia sudah tak dapat menahan rasa lapar," Encik Razali tersenyum memandang wajah Hamra yang kesal kerana menunggu lama untuk berhenti dan makan tengah hari. Suasana kereta sewa itu nampak semakin cerah dan gembira melihat kelakuan Hamra yang manja dan comel, lebih-lebih lagi apabila lapar Hamra selalunya akan nampak garang dan cepat naik darah.

"Bu, jomlah turun kejap. Kita nak berhenti untuk makan tengah hari ni. Makanan di restoran ini sedap-sedap belaka," Hamra mengerakkan badan Cut Hamizalia dan membangunkannya perlahan. Namun Cut Hamizalia sama sekali tidak bergeming(bergerak) apatah lagi menjawab. Hamra kesal dan turun dari kereta sewa lalu berjalan ke arah ayahnya dan pemandu kereta yang tengah duduk.

Nampak tangan pemandu itu mengeluarkan sekotak kecil tembakau kering dan daun kering berwarna putih yang disebut sebagai klobot. Dia meletakkan tembakau kering ke dalam kertas daun klobot dan mengulungnya lalu ia menawarkan kepada ayah. "Pak . . . mahu cuba rokok tempatan? Rasanya sedap." Lelaki itu menghulurkan sebatang kepada ayah.

Ayah tersenyum dan berkata, "Terima kasih banyak tapi saya memang tidak merokok."

"Ayah, ibu tak nak bangun dari tidurnya.Hamra pesan makanan dulu." Hamra menyambar menu makanan yang terletak di depan meja duduknya itu. Tiba-tiba lelaki pemandu kereta sewa itu memandang Ayah dan berkata, "Ah, pak, saya ngopi saja dulu. makannya kemudian, tak mengapakan?"

"Eh, tak mengapa. Silakan pesan kopi bapak. Saya mahu pergi ke kereta sekejap." Encik Razali berjalan meninggalkan lelaki yang berperawak gagah walau tak seberapa tinggi berambut lurus hitam dan matanya lebar, walau tak berhidung mancung.

Pemandu kereta itu menikmati sebatang rokok dan secawan kopi seraya berdiri dan sesekali mengerak-gerakkan kaki dan tangannya lalu memandang ke arah Hamra. Dia mengangguk sekaligus tersenyum ke arah Hamra.

"Hm, kenapalah bapak supir selalu tersenyum sendiri?" Hamra bertanya dalam hati. Dia sudahpun menjamu dengan memesan tidak kurang dari tiga jenis makanan khas Aceh itu. Hamra yang sudah hampir menghabiskan sepinggan Muloh Teupeh-peh, terus menarik sebuah mangkuk yang berisi masakan acar belanak dan di sebelehanya masih ada sepingan lauk Dapoe. Hamra terus mengunyah makanan tanpa dapat memandang sesiapapun.

Encik Razali yang baru balik dari keretanya melihat Hamra yang sedang asyik menikmati makanan tengah hari itu terus menegurnya. "Hamra, makan banyak-banyak tu, sudah baca doa makan ke?"

Hamra yang sedang menikmati makanannya itu terus terdiam. "Hm, ayah pastilah sudah. Takkan Hamra makan tanpa berdoa, memangnya ayam atau lembu yang makan tanpa doa, ayah." Hamra menjawa ayahnya dengan mulut masih penuh dengan makanan. Hamra sememangnya sangat kuat selera makannya dan amat manja dengan kedua orang tuanya.

"Pak masih belum makan siang lagi?" tanya Encik Razali kepada pemandu kereta sewa yang asyik menikmati rokoknya serta secawan kopi pekat kurang gula itu.

"Saya menunggu bapak untuk memesan makanan," jawab pemandu kereta sewa itu dengan senyuman.

"Ehmm, sememangnya lelaki itu *sumeh* (murah senyum)," fikir Hamra dalam hati sambil mula menyantap menu baru acar belanak yang terhidang di atas meja.

Encik Razali hanya dapat menggelengkan kepala melihat cara Hamra makan dengan lahapnya tanpa memperdulikan siapa-siapa, cermin mata hitam yang digunakannya itu juga lupa tidak ditanggalkan sehingga gelap kerana asap dari masakan acar belanak yang panas menutupi wajahnya.

"Hmm . . . sedapnya masakan ini." Hamra bercakap di dalam hati dan terus makan acar belanak sebagai santapan ketiga tengah harinya itu. Hampir sepuluh minit berlalu Hamra masih belum habis menyantap hidangannya. Hamra mulai menghabiskan minuman air soda yang dipesannya. Setelah menghabiskan makanan tengah harinya, "Ayah, Hamra pergi ke kereta ya, nak temankan ibu."

Hamra terus meninggalkan ayahnya yang sedang berborak dengan pemandu kereta dan tengah menikmati makanan tengah harinya itu.

Lima belas minit berlalu, Encik Razali membayar semua makanan dan minuman yang dipesannya dan kemudian bersama pemandu kereta itu menaiki keretanya. Seraya memandu kereta sewa, "Bapak, ini kartu(kad) nama saya *silahkan* (sila), hubungi saya jika Bapak hendak kembali ke Banda Aceh nanti."

Encik Razali menerima *kartu*(kad) nama itu dengan tersenyum. "Zulkifli Rashid, nama yang indah."

Tidak terasa setelah beberapa minit sahaja berada dalam kereta, Encik Razali akhirnya sampai di Pelabuhan jeti kapal—kapal di Lhoksumawe. Hamra terus mengejutkan ibunya yang masih lelap tertidur. "Ibu, bangun, kita sudah sampai di jeti. Mari Bu, nanti lambat." Suara Hamra itu tidak dapat mengusik tidur ibunya.

"Hamra, biar Ayah sahaja yang mengejutkan ibu. Kamu tolong Pak Zulkifli memasukkan barang ke atas dek feri. Hati-hati ya."

"Iya, ayah." jawab Hamra lalu menarik sebuah tas yang berada di dalam begasi kereta di belakang. Pak Zulkifli Rashid sedang mengangkat beberapa tas yang berwarna hijau tua dan hitam, beserta dua buah tas tangan berwarna coklat dan putih ke atas dek feri itu.

Perkahwinan Nadia dan Kamal 1983

"Meninggalkan Banda Aceh rasanya seperti meninggalkan kampung halamanku sendiri," kata Hamra dalam hati kecilnya. Seraya melihat ibunya yang masih terlelap tidur. Hamra kemudian turun dan menatap wajah ibunya yang masih nyenyak tidur kerana letih akibat banyak berfikir.

"Ayah, semua beg sudahpun diletakkan ke atas dek feri tapi ibu masih belum bangun lagi," kata Hamra yang berlari dari dek feri menuju ke kereta sewa ayahnya.

Sementara itu, Encik Razali cuba mengejutkan isterinya yang masih lelap tertidur.

"Izalia, Izalia kekasih abang. Abang mohon bukalah matamu yang jelita ini. Sambutlah kerana kita mesti balik negeri." Encik Razali mengoncang-goncangkan badan Cut Hamizalia yang masih duduk tertidur.

"Terima kasih Pak Zulkifli Rashid. InshaAllah jika saya kembali ke Banda Aceh, saya akan hubungi bapak." kata Encik Razali kepada pemandu kereta sewa itu. Encik Razali tersenyum dan meninggalkan pemandu kereta sewa itu dan berjalan menghala ke arah feri Dwi Jaya yang berwarna merah maron kecoklatan.

Cut Hamizalia bangun dan memandang luar tingkap kereta sewanya seraya berkata dalam hati. "Walaupun perjalanan yang ditempuh cukup melelahkan tetapi hati ini terubat segala rindu." Cut Hamizalia terus memandang ke bawah lalu menoleh ke belakang untuk melihat beg-beg bawaannya yang sudahpun diangkat naik ke atas dek feri itu.

"Izalia, jom feri dah nak bertolak. Jom!" Razali menghulurkan tangannya kepada Cut Hamizalia yang nampak letih itu.

"Pak Zulkifli, sekali lagi saya sekeluarga mengucapkan banyak-banyak terima kasih. InshaAllah jika umur panjang kita berjumpa lagi." Encik Razali memeluk Pak Zulkifli. Mereka tersenyum antara satu sama lain. Kemudian Encik Razali berjalan bersama Cut Hamizalia perlahan meninggalkan kereta sewanya menuju ke arah feri Dwi Jaya dengan langkah gembira. Namun tidak bagi Cut Hamizalia, lukanya masih berdarah dan diselubungi pelbagai tanda tanya.

"Bu, kali ini biar Hamra yang duduk di tepi tingkap ya," Hamra terus berlari masuk ke dalam lorong tempat duduk Kapal Feri Dwi jaya itu. Setiap kerusinya dibalut dengan kain baldu warna merah. Hamra terus memandang keluar tingkap feri. "Hmm . . . indah sungguh Lhoksumawe ini, bu."

Cut Hamizalia hanya mengangguk dan tersenyum, tanpa berkata apa-apa.

Encik Razali yang berada di tepi kerusi feri yang berbanjar tiga itu terperanjat melihat Cut Hamizalia menyambung tidurnya.

"Em . . . Izalia, kenapa ni? Awak tak sihat? Mengapa sejak meninggalkan rumah besar itu awak nampak tak bermaya dan letih semacam? Tanya Razali dan memeluk Cut Hamizalia dengan tangan sebelah kanannya seraya memandang wajah yang nampak letih dan pucat itu. Hamra yang sedang memandang keluar tingkap kapal feri itu menoleh ke arah ibunya.

"Ibu, kenapa ni? Ibu tak sihat? Apakah ada sesuatu yang tak kena, Bu?" Hamra meletakkan kedua tangannya ke atas tangan ibunya dan menggoncangkan badan ibunya.

"Hamra, janganlah buat begitu pada ibu," Encik Razali menegur Hamra.

"*Hmm* . . . . tapi Yah . . ." Hamra terus kembali ke tempat duduknya, memandang ibunya yang gelisah.

"Hamra, ibu hanya penat sahaja, nak." jawab Cut Hamizalia.

"Ah, benar ke, ibu? Syukurlah kalau begitu."

Hamra kembali duduk. Wajahnya masih nampak risau dengan keadaan ibunya yang tidak bermaya itu.

"Hm, adakah jin-jin rumah atuk mengganggu ibu?" tanya Hamra di dalam hati.

"Atau gambar yang ibu sering dipandang di rumah atuk? Ada sihir ke?" Hamra hanya berkata di dalam hati dan berfikir.

"Hamra, sekejap lagi feri nak bertolak." Encik Razali menegur Hamra.

"Apa, Ayah? Hamra bertanya kembali kepada ayahnya kerana dia masih risau akan keadaan ibunya sehingga tidak memberi perhatian pada kata-kata ayahnya tadi. Encik Razali menggeleng-gelengkan kepala.

"Sekejap lagi feri akan bertolak. Awak tadi makan banyak, sudah minum ubat yang dibagi oleh Nyak Dadang?" kata Encik Razali kepada Hamra.

"Ayah ubat mabuk laut . . . kan namanya antimolah," Hamra tergelak kuat.

"Eh, anak ayah. Apa nama ubat memanglah ayah tak ingat. Hamra kan calon doktor, jadi Hamra yang sudah sepatutnya ingat," Encik Razali menjawab.

Walaupun dek feri sudah mula sepi, di mana penjual surat khabar, kuih-muih dan minuman sudahpun turun dari feri itu, namun beberapa penumpang masih belum dapat mencari tempat duduk mereka. Hamra belum melepaskan pandangannya dari melihat ibunya yang terlelap dalam tidurnya.

"*Hmm* . . . ayah, kenapa dengan ibu?" tanya Hamra perlahan.

"Entahlah, ayah sendiri merasa ada sesuatu yang tak kena," Encik Razali menatap wajah Cut Hamizalia hiba. Semua penumpang akhirnya duduk di tempat masing-masing dan feri mula meniupkan pluit sebagai tanda akan meninggalkan pelabuhan tersebut. Hamra terpaku memandang ibunya.

"Hamra, ayah ke tandas sekejap." Encik Razali meninggalkan tempat duduknya. Banjaran kerusi yang ditutup dengan fabrik dari velvet berwarna merah dan bergaris biru dan kuning, di tengah-tengahnya diletakkan sebuah kain yang bersulam dijahit dengan rapi, bertuliskan 'Dwi Jaya Ferri, penuh dengan penumpang. Hamra kemudian berdiri dan memandang ke depan dan belakang tempat duduknya. Yang ternampak hanya kepala manusia, rambut berwarna hitam, kuning atau merah kerana diwarnakan atau rosak kerana cahaya matahari dan lima orang penumpang memakai topi serta kain selendang panjang.

"Kenapa sukar jumpa orang bertudung seperti Hamra dan ibu?" tanya Hamra di dalam hati. Dia menghitung jumlah penumpang dalam kapal feri itu.

"Mengapa Hamra berdiri dan memandang ke belakang?" tanya Encik Razali yang mengejutkannya. Hamra masih asyik menghitung jumlah penumpang feri Dwi Jaya yang bertolak dari Lhoksumawe menuju Melaka melalui Tanjong Balai.

"Hamra, sudahlah tu. Macam pegawai feri sahaja. Tak payahlah menghitung banyaknya penumpang, jom duduk." Encik Razali mengajak Hamra duduk seperti sedia kala. Walaupun Hamra tengah asyik menghitung penumpang, namun dia sempat bertanya kepada ayahnya. "Ehmm . . . ayah, bersih ke tandasnya?" Encik Razali terus duduk tanpa menjawab pertanyaan Hamra. Hamra hanya duduk terdiam. Encik Razali yang baru sahaja datang dari tandas feri itu, terus duduk di kerusinya yang berbalut kain baldu warna merah tua itu, seraya cuba memejamkan matanya.

"Hmm . . . bosan . . ." kata Hamra dalam hati

Tiba-tiba, Hamra mengorek isi bag tangannya. "Aah, lebih baik membaca buku '*The Price of freedom*. Dahlah ibu tidur dan ayah juga hmm . . . bosanlah." Hamra menghebuskan nafasnya kuat-kuat, mengambil sebuah buku tebal, yang bertajuk *The price of freedom*, buku bersampul hitam, bergambarkan titisan air mata darah, dengan tulisan timbul berwarna emas. Hamra mula membaca buku itu, tidak kurang dari lima belas halaman dibacanya, dia mulai letih dan akhirnya tertidur.

"*Brook . . . draap . . .*" bunyi buku terjatuh mengejutkan Hamra dan Encik Razali . . .

"Eh . . . , bunyi apa tu? Encik Razali bertanya lalu membalikkan badannya menghadap ke arah lorong yang memisahkan baris antara tempat duduk. Hamra menguap dan menjawab, "Hmm, buku Hamra jatuh." Hamra terus mengutip buku yang jatuh dan memeluknya.

Terik matahari yang panas menembusi cermin pada tingkap feri Dwi Jaya menyebabkan Hamra yang tertidur terus terbangun.

"*Hmm*, panasnya." kata Hamra. Cut Hamizalia yang sudah bangun jauh lebih awal dari Hamra hanya duduk terdiam dengan pandangan kosong, seolah-olah ada yang mengganggu fikirannya.

"Ibu, kenapa ni?" Belum sempat Cut Hamizalia menjawab pertanyaan Hamra. "Ibu lapar? Dari tadi ibu tidur dan makan pun." Hamra kemudian menundukkan wajahnya, menoleh ke wajah ibunya.

"Bu, kenapa ni?" Hamra diam menunggu jawaban ibunya. Apabila Cut Hamizalia diam tak menjawab, Hamra merasa cemas dan terus mengoncang-goncangkan badan ibunya.

"Hamra, maafkan ibu, nak. Ibu hanya letih," Cut Hamizalia terus memeluk Hamra.

"Eh Izalia, nak makan apa? Hamra, nak roti bakar? Bakso? Biar ayah naik ke atas untuk memesannya," Encik Razali memandang Hamra dan Cut Hamizalia lalu tersenyum.

"Eh, abang!" Cut Hamizalia menjawab.

"Kenapa Izalia tak nak makan ni? Awakkan belum makan tengah hari tadi. tanya Encik Razali dengan tercengang. "Tak laparkah?" Encik Razali memandang Cut Hamizalia tergamam.

Hamra memeluk ibunya, namun dia terus terfikir tentang makanan yang disebutkan ayahnya.

"*Hmm*, Hamra nak bakso dengan bola daging lebih sikit ye." pesan Hamra tersenyum. Encik Razali hanya menggeleng-gelengkan kepalanya.

"Budak ni, dahlah badannya tembab, kuat makan pula!" Encik Razali memandang Cut Hamizalia dan bertanya.

"Awak nak makan apa, Izalia?" Cut Hamizalia menoleh ke arah suaminya yang sedang menunggu jawapan darinya.

"*Hmm*, apa-apa jelah abang. Izalia belum lapar lagi." Kata Izalia dan tersenyum memandang Encik Razali. Encik Razali terus berdiri meninggalkan Hamra dan Cut Hamizalia. Dia terus melangkah menuju ke bahagian atas dek feri, di mana terdapat sebuah kedai makan.

"Bu, apa sebenarnya yang ibu fikirkan?" Hamra ingin tahu akan apa yang difikirkan oleh ibunya. Seraya mengerutkan dahinya dan berfikir.

"Ibu fikirkan tentang Auntie Cut Hamrina? Atau gambar yang ibu selalu pandang serta renungkan di bilik utama rumah atuk itu?" tanya Hamra kepada ibunya.

Cut Hamizalia tersenyum dan menjawab, "Eh, ibu tak fikirkannya. Ibu sudahpun berkahwin dengan ayah. *Hmmm*, awak ni." Cut Hamizalia cuba menyembunyikan segala kegelisahan dan tanda tanya akan gambar dan reka bentuk rumah ayahnya. Rumah itu sudah sangat berbeza semasa dia meninggalkan Banda Aceh 17 tahun yang lalu.

Tidak lama kemudian, Encik Razali yang datang membawa dulang berisi tiga buah teh botol dingin, dua mangkuk besar bakso dan sepotong roti bakar coklat keju yang sangat menyelerakan.

"Izalia, tolong abang kejap," Encik Razali berdiri membawa dulang yang penuh dengan makanan itu.

"Ayah, Hamra boleh tolong jugakan? Tapi tempat laluan untuk ayah, tak adalah," Hamra segera berdiri hendak menolong ayahnya.

Namun, Cut Hamizalia sudah berdiri lebih dahulu berbanding Hamra. Dia segera mengambil makanan itu dan memberikannya kepada Hamra. Sekelip mata Hamra terus duduk dan menikmati baksonya.

"Hamra, sudah baca bismillah?" tegur Cut Hamizalia tergelak-gelak melihat gelagat Hamra. Encik Razali hanya menggeleng-gelengkan kepalanya serta berkerut dahi melihat gelagat Hamra yang tidak berubah.

Memang suka makanan bukanlah sesuatu tabiat yang buruk namun menjaga kesihatan jauh lebih penting berbanding mengikuti selera mulut kita. Hamra yang lahap memakan bakso beserta bebola daging itu berpeluh-peluh dan tidak menghiraukan teguran sesiapa sahaja.

"Comot wajah awak tu, Hamra!" tegur Cut Hamizalia. Hamra nampak seperti orang tuli yang tidak mendengar bunyi apapun. Apabila dia sedang menikmati hidangannya, Cut Hamizalia menegurnya beberapa kali dan akhirnya Cut Hamizalia terdiam.

"Hm, kalau jumpa makanan, dunia yang meledak-ledak ini, terasa sepikan. Sepertinya Hamra sorang sahaja yang punya dunia inikan?"

Cut Hamizalia memandang suaminya dan mengiyakannya. Encik Razali yang sedang minum teh botol tersedak.

"Iyalah Izalia. Itulah, anak awak. Dalam fikirannya hanya ada makan banyak biar sihat," kata Encik Razali ketawakan Hamra. Namun Hamra tidak sekali berkutik. Dia benar-benar menikmati makanannya dan jika sedang menikmati makanan, dia tidak akan hiraukan persekitarannya.

"Entahlah, Bang. Izalia pun tak tahu macam mana caranya nak ingatkan Hamra bahawa makan yang berlebihan itu tak elok. Tapi dia akan kata lapar, Bu. Hamra tadi cuma makan sikit je . . ." Cut Hamizalia cuba meniru suara Hamra yang kecil melengking-lengking itu. Tergelak Encik Razali mendengar suara Cut Hamizalia yang berubah.

"Izalia, awak memang pandai meniru semua gelagat anak-anak kita. MashaAllah, tengok tu. Hamra sama sekali tak berkutik," Encik Razali dan Cut Hamizalia tercengang melihat Hamra makan dua bebola daging sekaligus.

"Ya Allah! Kalau makan, jangan gelojoh, nak sayang," Cut Hamizalia menegur Hamra.

Perjalanan panjang bagai kenangan sepanjang hayat yang amat dinanti-nantikan akhirnya dapat dilalui oleh Cut Hamizalia bersama keluarga. Walaupun nampak sukar difikirkan, namun itulah impiannya selama 17 tahun.

Lapan jam kemudian. "Hamra, tolonglah ayah kamu tu. Bagasinya berat, banyak barang lagi." arah Cut Hamizalia kepada Hamra.

"Baiklah, Bu" Hamra berlari ke depan tanpa berfikir panjang.

"Hamra, jangan awak angkat yang tu, berat!" Kamal yang baru tiba dari bengkel kereta ayahnya terus menyambar dua buah beg besar milik ibunya dari tangan Hamra.

"Abang, rindunya. Terkejut Hamra," Hamra meletakkan kedua tangannya di atas dadanya.

Kamal yang masih comot pakaiannya terus mencium kening adiknya itu. "Wah, adik abang semakin comel-lote sahaja. Macam mana seronok tak Banda Aceh tu? Katanya Banda Aceh itu kota bandar serambi Mekkah. Memang seperti Mekkah, Hamra?" Pertanyaan Kamal membuat Hamra tergelak tidak putus-putus.

Seraya mengangkat sebuah beg berwarna merah yang berisi pakaian lama ibunya, yang masih tersimpan rapi dengan berbagai kenangan, seperti ikat rambut, bingkai gambar, cincin, kalung, jam tangan dan segala harta peribadi ibunya yang diletakkan dalam sebuah kotak kayu jati, berukiran nama Cut Hamizalia.

"Kenapalah beg ni kecik tapi beratlah, bang," Hamra cuba mengangkat sebuah beg berwarna coklat yang berukuran tidak kurang daripada 12sm panjang, dan 8sm seperti kayu itu.

Walaupun nampak letih, Hamra masih rancak menceritakan tentang perjalanannya ke Banda Aceh, sehingga larut malam kepada abang dan neneknya. Akhirnya dia tertidur di sofa panjang yang dibuat daripada kain bercorak bunga pink dan merah kecil-kecil, dengan beberapa bantal yang bersarungkan kain sulam berwarna krim, terletak di ruang tamu keluarga itu.

Sebulan telah berlalu, tiba masanya Razali sekeluarga sibuk dengan persiapan majlis perkahwinan Kamal dan Nadia yang akan berlangsung dalam masa sepuluh hari yang akan datang.

Menjelang perkahwinan Nadia dan Kamal. "Bang, baju Kak Nadia abang sudah hantarkan semalam? Jangan lupa Pak Cik Yahya akan jemput tok kadi pukul tujuh pagi. Hamra sudahpun jemput semua jiran, pak imam, bilal dan ahli keluarganya. Pasti meriah akad nikah dan majlis bersanding abang nih. Walau dilaksanakan serentak dalam hari yang sama, namun pasti menarikkan?" Hamra merenung dengan matanya terus memandang langit-langit rumahnya.

"Eh . . . adik abang. Kenapa pula ni? Awak ingin kahwin jugakah?" Kamal mencubit pipi Hamra yang temban itu.

"*Aww* . . . . abang, Hamra bukan nak berkahwin, cuma membayangkan betapa gembiranya Kak Nadia dapat suami lelaki berhati mulia seperti abang. Oh ya, Bang Khaldi tak telefon abang ke? Nampaknya abang Hamra yang satu tu memang sukar bertimbang rasa, biarlah bang." Hamra terus memeluk abangnya dengan wajah simpati.

Walaupun nampak sederhana, namun ramai jiran mulai datang merewang, mengingat Nek Tijah adalah orang tertua di Kampung Sungai Tapah ini, dia juga selalu membantu majlis perkahwinan sesiapa sahaja.

"Assalamu'alaikum . . ." suara beberapa orang mak cik jiran sekampung mulai datang membawa gula, beras, minyak, marjerin dan banyak lagi.

"Wa'alaikum salam, Kak Leha, Kak Engku, Kak Minah, Mak Cik Dayah sila masuk . . . !" Cut Hamizalia terus bersalam dan mempersilakan tetamu.

"Cut, ini sedikit barang, mungkin nanti dapat digunakan untuk majlis," kata Mak Cik Dayah mengulurkan empat kilogram gula dan kemudian diikuti oleh yang lain. Nek Tijah yang berada di laman belakang terus berjalan ke ruang tamu depan.

"Izalia, jiran berewang sudah datang? Jemput terus ke laman belakang, banyak bawang nak dikopek, jerang air dan rebus gula untuk minuman tetamu." kata Nek Tijah melengking dari ruang tengah terdengar jelas di ruang tamu.

"*Ehmmm*, mak cik dan kakak-kakak semua, mari ke laman belakang, sebab emak sudah siapkan semua alat masak, dan alas serta bahagian masing-masing. Saya tak begitu mahir, maklumlah inikan perkahwinan anak pertama.", terang Cut Hamizalia gembira dan mempersilahkan tetamunya ke laman belakang. Cut Hamizalia berjalan beriring-iringan bersama empat orang yang lain.

"Nek Tijah, apa khabar?" tegur Kak Engku.

"Pastilah sihat, tengok ni," Nek Tijah menjawab.

"Eh, Tahinah, akhirnya dapat juga kau bermenantu cucu, Tijah." Mak Cik Dayah menambahkan lagi.

"Alhamdulilah dan kau Leha, akhirnya cita-cita kau nak jadi menantu rumah ni menjadi kenyataan kan? Walaupun bukan awak, tapi Nadia anak awak juga kan?" kata Mak Cik Dayah lagi

Leha menjeling malu. "Mak Cik Dayah janganlah cakap macam tu, seganlah. Apalagi di depan Cut,"

"Eh, memangpun dulu awak minat si Razali tu, tapi bukan rezeki awak. Allahyarhamah Juwita sepupu awaklah yang berkahwin dengan Razali," kata Mak Cik Dayah terus mengambil sedulang bawang merah.

"Eh . . . sudahlah tu Dayah peristiwa lama janganlah dikenang. Mari kita mula," Nek Tijah memberhentikan perbualan yang hadir.

"Assalamu'alaikum . . ." suara berkumpulan terdengar kuat dari laman belakang. Hamra yang berada di dalam biliknya terus lari ke depan.

"Wa'alaikum salam . . ." Hamra bersalam-salaman dengan tetamu yang hadir.

"Ah, awak pasti Hamrakan? Adik Kamal. Saya adik Haji Faiz dan ini mak cik serta ibu Haji Faiz. Kami dimaklumkan oleh Nadia, jika

Nek Tijah mahukan acara masak-memasak di rumah pengantin lelaki." jelas seorang wanita setengah baya yang memakai baju kurung ala Johor berwarna biru laut, dengan bunga ros merah dan putih menghiasi kain yang kilat itu.

Hamra tersenyum kemudian menjawab, "sila mak cik, semua sudah berkumpul di laman belakang, untuk mula masak," Hamra terus mengajak tetamu yang lain masuk ke laman belakang.

"Assalamu'alaikum, Kak Tijah" suara seorang wanita tua berjalan agak lambat, seraya dibantu oleh salah satu dari mereka.

"Ya Allah, ii . . . Imah . . ." kata Nek Tijah yang memeluknya dengan sebak.

"Imah, adik menyangka Imah sudah tiada," suara Nek Tijah lemah berbisik di telinga Nek Halimah. Air mata Nek Halimah jatuh berderai, dia memeluk saudaranya dengan penuh kasih.

"Tijah, maafkan kakak tak mencari Tijah, kerana khabarnya Tijah dan ibu sudah meninggalkan kami." Nek Halimah mengerutkan keningnya dan menangis tak henti-henti.

"Ya Tijah. Abah telah meninggalkan kita sebagai pahlawan dan syuhada. Maafkanlah segala kesalahannya," Wanita tua yang berjalan agak bertatih-tatih itu memeluk Nek Tijah dan menangis. Semua yang hadir menyaksikannya tercengang, Hamra merasa pelik, mengapakah wanita tua yang sepatutnya duduk dalam kerusi roda itu, berdiri dan berjalan dengan keadaan yang amat sukar, serta menangis seraya meminta maaf kepada Nek Tijah.

"Cut, ini saudara Nek Tijah, Nek Imah. Hamra panggil ayah dan abang," seru Nek Tijah kepada Hamra yang masih berdiri melihat peristiwa itu.

"Imah, biar adik ambilkan kerusi, ya," Nek Tijah berjalan untuk mengambil kerusi. Seorang wanita yang tidak memakai tudung, rambutnya bersanggul besar dan mengenakan baju kebaya berwarna putih, bunga-bunga besar terus mengikuti Nek Tijah berjalan di belakang.

"Biarlah nde saya ambilkan kerusi. Saya Amelia, adik tiri bungsu Haji Faiz." Wanita itu terus bersalam dan mencium tangan Nek Tijah.

"Amelia, cantik nama awak seperti orangnya." puji Nek Tijah.

"Terima kasih, mak cik," jawab wanita muda itu seraya mengangkat kerusi ke laman belakang. Suasana meriah di laman belakang baru terasa.

"Nde Imah, apa khabar?" Encik Razali mencium tangan wanita tua itu.

"Saya Razali Nde, ini Cut Hamizalia isteri saya dan Hamra anak perempuan saya, dan ini kamal anak lelaki saya dan seorang lagi anak lelaki saya namanya Khaldi tengah belajar kat Britain," Encik Razali tersenyum dan agak membongkokkan badannya kepada wanita tua itu.

Kamal tercenggang melihat ayahnya sangat gembira melihat nenek tua itu, yang nampak jauh lebih muda berbanding Nek Tijah, namun keadaan badannya sudah uzur. Nek tijah masih menitiskan airmata bahagia menerima kehadiran saudari tirinya yang sememangnya disangka sudah meninggal dunia itu.

Hamra menghidangkan air teh kosong pada semua tetamu. "Mak cik sila minum . . ." Hamra menghulurkan beberapa cawan teh dan tersenyum Kamal yang berdiri kemudian mendekati ayahnya dan berbisik. "Ayah, siapa Nek Imah tu pada kita ya?" Kamal yang berbisik, ternyata terdengar pada Nek Tijah.

"Eh Kamal, kuat sangat bisikan awak tu. Nek Imah adalah saudara tiri Nek Tijah. Kami terpisah sejak peristiwa pengganas komunis menyerang Gelang Patah, Johor 1958." Kamal tercengang seraya matanya terbuka lebar tanpa dapat bercakap apa-apa. Nek Tijah, terus teringat peristiwa Gelang Patah, Johor 1958.

Gelang Patah, Johor 1958

Di sebuah rumah panggung yang diperbuat daripada kayu itu. Seorang lelaki yang baru sahaja keluar, datang kembali ke rumah panggung itu dengan wajah pucat dan nafas terengah-engah.

"Assalamu'alaikum, Nura . . . oh Nura . . ." suara lelaki matang itu berbisik. Wanita muda yang tingginya tidak kurang dari 167sm, berbadan ramping mengenakan baju kebaya berwarna hitam polos, dan kain batik berjahit bercorak gelung berwarna coklat dan merah bata yang lebih dikenali sebagai batik pekalongan itu berjalan perlahan seraya membuka pintu.

"Wa'alaikum salam . . ." Wanita muda itu menjawab.

"*Hssst* . . . . Nura . . ." suara lelaki itu menegur seraya melihat ke depan pintu seraya menoleh ke kanan dan ke kiri. Wanita muda itu terasa pelik,

"Bang, kenapa ni?" tanya Nura mendesah.

"Nura, panggil Khatijah," suara lelaki itu berbisik cemas.

"Khatijah . . . Tijah . . ." suara wanita muda itu memekik di bilik depan. Nura belum sempat masuk ke dalam bilik tidur tengah, bilik Khatijah, suami dan anaknya Razali yang masih belajar mengaji.

"Nura, abang mesti berada di rumah Ruqayah petang ni. Hasnor dah balik dari kerja? Khatijah mana?" tanya Abah Hashem, lelaki melayu kacukan Arab yang tinggi putih berhidung mancung itu bertanya kepada isteri mudanya.

"Abang, kenapa ni?" Nura bertanya dengan wajah sedih bercampur gelisah. "Nura dengarkanlah, abang." seraya memeluk isterinya dengan erat. Hati Nura berdebar tak keruan, wajahnya yang nampak gembira bertemu suaminya, tiba-tiba menjadi pucat lesi, matanya yang sepet nampak bulat, peluh sejuk mula mencucuri wajahnya seraya nafasnya mula tersengal—sengal.

"Oh isteriku, maafkanlah diri ini. Semalam Ustaz Almukarom Haji Idrus dibunuh oleh komunis . . . dan madrasahnya dibakar habis-habisan," Abah Hashem mendesah panjang.

"Nura, abang adalah guru besar di Madrasah Al-Amien, Gelang Patah ini, dan tempat kita tak begitu jauh dari Ma'had Haji Idrus Abang Khawatir . . ." Abah Hashem bernafas panjang tanpa dapat meneruskan perkataannya. Nura dalam keadaan kebingungan tidak dapat memahami kata-kata suaminya.

"Nura, bawalah Khatijah dan Razali. Jangan menunggu Hasnor balik. Masa sudah suntuk, percayalah, selamatkanlah keluarga kita. Tinggalkan kampung ini secepat mungkin. Abang merayu . . ." . . . . terus berjalan perlahan meninggalkan rumahnya.

Walau Nura ingin tetap tinggal di Gelang Patah, Johor bersama suaminya tercinta, tetapi amanah suaminya untuk meninggalkan tempat tinggalnya itu dilaksanakannya.

"Tijah, kita harus terus ke tempat yang lebih aman. Jadi jemputlah Razali, dan jangan lupa tinggalkan pesanan pada Hasnor kerana abah perlukan Hasnor untuk menolongnya," suara Nura membelai rambut Tijah lembut. Tijah berkahwin pada usia yang amat muda iaitu empat belas tahun dan masa kejadian itu umur Khatijah dua puluh tujuh tahun, dan mempunyai anak seorang lelaki yang bernama Razali, yang baru berumur tiga belas tahun.

Dalam keadaan kalut Nura dan Tijah meninggalkan Gelang Patah, seraya menunggu keadaan aman akibat serangan dan huru-hara yang dilancarkan oleh komunis hampir di seluruh pelusuk negeri.

Sementara itu, di Madrasah Al-Amien, Gelang Patah.

"Kita harus mampu mempertahankan aqidah kita. Apatah lagi mereka tak percaya akan wujudnya Allah, Sang Maha Pencipta. Sedangkan setiap yang berawal pasti ada akhirnya, yang hidup pasti mati. Hanya Allahlah yang kekal tak berawal atau berakhir. Maka kita akan terus menentang komunis sampai titik darah penghabisan. Allahu Akbar, Allahu Akbar . . . Allahu Akbar walilah hilham!" Jihad dianjurkan apabila kita harus mempertahankan aqidah kita, maka harus bagi kita untuk melawan mereka apabila mereka menyerang kita, jadi kamu semua bersiaplah, Allahu Akbar . . . Allahu Akbar . . . walilah hilham . . ." kata Abah Hashem dalam pidatonya pada majlis solat zuhur jamaah di madrasahnya.

Selepas selesai solat, "Assalamu'alaikum, Ustaz semua talian telefon di Kota Tinggi telah diputuskan oleh komunis dan ramai yang terbunuh. Kami tak dapat meninggalkan Mak Cik Nura di Sungai Siput, Ustadz kerana Ma'had Sungai Siput sudahpun terbakar," kata Fahzan dengan terputus-putus

Fahzan masih berpeluh sejuk itu juga bimbang akan keadaan Mak Cik Nura, Khatijah dan anaknya Razali, yang baru sahaja meninggalkan Gelang Patah.

"Ya Allah, lindungilah anakku, cucuku serta isteriku. Hanya merekalah satu-satunya harta hamba yang sangat bererti dalam dunia ini. Ya Allah, diri ini akan terus berjuang menegakkan panjimu, bagilah kekuatan, selamatkan tempat yang mulia ini, Ya Allah!" Ustaz Almukaram Haji Hashem terus berdoa dengan wajah sedih.

Beberapa minit kemudian, "Hasnor, kau kumpulkan budak-budak agar tidak melakukan aktiviti-aktiviti sendirian, pastikan mereka berkumpulan, sebab musuh akan takut jika kita kuat," seru Abah Hashem yang mula merasa tak sedap hati. Ma'had Salafiyyah Gelang patah, mulai nampak siap siaga.

"Satu, dua . . . tiga!" suara masing-masing pelajar berlatih dengan keris masing-masing.

"Mohammad dan Arif, kamu cuba berlatih gaya bertahan dan Idzar serta Fahrin menyerang, ingat zikir dan tasbih harus terus dikumandangkan supaya semangat kita kuat dan musuh terkecoh.

Para pelajar yang biasanya berlatih ilmu bela diri hanya sekali dalam seminggu, kini hampir setiap selesai solat subuh dan zuhur, mereka akan berlatih walaupun panas terik.

"Ustaz, Mak Cik Gayah, Iman, dan Halimah sudahpun dihantar ke Seberang Perai, namun mereka tak jumpa Mak Cik Nura, Kak Tijah dan Razali, Ustaz!" Brahem memberitahu Ustaz Hashem tentang perihal keluarganya. Ustadz Hashem terdiam.

"Ehmm, bukankah Fahzan yang membawa mereka meninggalkan Gelang Patah menuju ke Ma'had kita di Sungai Siput?" Ustaz Hashem kembali bertanya kepada Brahem. Brahem termenung melihat Ustaz dan dia menjawab, "Ustaz, Ma'had Sungai Siput sudahpun rata menjadi abu!" Air mata Ustaz Hashem menitis tanpa disedari.

"Ya Allah, apakah murid-murid aku selamat? Adakah ini jalan syuhada yang kau pilih? Ya Allah, adakah keluargaku juga sebahagian daripada para syuhada ini? Ya Rohman . . . Hamba menyerahkan takdir pada-Mu, namun izinkanlah diri ini untuk berjumpa dengan mayat-mayat mereka," kata Ustaz Hashem dalam hati dengan air mata menitis tidak berhenti.

Brahem turut menitiskan airmata kerana dia juga tidak mengetahui peristiwa penyerangan komunis atas Ma'had Sungai Siput itu. Dia duduk termenung melihat gurunya berdoa. Adam masih duduk terpaku, dia tidak dapat memahami mengapa di saat berita buruk menimpa guru besarnya, dia bersujud meminta ampunan Allah.

Keadaan Gelang patah mula mencekam. Beberapa tempat sudahpun disabotaj oleh komunis.

"Ustaz, kami harus membawa ustaz meninggalkan Gelang patah ini. Sungguhpun ustaz adalah target utama komunis, saya takut mereka akan memburu Ustaz!" kata Ustaz Khairuddin yang berdiri dekat Ustaz Hashem. Masjid Madarasah Al-Amien yang diperbuat daripada kayu itu, seolah-olah memahami keadaan Ustaz Hashem yang baru kehilangan murid-muridnya di Sungai Siput berserta ahli keluarganya.

"Ustaz, kami tidak mahu meninggalkan ustaz di sini sendiri untuk melawan penjenayah komunis. Kita sendiri juga tak tahu strategi mereka yang banyak merosakkan harta awam ustaz. Kami semua akan terus tinggal di sini walau apapun yang terjadi!" Farhrin bersuara lantang yang didengar oleh pelajar yang lain.

Semua pelajar Madrasah Al-Amien itu serentak berdiri dan mengumandangkan takbir dan tahmid. Ustaz Hashem sangat terharu dengan sokongan padu yang diberikan para pelajarnya. Namun, suara letupan mulai terdengar tidak begitu jauh dari madrasah itu.

"Bersiap! Allahu Akbar Walilah Hilham!" seru Fahrin seraya berdiri dan mengangkat kerisnya. Ustaz Salahuddin, Ustadz Jamalullail dan Khairulimam berdiri dan berkata, "Ingat! Kita melawan musuh-musuh Allah, bukan musuh kita! Tiada yang haq bercampur batil dan tiada amal makruf tanpa alnahi almungkar, memang balasan Allah sukar dirasakan sepenuhnya di dunia yang fana' ini, namun akhirat adalah tempat yang pasti!" suara lantang Ustaz Khairulimam membuatkan ramai menitiskan airmata. Semua pelajar yang tidak kurang daripada tiga ratus orang itu terduduk, diam tanpa berkata apa-apa.

"Adakah cinta itu indah? Jika cinta itu hanya diliputi oleh nafsu yang tak berminda, adakah cinta itu hakiki? Sedangkan hati kita tak pernah diam berdetak, adakah sebuah rahsia yang lebih hebat? Semuanya tidak kerana cinta abadi pada Allah dan rasulnya sehingga membuatkan kita mampu berbuat mengikut ajarannya," Ustaz Jamalullail menambahkan kata-kata Ustaz Khairulimam. Semua pelajar tertunduk, memahami kata-kata Ustaz Jamalullail yang cukup dalam itu.

"Jangan pernah takut untuk hidup dan berjuang atas nama Allah dan rasul kerana suatu hari, jika hati kita sudah mati, di masa itu tak ada lagi rasa cinta Illahi. Yang ada hanya cinta anak, bini dan duniawi. Sememangnya, kita harus mencintai titipan Allah itu namun, jika Dia mengambilnya, itu adalah hak-Nya dan bukan hak kita kerana dunia kita adalah sementara. Harta dan tahta serta wanita adalah godaan utama. Dalam Suratul Kahfi juga disebutkan sebagai ayat tersirat, maka bersiaplah menghadapi musuh Allah!" terang Ustaz Salahuddin.

Ustaz Hashem terus menitiskan airmatanya dan berkata dengan lantang "Ya Allah diri ini, redha akan kehendak-Mu, sungguhpun mereka harta hamba, tetapi hamba mungkin tak layak memilikinya!" Suara Ustaz Almukarrom, bapa Hashem membuatkan hampir semua pelajar menitiskan air mata.

"Anak-anakku, ustaz hanya seorang manusia seperti kalian juga yang sangat mencintai keluarga. Namun, kehendak Allah sangatlah hebat. Ustaz berfikir bahawa Sungai Siput lebih selamat dari Gelang Patah ini tetapi tidak. Komunis sudahpun menyerang hampir seluruh pelusuk negeri sehingga ma'had di Sungai Siput sudah jadi abu. Keadaan genting dan nampaknya mereka juga ingin menyerang kita. Jadi bersiaplah, maju pantang mundur! Ingat kita tidak melawan musuh madrasah namun musuh-musuh Allah. Mereka amatlah kejam kerana tak percaya adanya Allah, penguasa semesta alam, mereka adalah musuh-musuh allah yang merosakkan aqidah sesiapa sahaja, bersiaplah untuk mempertahankan aqidah kita . . . Yaa Arhamarrohimin" kata Ustaz Hashem menyeru kepada pelajarnya. Tetapi komunis sudahpun mengepung Madrasah Al-Ameien itu, begitu masing-masing hendak meninggalkan masjid.

"Allah!" Seorang pelajar mati kerana ditusuk dengan keris dari belakang. Pertempuran hebat dan sengit berlaku. Namun komunis, menculik para ustaz dan menyayat wajah mereka sebelum membunuh mereka. Tidak kurang daripada tiga puluh orang pelajar terkorban dan seratus dua puluh orang luka akibat pertempuran itu.

Sementara itu, Mak Cik Ruqayah dan anaknya Halima melakukan perjalanan jauh dari Gelang patah menuju ke Seberang Perai, Pulau Pinang.

"Imah!. Hati ibu terasa tak sedap, nak!" katanya dan memeluk Halimah.

"Kenapa? Mengapa ibu merasa tiba-tiba tidak sedap hati?" Halimah bertanya dan memandang ibunya yang nampak sangat sedih. Di tempat penampungan rumah sementara di Seberang Perai, Mak Cik Ruqayah sangat memikirkan keadaan suaminya, madrasah yang dipimpin oleh suaminya serta madunya, iaitu Mak Cik Nura.

"Entahlah, seperti ada yang tak kena dengan abah," katanya dengan menitiskan air mata dan wajahnya mula berubah pucat. Halimah terus berdiri dan membawa air dalam cawan serta diletakkan tepat di meja makan tempat ibunya duduk termenung.

"Ibu, minum air dulu supaya tenang," kata Halimah dengan lembut seraya mencium kening ibunya. Mak Cik Halimah cuba mengangkat cawan putih polos dari seramik itu, tiba-tiba, cawan itu pecah tanpa sempat diminum olehnya air yang dibawa oleh Halimah. Halimah terkejut setengah mati. "Ya Allah, kenapa ni? Ibu tak luka?" Halimah menarik tangan ibunya yang sudah berdarah.

"Ya Allah!" Halimah terus berlari mencari kain dan membawa air serta bawang. Mak Cik Ruqayah hanya menitiskan air matanya tanpa mengerti apa sebenarnya yang sedang berlaku. Wajahnya pucat memandang pintu rumahnya tanpa berkedip.

"Eh, kenapa ni?" kata Halimah seraya menggerak-gerakkan badan ibunya. Namun, ibunya sudah pitam. "Tolong! Tolong!" teriak Halimah. Dua orang jirannya datang dan menolongnya.

"Imah, ibu kamu terlalu penat kerana perjalanan jauh dan tak sempat rehat. Lagipun banyak juga darah yang dikeluarkannya," kata seorang wanita yang berbadan kekar dan tinggi berkulit agak gelap seperti peranakan campuran antara Melayu dan India.

"Terima kasih. Hanya Allah sahaja yang dapat membalas budi baik kakak," Halimah bersalam apabila ibunya sedar dan mula tersenyum menatap wajah Halimah.

Sementara itu, keadaan Madrasah Al-Amien menjadi lautan darah. Tidak kurang daripada 172 orang selamat dari ancaman maut komunis.

Beberapa bulan kemudian, seorang lelaki kurus dan tinggi bersama seorang lelaki gempal yang kira-kira tingginya lima kaki dua inci, berjanggut dan bermisai serta memakai pakaian panjang berwarna putih, bersongkok putih datang ke rumah penampungan sementara Mak Cik Ruqayah dan Halimah.

"Assalamu'alaikum Mak Cik Gayah," tegur dua orang lelaki itu dari depan rumahnya. Halimah yang baru balik dari mengajar mengaji menjawab dari belakang.

"Wa'alaikumussalam, adakah kalian datang membawa berita daripada abah?" tanya Halimah dengan wajah gembira. Mereka hanya mengangguk.

"*Hmm* . . . sila masuk, ibu ada di dalam." Halimah menegur kedua orang murid santri yang pastinya datang dari madrasah ayahnya. Kedua-dua lelaki itu nampak kekok memasuki rumah kayu yang keadaannya agak uzur mengingat tidak ada seorang lelakipun di rumah itu.

Mak Cik Gayah, yang berpakaian rapi dengan mengenakan kain selendang panjang yang menutupi semua rambut dan lehernya menegur mereka. "Ahlan yaa waladie, katakan pada abah Umie Gayah dalam keadaan sihat walafiat. Semoga perjuangannya sentiasa mendapat keredhaan Allah."

Halimah yang datang dari belakang membawa dua buah cangkir yang berisi air kosong seraya berkata, "maafkan kami, yang ada hanya air kosong. Jemput minum. Kedua lelaki itu terdiam. Halimah menatap ibunya mula faham akan tujuan dua orang murid santri itu datang menjenguknya.

"Ya Allah, berat sungguh ujian hidup ini, namun aku redha akan kehendak-Mu, Ya Allah," suara Mak Cik Gayah kuat bercampur dengan suara esak tangisnya. Halimah memeluk ibunya dan berkata, "Ish kenapa ni? Sudah pasti kita redha akan kehendak Allah, namun apa dia Bu?"

Salah seorang lelaki itu kemudian berdiri dan berkata, *"Adhakummullu Waa Ajrokum . . ."* Halimah yang terkejut mendengar kata-kata itu menangis kuat seraya berkata, *"Al Baqa' Lillah.* Abah, inikah mengapa kau meminta kami pergi meninggalkanmu sendiri, berjuang melawan musuh-musuh Allah? Ya Allah, berat rasanya merelakannya pergi, namun dia milik-Mu. Diri ini tak berhak atasnya . . ." Tangis Halimah kuat menderu seolah-olah ada yang masih ingin dikatakan pada Allahyarham ayahnya.

Waktu seakan-akan memburu segala kasih. Berita itu begitu berat bagi Mak Cik Gayah dan Halimah. Mereka nampak pucat lesi dan tidak berkata apa-apa.

"Mak cik, saya memohon diri dulu, ini ada sekadar bantuan daripada madrasah untuk mak cik dan keluarga," Salah seorang lelaki itu meninggalkan bungkusan kain di atas meja ruang tamu berwarna coklat, di mana span kerusinya sudah tercabut dan tak layak untuk diduduki itu. Kedua orang lelaki itu meninggalkan rumah sementara Mak Cik Gayah.

"Mak cik izinkan kami untuk meneruskan perjalanan kami." Halimah terjatuh dari tempatnya bersandar dan terus menangis sehingga kain selendangnya basah.

"Nak, mak cik mohon jangan pernah berubah, kuatkan iman kalian, janganlah takut dengan musuh-musuh Allah. Wafatnya abah adalah untuk membela kebenaran. Doa mak cik sekeluarga bersama kalian dan jazakummullah," Mak Cik Gayah berjalan tertatih-tatih dengan air mata yang terus berderai tidak berhenti menghantarkan dua orang anak murid santri allahyarham suaminya.

Walau demikian, sejak hari itu Mak Cik Gayah tidak pernah lagi mendengar khabar berita tentang madunya, iaitu isteri muda suaminya, Nura. Ustaz Hashem berkahwin dua kerana Rugayah isteri pertamanya tidak mempunyai keturunan. Namun setelah berkahwin dengan Nura, beberapa tahun kemudian Rugayah hamil dan melahirkan tiga orang anak perempuan.

Beberapa bulan berlalu, akhirnya, Mak Cik Gayah mengahwinkan Halimah dengan seorang lelaki berketurunan India yang bernama Sirajuddin.

Kampung Sungai Tapah 1983

Hidup seperti menanti kasih yang hilang telah lama, air mata kasih menitis di setiap air mata yang hadir membantu Cut Hamizalia dan Zaleha menunaikan hajat mereka untuk mengahwinkan anaknya Kamal dan Nadia.

"Ayah, jadi Nenek Tijah dan Nenek Halimah adik-beradik? Dari seorang ayah yang sama dan ibu yang berbeza?" Hamra yang tercengang mendengar cerita itu akhirnya bertanya kepada ayahnya. Semua yang sedang mengupas kulit bawang, memotong daging dan merebus air untuk majlis perkahwinan itu, terdiam menunggu jawapan atas pertanyaan Hamra itu.

Majlis rewang yang biasanya dilakukan beberapa hari sebelum hari perkahwinan, membantu pengantin dan keluarga, nampak lebih meriah dan terserlah kerana kehadiran mengejut Nenek Halimah. Kamal yang berdiri tercengang, begitu juga Razali dan Cut Hamizalia yang ingin tahu kisah sebenar Nek Tijah dan Nek Halimah.

"*Hm*, Nek Limah adalah anak dari isteri pertama abah, iaitu Ibu Ruqayah Habshi. Abah mengahwini ibu Nek Tijah iaitu Bonda Nura, kerana selama hampir lapan tahun perkahwinannya, mereka tidak dikurniakan cahaya mata, namun . . ." Nek Tijah memandang adiknya yang uzur itu, dengan senyuman walaupun air matanya menitis-nitis. Suasana majlis rewang itu menjadi semakin tegang dan penuh tanda tanya.

"Setelah Ibu Ruqayah Habshi mengizinkan abah untuk berkahwin dengan Bonda Nura, dua bulan kemudian Bonda mengandungkan Nek Tijah dan tiga tahun kemudian, Ibu Rugayah Habshi juga hamil adik Halimah." Nek Tijah menutup kedua matanya dan mengesat airmatanya dengan kedua tangannya.

Kamal dan hamra secara spontan bernafas lega, "hmm . . . MashaAllah." Cut Hamizalia yang terdiam dan bingung kemudian bertanya, "Jadi Emak Imah adalah adik Mak Tijahkan, mak?"

Hampir semua yang hadir berbisik-bisik, "Ssst . . . Badiyyah, jadi Mak Cik Imah itu saudara Mak Cik Tijah?" Hamra mengangguk-angguk kepalanya tidak habis berfikir tentang apa yang terjadi, namun ayahnya yang berdiri tidak jauh darinya mencium keningnya.

"Orang dulu-dulu memang sangat sopan. Walaupun Nek Tijah lahir tiga tahun lebih awal dari Nek Limah, namun Bonda Nura jauh lebih muda usianya berbanding Ibu Rugayah Habshi dan bonda adalah isteri muda. Jadi, sebagai rasa hormat, bonda selalu mengajarkan nenek untuk memanggil Halimah sebagai kakak." Nek Tijah mula tersenyum dan memeluk Nek Halimah sekali lagi. Kerinduan kedua orang adik-beradik ini, sangat mengkagumkan orang ramai yang hadir.

"Kak Leha, dagingnya cukup?" Suara seorang tukang masak yang memimpin majlis rewang di rumah Cut Hamizalia itu secara tiba-tiba kedengaran. Pertanyaan itu akhirnya memecah kesunyian majlis rewang tengah hari itu. Beberapa minit kemudian suara rendah-riuh, gelak-tawa mulai terdengar dari segala penjuru laman belakang keluarga Razali itu.

"Ibu . . . ke marilah sekejap sahaja," Hamra berbisik pada telinga ibunya yang masih sibuk menumbuk perencah dengan beberapa orang yang lain.

"Laila, tolong gantikan akak kejap," Cut Hamizalia memanggil Mak Cik Laila yang masih sibuk memotong beberapa buah kelapa itu.

"Em . . . baiklah, Cut." jerit Mak Cik Laila menjawab. Cut Hamizalia berjalan perlahan diiringi oleh Hamra yang tersenyum malu.

"Bu, cepatlah sikit," Kamal memanggil ibunya dari bilik tidurnya.

"Kenapa ni, Kamal?" Cut Hamizalia menggeleng-gelengkan kepalanya. Seraya menunjukkan baju Melayunya yang nampak jauh lebih besar berbanding saiz badannya itu.

"Ibu tenggok ni. Bajunya besar sangat walhal inikan nak dipakai masa akad nikah pagi lusa? Macam mana ni, Bu? Waktu sudah suntuk ni." Wajah Kamal mula nampak gelisah, memandang baju melayunya berwarna ungu muda serta kain songket yang nampak terpotong di hujungnya itu.

"Ya Allah Kham, macam mana hujung songket ini boleh terpotong?" Cut Hamizalia terkejut melihat kain songket yang belum terjahit itu sudah nampak lubang di bahagian depan.

"Hamra! Panggilkan ayah di belakang. Kita mesti pergi ke rumah Mak Andam di pekan untuk sewa baju melayu. Waktu sudah suntuk ni." kata Cut Hamizalia dengan cemas memandang Hamra.

"Tapi ayah kan mesti memasang khemah bersama orang kampung untuk menghias masjid. Kalau ayah pergi ke pekan, siapa yang menolong orang masjid nanti?" Hamra bertanya dengan wajah bingung menghadap pintu bilik abangnya. Cut Hamizalia terdiam dan berfikir.

"Ehm . . . ibu rasa, biar Kamal yang membantu orang-orang masjid. Lagipun baju Melayu ini kan tak payah diukur lagi. Biar ayah bawa baju yang selesa dipakai oleh Kamal untuk dijadikan contoh saiznya nanti. Akhirnya masalah selesai," Cut Hamizalia bernafas lega dan tersenyum menghadap Kamal dan Hamra.

"Baiklah, Bu," Hamra terus berjalan meninggalkan ibunya. Cut Hamizalia masih berdiri menatap baju melayu Kamal, seraya tersenyum. "Ya Allah, macam manalah si penjahit itu boleh nyanyuk? Takkanlah saiz Kamal sebesar ini." Cut Hamizalia membuka lipatan baju yang masih tergantung pada dinding bilik pengantin itu dan tersenyum beberapa kali melihat saiz baju yang sangat besar.

"Eh . . . jangan-jangan . . ." Cut Hamizalia mula terfikir sesuatu. "Jangan-jangan ini baju abang dan baju Kamal belum siap lagi dan penjahit itu tertukar kain agaknya. Mungkin kerana Razali memberikannya dua kain yang berbeza sekaligus . . . ha . . . ha . . ." Cut Hamizalia tergelak kuat. Hamra yang lalu di depan bilik pengantin itu terkejut mendengar suara gelak ibunya dan dia berhenti di depan bilik pengantin itu.

"Ibu, kenapa gelak sorang-sorang?" Cut Hamizalia masih tergelak, "Ha . . . ha . . . ha . . . ha . . . ha . . ." Hamra mendekati ibunya yang masih tergelak.

"Bu . . . kenapa ni?" Cut Hamizalia masih tergelak, "ha . . . ha . . . Hamra kain abang dah tertukar dengan kain ayah. Tengok ni." Cut Hamizalia membuka sebuah bungkusan bersampul keratan akbar.

"Tengok ni, kain biru tua milik ayah dijahit menggunakan saiz abang. Kain ungu muda milik abang dijahit menggunakan saiz ayah." Hamra terus mendekati baju yang diletakkan di tempat tidur bilik pengantin, seraya berjalan perlahan mendekati baju Melayu berwarna ungu muda yang tergantung di dinding bilik pengantin itu.

"Hah? Ha . . . ha . . . . ha. Ibu, memang benar penjahit itu tertukar kain. Nanti ibu memakai kain biru yang sepatutnya sedondon dengan ayah, tetapi kali ini baju ibu sedondon dengan Abang Kamal. Baju Kak Nadia, sedondon dengan ayah," Hamra menutup matanya membayangkan pada majlis perkahwinan itu.

Tidak lama kemudian, Cut Hamizalia dan Hamra meninggalkan bilik pengantin, Cut Hamizalia berbisik pada Hamra, "Pujuk ayah dan abang, melihat baju mereka yang tertukar." Tanpa bercakap Hamra hanya tersenyum dan mengangguk. Hamra terus pergi ke masjid untuk memanggil ayah dan abangnya yang sibuk membersih dan menghiaskan masjid itu.

Sementara itu di bahagian belakang rumah. "Yam, rendang sudah siap?" Mak Cik Leha bertanya kepada Mak Maryam. Masing-masing yang hadir dalam majlis rewang itu sudah mulai berehat mengingat hari sudah petang, azan asar pun sudah berkumandang beberapa minit lalu.

"Kak Leha, lauk hampir semua siap." kata Mak Cik Maryam menjawab.

"Alhamdulillah. Syukurlah, kalau begitu rehatlah dulu. Ada kopi, teh serta kuih-muih di ruang makan," Mak Cik Leha menyelah.

"Emak Tijah dan Mak Imah, kakak, mak cik, Nde tolong jemput makan kuih-muih dan rehat sebab hari dah petang," Cut Hamizalia menegur yang hadir. Sebahagian daripada jirannya terus meminta diri untuk balik ke rumah, manakala sebahagian lagi menunaikan solat asar secara bergantian.

Kemudian, Cut Hamizalia meninggalkan para tamu yang hadir untuk membantunya memasak, seraya berjalan ke belakang dan ia menatap periuk-periuk besar, lalu duduk termenung.

Banda Aceh 1964

Cut Zamrina membuka sebuah kotak kayu berukiran halus yang berwarna coklat kehitaman, yang terukir tulisan Cut dan kemudian di bawahnya, terdapat ukiran kecil yang dihiasi batu permata hitam, 'Hamizalia, Hamrina dan Haslina'.

"Nak Hamizalia, Hamrina dan Haslina, tolong datang ke bilik ibu sekejap." Cut Zamrina yang hamil hampir tujuh bulan itu memanggil ketiga-tiga anaknya. Cut Hamizalia yang sedang mengaji Maghrib terdiam sejenak mendengar suara ibunya. Sementara Cut Haslina dan Cut Hamrina masing-masing tengah belajar di ruang tengah keluarga itu. Cut Haslina sesekali terbatuk-batuk. Cut Hamizalia dengan mengenakan telekung solatnya terus berjalan ke bilik ibunya.

"Apa ibu memanggil kami?" Cut Zamrina mengangguk tersenyum, "Iya, nak." Cut Zamrina masih memegang kotak ukiran kayu yang berwarna coklat itu tersenyum dan berkata, "Kakak, ibu hanya ingin bercakap sesuatu, selepas mengaji tolong bawa adik-adik ke bilik ibu." Tanpa berfikir panjang Cut Hamizalia tersenyum seraya membalas ibunya.

"Baiklah, Bu Izalia, melanjutkan mengaji dulu,"

Beberapa minit kemudian, "Assalamu'alaikum, ibu memanggil Hamrina?" suara kecil Cut Hamrina.

Sementara itu, Haslina sudah lari dan memanjat tempat tidur ibunya.

"Ibu . . . !" panggil Cut Haslina seraya memeluk ibunya. Cut Zamrina yang tengah terbaring, terus duduk dan tersenyum, membelai ketiga anak-anaknya, "Entahlah . . . ibu, terasa rindu yang amat sangat dengan kalian, walaupun kalian berada dekat di sisi ibu." Cut Zamrina membuka kotak kayu yang besarnya tidak kurang daripada tiga puluh sentimeter persegi, dengan ukiran tangan yang cukup halus dan indah, berwarna coklat kehitaman. "Ke marilah nak, Hamizalia duduklah dekat-dekat dengan ibu."

Cut Hamizalia tersenyum dan terus berjalan mendekati ibunya, sementara Cut Haslina yang duduk, memeluk ibunya perlahan melepaskan pelukannya dan memandang pelik wajah ibunya.

Cut Zamrina menyerahkan kotak kayu itu kepada Cut Hamizalia.

"Izalia ini adalah kotak simpanan perhiasan yang ibu tempah khusus untuk kalian bertiga. Namun ibu baru dapat menabung seperangkat emas yang bertatahkan berlian untuk Izalia mengingatkan dia akan bertunang minggu depan." Cut Zamrina tersenyum memandang Cut Hamizalia.

"Ibu, indahnya perhiasan ini," Cut Hamizalia terperanjat melihat indahnya perhiasan itu. Cut Haslina yang masih kanak-kanak terus berjalan perlahan melihat dari belakang. "Akak, cantiknya anting-anting dan gelang tu."

Suara mungil Cut Haslina membuatkan Cut Hamrina dan Cut Hamizalia tersenyum dan serentak berkata, "Adik nak cuba?" Cut Hamizalia terus membuka kota kayu berukiran halus yang berwarna coklat kehitaman, seraya mengambil cincin dan anting-anting emas yang bertatahkan berlian.

"Adik Haslina mari sini, mari cuba." Cut Haslina terus berdiri mengangkat rambutnya yang panjang.

"Kakak mahu Haslina cuba?" Cut Haslina yang comel dan lawa itu, tingginya kira-kira 85sm, rambutnya hitam panjang menutupi bahunya tersenyum memandang wajah ibunya.

"Ibu, Haslina cuba ya." Cut Zamrina hanya mengangguk, tangan kanannya memegang kandungannya yang sudah nampak besar itu dan mengusapnya.

Di dalam hati Cut Zamrina, "Ya Allah, adakah hamba akan sentiasa mendapatkan kebahagiaan seperti ini?" Cut Zamrina menitiskan air mata bahagia melihat keakraban anak-anaknya.

"Hamizalia, Hamrina dan Haslina ke mari peluk ibu," Cut Zamrina memeluk ketiga anak-anak perempuannya. Cut Zamrina memandang Cut Hamizalia seraya tersenyum dan berkata, "Izalia, nanti jika kamu bertunang dan berkahwin, jangan lupakan adik-adik ya. Anggaplah mereka adalah kawan-kawan Izalia, yang harus dilayan dan dijaga. Cintailah mereka kerana mungkin cinta ibu berbelah bagi, jika si kecil ini adalah bayi laki-laki." Cut Hamizalia hanya mengangguk.

Kampong Sungai Tapah 1983, Majlis pernikahan Kamal

Cut Hamizalia termenung, pandangannya kosong teringat bonda dan keluarga nun jauh entah ke mana.

Hamra mengamati ibunya terus menegur, "Bu . . ."

Cut Hamizalia masih termenung, menatap periuk-periuk nasi yang besar, dengan pandangannya kosong.

Air mata Cut Hamizalia mengalir, dia teringat masa dulu bersama arwah ibunya dan adik-adiknya. Di dalam hatinya, "di manakah Hamrina? Mengapa Allah tak mengizinkan diri ini melihat ibu sebelum ajalnya tiba?"

Hamra yang melihat ibunya menitiskan air mata tanpa menghiraukan panggilannya terus memeluk ibunya.

"Ibu, kenapa ni? Mengapa ibu sedih? Kan Abang Kamal nak kahwin, itu maknanya ibu akan ada lagi seorang anak wanita, sekaligus kawan ibu bermainkan?"

Cut Hamizalia terdiam menatap Hamra,"Eh, Hamra sayang, anak ibu!, kenapa nih?"

"Lah, ibu pula tanya Hamra kenapa?" Hamra tercengang.

Cut Hamizalia tersenyum, "Aha . . . , Hamra?" Cut Hamizalia mengangkat tangannya terbuka ke atas seraya menjelingkan mata kanannya dan tersenyum ke arah Hamra.

"Ibu . . . Hamra seharusnya bertanya. Ibu kenapa termenung ni?" Hamra hanya menatap wajah Ibunya. Cut Hamizalia terus mengusap air matanya dengan kain selendang hitam berbunga ungu, batik tulis tangan yang dililitkan di kepalanya.

"*Hmm* . . . Hamra ibu hanya terkenang arwah nenek ketika ibu hendak bertunang dulu," Cut Hamizalia menghembuskan nafasnya seraya berdiri. Hamra memandang ibunya dengan perasaan pelik.

"Kenapa dengan nenek, ibu?" Hamra terus memeluk ibunya, menghadapkan wajahnya ke kiri dan menatap wajah ibunya.

"Kenapa dengan nenek, bu?" ulang Hamra sekali lagi dengan perasaan ingin tahu.

"Nenek meminta ibu untuk menyayangi adik-adik, menjaga mereka namun ibu meninggalkan mereka ke Melaka, teruk benar ibu ni kan." Cut Hamizalia mula melangkah kakinya meninggalkan laman belakang.

"Kenapa pula? Ibu pergi ke Semenanjung Malaysia untuk mencari auntie ibu yang bersekolah di bidang *Physicology*, dan hendak menyembuhkan tekanan yang diderita nenek, iyakan? Ibu, jangan pernah berfikir yang tak baik, okey? Hamra memeluk ibunya dengan erat. Cut Hamizalia terasa sebak, merasakan pelukan erat Hamra yang melukiskan betapa pentingnya kasih sayang dan hidup bersama ibu baginya.

Petang yang meriah itu, membuatkan Cut Hamizalia terharu dan sekaligus sebak kerana dia teringatkan kisah silamnya dan tidak dapat menunaikan hajatnya berkahwin dengan Teuku Lendra Hakiem.

"Haah . . . hmm . . ." Cut Hamizalia melepaskan beban dari fikirannya seraya bernafas panjang.

Keesokan paginya.

"Wah . . . abang segak dan menawan. Gagah semacam pahlawan suatu masa dulu . . ." Hamra menegur Kamal yang sudah mengenakan sepasang baju Melayu adat Johor.

Ibu pula tergelak. "Ha . . . haa . . . ha . . . entah apalah orang kata kita nanti. Baju abang sedondon dengan Nadia, dan baju Izalia pula sama warna dengan Kamal." Cut Hamizalia masih tersenyum kerana kesalahan tukang jahit menukar kain untuk baju melayu Kamal dengan kain baju Encik Razali.

Masjid Al-Huda yang nampak megah, kelihatan dari jauh suara kompang bertalu di luar laman. Hiasan perkarangan laman yang indah, tidak seperti hari-hari biasa. Tidak kurang dari tiga ratus orang hadir berkerumun, baik kaum lelaki ataupun wanita menghadiri pernikahan Kamal dan Nadia, sungguh di luar jangkaan Nek Tijah.

"Izalia, berapa banyak kotak kuih yang sudah diberi?" tanya Nek Tijah yang duduk di sebuah kerusi yang diperbuat daripada plastik berwarna putih. Cut Hamizalia yang tengah menyusun kotak kuih bersama lebih kurang lima orang jiran, menghitung jumlah baki kotak.

"Mak, nampaknya sudah dua ratus kotak kita dah bagi, berapa banyak lagi yang belum hadir?" Cut Hamizalia menjawab Nek Tijah seraya memandangnya dengan senyum.

"Banyak juga ya. Kenapa rombongan Zaleha belum muncul?" tanya seorang jiran kepada Cut Hamizalia. Kompang masih berbunyi kuat dengan bacaan selawat ke atas nabi di pekarangan masjid.

Beberapa minit kemudian, rombangan pengantin wanita, memasuki laman masjid.

"*Allahuma sholat ala . . . Muhammad !, tholaal badr alaina, min syarie yaa til wada' wajabsukru alaina, mada'a lillah hidha*" Serentak bunyi penabuh kompang menyabut kedatangan pengantin wanita.

Apabila Nadia dan Kamal memasuki masjid yang hadir di masjid berbisik, "Eh, anak pengantin sedondon dengan Pak Mertualah!" Bisikan yang didengar oleh Nek Tijah itu.

"Pssst . . . memang kenapa jika Razali sedondon dengan Nadia? awak je tak pernah nampak." Nek Tijah agak bengang kerana menurutnya masalah itu tidak perlu dipertikaikan. Cut Hamizalia tidak mengambil hati dengan apa yang dikatakan. Cut Hamizalia tersenyum apabila melihat Kamal dengan baju Melayu ala Johor yang segak, mula duduk di atas sebuah bantal, berwarna ungu muda dan menjabat tangan kadi.

"Kamal bin Razali, aku nikahkan akan dikau dengan Nadia binti Haji Faiz, dengan mas kahwin seperangkat alat solat dan wang sebanyak lima puluh ringgit Malaysia tunai." Kamal yang dengan tenang menjawab, "Aku terima nikahnya, Nadia binti Haji Faiz, dengan mas kahwinnya seperangkat alat solat dan wang sebanyak lima puluh ringgit Malaysia tunai."

Semua yang hadir tercengang kerana lafaz yang sekali bersambung dan jelas itu, membuat Razali dan Haji Faiz lega. Setelah akad nikah, semua jemputan terus pergi ke luar laman masjid untuk menikmati hidangan yang disediakan. Majlis yang nampak sederhana namun meriah.

"Cut, ada tamu dari seberang, tengah mencari masjid ini. Encik Rahmat yang kebetulan lalu rumah awak, melihat sebuah kereta Volvo menggunakan nombor plat Kuala Lumpur!", suara Mak Sum, jiran hujung kampung yang suka ingin tahu hal orang itu. Mak Sum, wanita yang berwajah bulat, badannya berisi, umurnya tidak kurang dari 50 tahun itu, memakai baju kebaya sulam berwarna putih berbunga kecil biru, dengan kain selendang biru muda nampak ayu dan anggun.

"Apa Mak Sum? Tetamu dari seberang?" Cut Hamizalia bertanya hampir tersedak.

"Iya . . . . orang kaya seberang. Nak cari awak, Cut Hamizalia." jawab Mak Sum.

Cut Hamizalia memandang Mak Sum tercengang. Dalam hati Cut Hamizalia, "Siapakah orang seberang tu ya?" Namun Cut Hamizalia belum sempat mendapat jawapannya.

Nek Tijah sudah datang dari arah belakang mengejutkannya, "Izalia . . . baik awak masuk masjid. Kamal dah tunggu, katanya nak ambil gambar dengan keluarga, mari pergi cepat." Cut Hamizalia memandang Nek Tijah, seraya berkata, "La . . . . kenapa emak tak ikut ambil gambar?" Nek Tijah terus berjalan ke arah bilik air masjid.

"Hmm, rupanya emak tak tahan nak pergi tandas, ha . . . ha . . ." Cut Hamizalia tersenyum dan terus meninggalkan Mak Sum berserta beberapa orang jiran yang masih berbual di luar laman masjid.

Sementara di dalam masjid, terdapat sebuah podium yang tidak begitu tinggi lebih kurang dua kaki, dari dasar lantai masjid beralaskan kain satin ungu muda, dan hiasi oleh bunga ros putih di sekelilingnya. Podium itulah pelamin majlis sehari Kamal dan Nadia yang nampak berseri. Walaupun hanya duduk di atas bantal yang berhiaskan sulaman serba putih, Nadia nampak begitu anggun dan berseri. Kamal pula nampak tenang dan berwibawa dengan pakaiannya yang berwarna biru muda. Baju Melayu ala Johor dikenakan dengan kain songket Pahang yang halus, bercorak bintang segi lapan.

"Satu . . . dua . . . tolong kak rapat sikit, ke kanan ya . . . ya . . . , pak cik pula ke kiri sikit, okey . . . satu, dua, tiga," Jurugambar mengatur keluarga Razali yang tengah bergaya di atas pelamin itu.

"Eh bang, tu emak. Mari ambil gambar sekali," kata Cut Hamizalia kepada suaminya. Sungguh suasana yang sangat mengharukan bagi Razali. Walaupun keadaannya sangat sederhana, namun majlis perkahwinan anaknya, seperti majlis perkahwinan orang-orang kaya.

Satu jam kemudian.

"Mak kita mesti cepat ni. Majlis bersanding kat umah Leha pukul tujuh, tepat selepas maghrib," Cut Hamizalia mengajak Nek Tijah agar segera balik ke rumah. "Lutfi, Ridwan, akak dengan emak balik dulu. Tolong abang kemaskan yang belum. Semua lauk dan dulang serta air sudah dikemaskan. Terima kasih, Assalamu'alaikum . . ." Cut Hamizalia meninggalkan masjid bersama Nek Tijah dan dua orang jiran yang lain.

Cut Hamizalia dengan beberapa rombangannya, meninggalkan Masjid Al-Huda menuju ke rumahnya di Kampung sungai Tapah.

Di penghujung Kampung Sungai Tapah, sebuah basikal lama tahun tujuh puluhan yang dinaiki oleh Humam, memberhentikan kereta yang dinaiki oleh Cut Hamizalia.

"*Kring . . . kring . . . kring . . .*" Loceng basikal Humam dibunyikan. "Assalamu'alaikum kak . . . Cut, Nek Tijah," Humam menegur Cut Hamizalia yang berada di dalam kereta dengan empat orang wanita yang lain.

"Wa'aalaikumusalam." Serentak keempat-empat wanita dalam kereta itu menjawab. Humam terus turun dari basikalnya.

"Kak, maafkan saya. Di rumah ada keluarga kakak dari Banda Aceh, tengah menunggu benar-benar di laman depan. Baik kakak balik terus." Kata-kata Humam seperti titisan air bagi orang yang dahaga. Cut Hamizalia tergamam menatap wajah Humam dan tidak dapat bercakap apa-apa.

Nek Tijah, yang berada di depan tempat duduk kereta terus menjawab, "Terima kasih, Humam dah bagi tahu nenek, Assalamu'alaikum."

Walaupun kereta yang dinaiki Cut Hamizalia sudah bergerak tidak kurang daripada 500 meter meninggalkan Humam, namun dia masih menatapnya tanpa dapat berkata apa-apa.

"Eh, Cut . . . kenapa ni?" tegur Kak Gayah yang duduk di sebelahnya. Cut Hamizalia tersedar apabila Kak Gayah mula menggoncangkan badannya. Kak, maafkan Cut,. Jawapan Cut Hamizalia membuatkan ketiga orang yang lain penuh tanda tanya.

Beberapa minit kemudian, "Ciiit . . . ciit . . . !" Encik Razali memberhentikan keretanya. Cut Hamizalia menatap tingkap cermin dan berkata dalam hati, "Hmm, mungkin Hamrina sudah menikah dengan Teuku Lendra Hakiem, lalu hati ini bagaimana?" Cut Hamizalia nampak gelisah kerana dia memang mengasihi Teuku Lendra Hakiem dan tulus ikhlas untuk hidup bersamanya, namun takdir yang Maha Kuasa, tersirat lain baginya.

Cut Hamizalia keluar dari kereta.

"Kak, Hamrina rindu sangat dengan kakak," Cut Hamrina berlari dan terus memeluk Cut Hamizalia. Walau hatinya rasa gelisah, namun perasaan cinta Cut Hamizalia pada adiknya, Cut Hamrina tidak berubah. Air mata berderai sebak menjawab sekian lama penantian rindu yang tiada jawabannya. Nek Tijah, Kak Gayah, Kak Salbiah dan Razali hanya berdiri terpegun melihat pertemuan kasih, setelah lapan belas tahun berlalu.

"Assalamu'alaikum . . ." tegur Cut Zamalia yang berdiri dengan seorang lelaki muda tampan, berkulit putih, bulu matanya lentik, dan hidungnya mancung. Orang kata lebih mirip peranakkan Parsi itu. Cut Zamalia terus bersalam dengan Nek Tijah. "Saya Cut Zamalia tantenya(Mak Cik) Cut Hamizalia".

Auntie Cut Zamalia mula bersalam satu-persatu, namun ibu masih memeluk adiknya seolah-olah tak pedulikan dengan yang lain. Dari belakang diri ini melihat, seorang pemuda yang sangat kacak tingginya lebih kurang 182sm, warna kulitnya, bola matanya coklat muda, bulu matanya yang lentik dan nampak sopan-santun. Dalam hati terus terdetik. "Adakah lelaki kacak itu sepupu Hamra?" Namun diri ini takut untuk bertanya,

"Mari Cut Zamalia dan siapa nama lelaki yang kacak dan berdiri di belakang ni?"Encik Razali menyapa dan menepuk bahu lelaki muda itu.

"Assalamu'alaikum Om(Pak Cik), nama saya Lukman Alhakiem," Lukman seraya mencium tangan Razali. Dan tidak lama kemudian semua masuk ke rumah kayu Encik Razali yang dihias berbagai kertas warna-warni, dengan tulisan di depan rumah 'Ahlan Wa Sahlan ', untuk digunakan untuk menyambut kedatangan pengantin esok.

"Hamra, buatkan air panas dan siapkan makan tengah hari. Ibu tengah mengemas bilik untuk *auntie* kamu rehat," Cut Hamizalia bercakap dengan Hamra. Hamra yang masih seronok mencuri pandang itu, terasa kesal dengan arahan ibunya kerana dia masih ingin tahu siapakah Lukman Alhakiem, lelaki kacak dari seberang itu.

Seraya meninggalkan ruang tengah, di mana dia duduk di belakang langsir panjang Hamra menjawab, "Baik, bu" Hamra terus meninggalkan tamunya ke dapur.

Encik Razali berbual mesra dengan Lukman Alhakiem dan Cut Zamalia.

Encik Razali sangat menyukai perjalanannya, lebih kurang enam bulan yang lalu ke Banda Aceh, dia juga kagum dengan keadaan alam dan rumah keluarga Cut Hamizalia.

"Sila minum, kopi susu, dan ini pot berisi teh kurang manis." Hamra menjemput tetamunya seraya malu memandang wajah Lukman Alhakiem.

"Eh, rajinnya anak Hamizalia. Razali, siapa nama anak awak yang cantik jelita ini?" Cut Zamalia tersenyum memandang Hamra. Wajah Hamra merah merona, terasa malu seraya menundukkan pandangannya.

"Hamra auntie." jawab Hamra tersenyum malu. Cut Zamalia tersenyum dan menjawab, "Hamra . . . nama yang indah, cantik maknanya Merah Delima, itu buah surga, berapa umurnya? Kalau tante boleh tahu?" Cut Zamalia tersenyum, seraya meneguk air kopi susu yang disediakan oleh Hamra,

"Sedap, pandai pula Hamra buat air minuman ya!" Encik Razali tersenyum dan menjawab, "Usia Hamra 17 tahun, dia belajar di sekolah jururawat, malah termasuk pelajar terbaik dan terpandai di sekolahnya!" Encik Razali merasa bangga menceritakan hal Hamra kepada Cut Zamalia. Hamra merasa malu mendengar ayahnya menceritakan.

"Ayah, auntie dan Lukman, Hamra pergi ke belakang dulu ya., Petang ni kita mesti menghadiri majlis bersanding Abang Kamal dengan Kak Nadia di rumah Mak Cik Leha." Kulit Hamra yang gebu, badannya yang gemuk berisi membuat ramai yang geram, melihat dia bercakap kerana lesung pipitnya dalam dan bibirnya kecil nipis.

Cut Hamizalia mengangguk, Encik Razali dan Lukman tersenyum menatap wajah Hamra yang ayu.

Sementara itu, Cut Hamizalia masih bercakap-cakap di dalam bilik dengan Cut Hamrina, melepaskan rindu. Nek Tijah yang baru menunaikan solat zuhur, terus berjalan ke ruang tamu.

"Nak Cut Hamrina, jemput makan tengah hari. Lepas ni rehat dulu, baring-baring kerana selepas solat asar kita akan menghadiri majlis bersanding."

Petang itu.

"Kak Leha, Haji Faiz, kenalkan ini keluarga saya dari Banda Aceh." Cut Hamizalia merasa sangat seronok memperkenalkan keluarganya pada hampir semua yang hadir.

"Wah, keluarganya semua cantik-cantik dan kacak. Kakak fikir Cut seorang saja yang cantik, *he . . . he . . .*" Zaleha terus bersalam. Tak lama kemudian, "Saya Badriyah, jiran Cut Hamizalia kak, saya Gayah . . ." Ramai jiran Cut Hamizalia yang menghadiri majlis bersanding itu mengenalkan dirinya kepada Cut Hamrina dan Cut Zamalia.

Sementara itu, ramai pemudi kampung yang terpikat dengan ketampanan Lukman Alhakiem. Tetapi, Lukman hanya duduk tak memandang Hamra yang berlari ke sana ke mari membantu keluarga

Haji Faiz, menyambut tetamu dan sekaligus menghidangkan makanan untuk tetamu.

Majlis bersanding petang itu nampak sungguh meriah, ibarat putera-puteri raja. Abang Kamal yang mengenakan pakaian ala Timur Tengah berwarna putih panjang dengan kain nipis berwarna coklat krim yang disarungkan berles emas serta ikat kepala merah putih kotak-kotak nipis manakala Kak Nadia mengunakan pakaian ala Timur Tengah berwarna putih, seperti mutiara, sungguh menawan.

Dalam hati terfikir, "Oh beruntung sungguh Abang Kamal, Kak Nadia seorang wanita yang cergas, aktif dan mudah mesra, Abang Kamal seorang yang sensitif, lembut dan pendiam, seperti kekasih yang tak pernah engkar janji, sungguh secocok." Namun, hati ini masih terfikir, "Mengapakah Abang Khaldi yang bijak, kacak dan serba berkebolehan itu, mensia-siakan wanita sebaik Kak Nadia?" Pertanyaan yang tiada jawapannya. Terbayang olehku, "macam mana pula jika perkahwinanku nanti?" kata Hamra di dalam hati.

Di saat termenung membayangkan perkahwinan ini, "Hamra, bolehkah Lukman mengajak Hamra duduk makan bersama?" Teguran Lukman Alhakiem membuat Hamra terkejut.

"*Eee . . . eh . . .* Lukman . . . , nak apa?" tanya Hamra terpatah-patah, seraya memandang ke arah Lukman Alhakiem.

"Hamra, mari temankan saya. Kita makan sama-sama," Ajakan Lukman membuatkan Hamra gembira sekaligus segan. Hamra yang pada awalnya malu dan segan dengan Lukman, kini menjadi rancak berbual. Hari istimewa ini nampaknya bukan hanya untuk Kamal dan Nadia, tapi juga Nek Tijah, Cut Hamizalia, Razali dan Hamra.

"Hamra, di sini kalau ada perkahwinan memang ada orang yang silat?" tanya Lukman Alhakiem yang terpegun melihat silat cekak yang diiringi dengan kompang dan kebaret.

"Lukman, itu adalah silat cekak." Hamra memandangnya lalu tersenyum.

"Silat cekak, Hamra kalau di Jawa cekak itu maksudnya pendek. Silat pendek?" Lukman tergelak—gelak mendengar kata-kata Hamra.

"Lah . . . Lukman, cekak bukan pendek, cekak ya cekat," Hamra rasa geram dengan kata-kata Lukman. Lukman menatap Hamra tersenyum,

"Lho, Hamra kok marah? Maafkan saya kerana bahasa kita nampak sama tapi ertinya beza jauh. Jadi Hamra yang lucu dan cantik jangan marah ya." Lukman cuba memujuk Hamra. Hamra bengang serta cemberut memandang Lukman Hakiem. Namun terfikir dalam hati Hamra, "Hmm, Lukman kata lucu? Apa maknanya ya? Sama dengan lucah ya? Lukman sekali lagi memandang Hamra dan tersenyum.

"Emang, kenapa ya Cik Hamra? Nampak bingung? Apa saya ada ngomong yang salah ya?" tanya Lukman kepada Hamra. Hamra yang bengang dan penuh tanda tanya itu terdiam.

Kamal yang turun menyambut para pesilat cekak, terpegun melihat Lukman memperagakan silat gayo ala Aceh, yang luar biasa, namun silat itu lebih mirip seperti sebuah tarian. Bagi menipu mata yang memandang kerana nampak lembut gerakannya tetapi mampu melumpuhkan lawan, nyatanya tangan Kamal hampir bengkok, terkilir oleh lembutnya rentak tangan silat Gayo Lukman, yang lebih mirip dengan rentak tangan tarian ala Micheal Jackson itu.

Majlis gilang-gemilang ini, bagaikan sambutan Aidilfitri atau meriahnya bunyi letupan bunga api menyambut hari raya Cina, bahkan lebih berwarna-warni dari sambutan hari Deepavali.

"Yaa, wow!" Bunyi sorakan pengunjung majlis perkahwinan itu apabila Kamal meminta mereka secara sukarela masuk bertarung sebagai tanda penghormatan bagi Kamal dan Nadia.

"Hamra, kenapa duduk sahaja? Cepat tolong Mak Cik Ijah bawa hadiah-hadiah itu ke bilik pengantin," kata Cut Hamizalia mengejutkan Hamra.

Lukman yang mendengar kata-kata Cut Hamizalia terus berdiri, seraya berkata, "Tante Hamizalia, biar Lukman buat. Hamra sudah penat, kesian dia makan pun tak selera," Lukman berdiri seraya memandang Hamra. Cut Hamizalia tersenyum memandang Hamra dan Lukman.

"Hamra, tamu seberang awak '*dearing*' tau, jadi ibu tak boleh tolak tawarannya. Mari Lukman ikut *auntie*." ajak Cut Hamizalia.

Hamra mula bengang dan terus berdiri. "Ibu, tak payahlah nak susahkan Lukman, Hamra boleh buat sendirilah." Ketika Hamra dan Lukman tengah sibuk mengangkat hadiah-hadiah ke dalam, tiba-tiba alunan muzik . . ."*dimdim baa rindim oi . . . dimdim barindim . . .*" Terkejut mendengarnya, Hamra terus berlari ke depan.

Cut Hamrina bersama Cut Zamalia serta Cut Hamizalia memperagakan tari lilin, benar-benar mengkagumkan siapa sahaja yang melihat. Lukman memandang Hamra tersenyum.

"Kenapa Hamra, kok benggong ngeliatin (terdiam seketika melihat) tari lilin?" tanya Lukman dari belakang Hamra. Hamra masih belum dapat menjawab pertanyaan Lukman.

Di dalam hatinya, "Wah, macam mana kalau lilin-lilin itu membakar baju ibu dan auntie . . ." wajah Hamra nampak gelisah.

Lukman terus berjalan ke depan Hamra.

"Kenape Hamra yang cakep ini, ngeliat(nampak) tari lilin aje, udeh takut?" Hamra yang mendengar kata-kata Lukman, kesal terus menjawab. "Bukan takut, tapi risau kalau—kalau api itu membakar baju *auntie* dan ibu." Hamra menatap wajah Lukman kesal.

Lukman terus tersenyum. "Dua hari yang lalu Lukman sudah melihat auntie membuat latihan. Jadi kamu jangan risau. Inikan *happy day,* jadi semua mesti gembira, okey!" Lukman terus turun ikut bertepuk tangan pada majlis tari-menari yang muncul tanpa dirancang itu. Diri ini kagum, melihat ibu menari tari lilin, yang menarik sekaligus berbahaya itu. Kenapa tidak, sebuah lilin yang menyala apinya, diletakkan pada bakul porselin dan dipusingkan, seperti bola. Peliknya, tidak sebuah lilin pun jatuh. Tapi, diri ini tak pernah melihat ibu melakukan tarian yang demikian rumit dan sukar itu selama ini.

Dua hari kemudian.

"Mbak, Hamrina mesti balik ke Jakarta petang ini dan ini tiket kapal terbang buat Mbak, Mas Razali dan Hamra dari mas Teuku, tanggalnya 18 April 1984." Cut Hamizalia tersenyum memandang tiga buah tiket penerbangan pulang dari Kuala Lumpur ke Jakarta.

"Hamrina, mbak tak faham mengapa suami kamu, merepotkan(menyusahkan) diri segala? Apa ini maknanya kami sekeluarga mesti pergi ke Jakarta, Hamrina?" Cut Hamizalia masih terfikir bahawa Teuku Lendra Hakiem memang berkahwin dengan Cut Hamrina.

Cut Hamrina memeluk kakaknya seraya berkata, "Kak, Mas Lendra Hakiem, teringin sangat berjumpa dengan kamu, tapi sayang dia orang sibuk sekali. Jadi tolonglah akak mesti datang ya!" Di ruang tengah, Cut Zamalia masih rancak berborak dengan Nek Tijah dan Razali serta Kamal dan Nadia, yang berkunjung ke rumah itu.

Tak lama kemudian, "Mbak . . . , jangan tak datang ya. Janji tau!" jerit Cut Hamrina dari sebuah kereta Volvo S80 warna hitam itu. Cut Hamizalia mengangguk dan melambaikan tangannya dan tersenyum.

"Datang lagi ke sini ya. *Auntie*, Lukman," jerit Hamra. Wajah Hamra sedih melihat pemergian Lukman Alhakiem, walaupun dia cuba menyembunyikan perasaannya.

Sementara itu Cut Hamizalia masih bingung akan suami Cut Hamrina kerana dia mengangap bahawa Cut Hamrina berkahwin dengan Teuku Lendra Hakiem. Encik Razali menegur Hamra, "Hamra sedih ya, nampak susah hati Si Lukman balik?"

Hamra yang cuba menyembunyikan kesedihannya nampak gementar. "Eh, tak lah, Yah. Biasa je kan dia tamu dan juga sepupu Ra. Jadi sedih bila sepupu balik." Encik Razali terus memegang bahu Hamra,

"Eh . . . , jangan tipu ayah, nak." Cut Hamizalia, Nek Tijah, Kamal dan Nadia masih melambaikan tangannya. "Auntie datang lagi ya." Jerit Kamal.

Cut Hamrina yang membuka tingkap keretanya menjawab sambil melambaikan tangan. "Sudah pasti Kham, nanti jika Nadia melahirkan anak! Jadi cepat-cepat ada anak ya!"

Apabila kereta Volvo Model S80, yang berwarna hitam kilat dengan nombor plat WA 15, meninggalkan Kampong Sungai Tapah, wajah Hamra nampak sangat sedih.

"Hamra, kenapa tak nak makan ni? Nak kurangkan berat badan? Lain macam aje!" kata Nek Tijah yang sedang makan tengah hari bersama keluarga.

"Eh . . . tak lah, tak ada selera, Nek!" Hamra menjawab dengan cemas. Sukar difahami, hati ini sangat gelisah apabila terdengar nama Lukman, entah apakah yang telah terjadi dalam hidup ini? Sejak pemergian Lukman, Hamra lebih banyak diam di rumahnya. Dia mula terfikir untuk meninggalkan Kampung Sungai Tapah dan bekerja di Hospital Besar Kuala Lumpur.

Sebulan kemudian.

"Ayah, ibu, nenek, Hospital Kuala Lumpur menerima Hamra bekerja di sana, jadi Hamra ingin menimba lebih banyak ilmu dan hidup berdikari di Kuala Lumpur." Encik Razali pada awalnya kurang setuju tetapi Cut Hamizalia merayunya.

"Bang, biarlah Hamra pergi untuk menimba ilmu. Bukankah dengan bekerja di hospital yang besar, banyak yang boleh dibuat berbanding di kampung yang kecil ni." Encik Razali memadang Hamra dan Cut Hamizalia tanpa berkata apa-apa.

"Lagipun, Khaldi juga menuntut ilmu jauh dari kita, bang. Janganlah abang membeza-bezakan kerana ilmu amatlah penting bagi wanita ataupun lelaki. Kamal dan Nadia kan ada, minta sahaja mereka pindah ke mari sementara Hamra berada di Kuala Lumpur". Encik Razali terdiam dan berfikir.

"Ayah, bukankah ayah selalu berkata bahawa membantu orang lain adalah amalan mulia? Hamra sudah hampir tamat belajar. Hamra ingin menjadi jururawat kerana Hamra tahu bahawa besar perbelanjaan untuk belajar kedoktoran." Cut Hamizalia merasa sedih kerana Encik Razali tidak mampu menghantar Hamra ke sekolah kedoktoran.

"Bang, tugas jururawat amatlah mulia, doktor tak akan sanggup menjaga pesakitnya. Jadi, jururawat yang menjaga pesakit. Abang mesti tahu bahawa tugas mulia itu seharusnya disokong. Tolonglah demi masa hadapan Hamra dan demi Izalia. Izinkanlah Hamra bekerja sebagai jururawat di Kuala Lumpur." Cut Hamizalia berjalan ke arah Encik Razali dan memegang tangannya dengan erat. "Tolonglah, Izalia mohon," rayunya lagi.

"*Hmm . . .*", Encik Razali bernafas panjang dan memandang Hamra. Encik Razali berdiri dan berfikir.

"Baiklah Izalia, jika Hamra berjanji untuk pulang ke kampung seminggu sekali serta berjanji untuk bersama—sama ke Jakarta pada April nanti, abang izinkan." Hamra yang mendengar kata-kata ayahnya terus berlari dan memeluk ayahnya.

"Terima kasih, ayah. Hamra berjanji akan membuat yang terbaik bagi Hamra, maupun keluarga,", kata Hamra dengan tersenyum. Memang sukar bagi Encik Razali yang amat rapat dengan anak gadisnya itu hendak melepaskannya bekerja di Hospital Besar Kuala Lumpur.

Kebahagiaan Hamra mula terasa kerana sukar baginya untuk melupakan perasaannya kepada Lukman Alhakiem yang baru berputik itu.

Di Eropah pula, musim sejuk bermula. Namun Khaldi sangat aktif dengan kerja-kerja di universitinya serta dia bekerja sebagai penjaga kedai sukan pada sebelah petang dan malam. Khaldi mula sibuk dengan ujian-ujiannya. Walaupun Cut Hamizalia dan Razali sudah membalas surat-surat Khaldi, namun Khaldi tidak mengirimkan sepucuk surat pun kepada Nadia. Bahkan, Khaldi sudah melupakan Nadia.

Sungguhpun bekerja sebagai jururawat yang baru, namun Hamra sangat cekap dan pantas terutama sekali, di saat doktor masih sibuk menangani pesakit lain. Dalam masa singkat, Hamra sudah dikenali hampir oleh semua jururawat, doktor termasuk paramedik, kerana dia mahu membantu sesiapa sahaja walaupun sibuk sekalipun. Hidup Hamra tidak seperti apa yang diimpikannya. Namun, walaupun dia tidak dapat menjadi seorang doktor, kebolehannya sebagai jururawat sangat luar biasa. Dia mampu menolong orang ramai sama seperti seorang doktor.

Kebiasan Hamra membaca buku-buku perubatan dan kedoktoran yang sangat membantu kerjayanya. Dia juga mengetahui proses pembedahan dan pembedahan dengan baik. Namun, hatinya selalu gelisah. Keinginannya untuk melihat dan bercakap dengan Lukman Alhakiem, bagai mimpi di tengah hari. Hamra cuba menghilangkan perasaan rindunya dengan lebih banyak membaca dan menyibukkan dirinya walaupun masa rehat kerana hatinya sentiasa terfikir akan Lukman Alhakiem.

Enam Bulan Kemudian, 1984 April

Keluarga Razali bersiap untuk ke Jakarta.

"Bang, tiket kapal terbang sudah dibawa?" tanya Cut Hamizalia yang tengah bersiap. Wajah Hamra berseri-seri, menatap ayahnya.

"Ayah, nenek akan berada di rumah Abang kamal dengan kak Nadia?", Hamra bertanya kerana risaukan akan neneknya. Sementara itu, Cut Hamizalia dan Nek Tijah masih berkemas di dalam bilik mereka masing-masing.

Encik Razali menatap Hamra.

"Ya, nak. Nenek akan tinggal bersama Kak Nadia dan Bang Kamal. Sekejap lagi kita akan menghantar nenek ke rumah mereka." Encik Razali terdiam sambil menatap wajah Hamra yang seperti tengah memikirkan sesuatu.

"Hamra, ayah ingin bertanya?" kata Encik Razali memandang Hamra.

"Hmm . . . iya, ayah." Encik Razali merasakan bahawa Hamra sangat berkenan dengan Lukman Alhakiem tempoh hari, di saat perkahwinan Kamal dan Nadia.

"Hamra suka ke Jakarta?" tanya Encik Razali mengusik Hamra.

"Ya ayah. Tentulah Hamra suka, kan kita jumpa keluarga." Encik Razali merasa bahawa Hamra menyembunyikan perasaannya.

"Hamra rindu Lukman?" tanyanya lagi.

Eh . . . ayah, ya pastilah." Jawab Hamra spontan. Hamra yang tidak mengerti bahawa sebenarnya ayahnya ingin mengetahui lebih dalam perasaannya terhadap Lukman. Encik Razali terus terdiam. Perasaan kasih yang disimpan oleh Hamra membuatkan Encik Razali memahami bahawa anak gadisnya sudah dewasa.

Di Jakarta, Lapangan Terbang Soekarno-Hatta, yang mulai sesak itu, kelihatan ramai penumpang, juruterbang dan pramugari yang baru turun dari penerbangannya. Terdapat banyak lorong **ban** berjalan, yang bergerak membawa bagasi dan barang penumpang, pejabat kastam serta pegawai imigresen juga nampak banyak lalu lalang.

"Selamat datang ke Jakarta, Pak." ujar seorang wanita berpakaian sut kemeja lengan pendek dan skirt, yang hanya dapat menutupi lututnya, di mana dia mengunakan sarung kaki panjang nipis berwarna coklat. Terdapat tulisan serta sulaman di sebelah kanan bajunya '*Imigrasi RI Jakarta*' Ayah dan ibu tersenyum serentak menjawab. "Terima kasih."

Kami berjalan beberapa langkah meninggalkan kaunter imigresen di Lapangan Terbang Soekarno-Hatta, tiba-tiba suara lantang menegur, "Bapak Razali, Bapak Razali, Ibu Cut!" Suara itu mengejutkan kami yang baru pertama kali memijak kaki di Lapangan Terbang Jakarta ini. Ayah terus berhenti,

"Siapa ni?" ayah bertanya kepada seorang lelaki yang mengenakan sut dengan kot lengan panjang hitam, serta kemeja berwarna putih dan *berdasi(tie)*, kasut lelaki itu yang kilat, nampaknya ia bukan orang biasa. Kami kemudian mendekati lelaki itu.

"Encik ni siapa?" tanya ayah.

"Assalamu'alaikum, saya Zaki setiausaha peribadi Teuku Lendra Hakiem. Selamat datang ke Jakarta." kata lelaki itu dan bersalaman serta berpelukan dengan ayah. Lelaki itu begitu mesra, begitu juga dengan ayah dalam beberapa minit sahaja mereka sudah rancak berbual.

"Maafkan saya, bagasi kami? ibu menegur lelaki itu.

"Oh Iya, Bu . . . ! Hampir lupa, supir sudah mengambil bagasi ibu tadi. Nanti biar di *check* di dalam kereta," lelaki itu menjawab dengan tenang serta tersenyum.

Dalam hati Hamra terfikir, "Pastinya Pak Cik Teuku Lendra Hakiem bukan calang-calang orang, setiausahanya sahaja berpakaian seperti seorang pengarah syarikat besar." Diri ini gembira melihat indahnya kota Jakarta, yang sangat megah. Kota besar yang cukup sibuk dan mempunyai gedung-gedung pencakar langit yang mewah.

Dalam perjalanan, Hamra berkhayal. "Orang sekacak Lukman belum ada yang punya, ya.? Adakah Pak Cik Teuku Lendra Hakiem akan menjodohkan aku dengan Lukman?" Khayalan Hamra membuatkannya letih berfikir dan tertidur.

Setengah jam kemudian, "Hamra, bangunlah. Kita sudah sampai ni," Cut Hamizalia mengejutkan Hamra. Hamra membuka matanya, termenung beberapa saat apabila melihat sebuah rumah bak istana raja-raja Perancis. Dia terus menoleh ke belakangnya dan terpegun melihat taman yang indah serta air pancut yang berdekorkan Taj Mahal. Hamra tak mampu berkata-kata,

"Hamra, jom turun. Auntie Cut Hamrina, Zamalia dan Lukman tengah menunggu kedatangan kita semua," kata Cut Hamizalia yang sudah menunggu di depan pintu kereta Mercedes hitam itu.

"Ya Allah, auntie ada lima orang gaji?" tanya Hamra hairan melihat lima orang gaji berpakaian gaun panjang berlengan panjang warnanya biru muda, dan berenda halus putih di tepi-tepinya.

"Assalamu'alaikum, Selamat datang ke Jakarta, Cik Hamra." tegur kelima-lima orang gaji yang menggunakan seragam baju panjang sampai lutut warna biru tua dan kemeja lengan pendek berwarna putih. Cut Hamizalia dengan Encik Razali sudahpun bersalaman dengan Cut Zamalia, Cut Hamrina, Leena dan Lukman, sementara Hamra masih berjalan perlahan dan terpegun melihat rumah besar itu.

Rumah yang berpagar hitam besi dengan design ala Eropah dan di tengah-tengahnya terdapat huruf besar TL bercatkan emas. Antara pintu dan laman depan yang tidak kurang dari 500 meter jaraknya, nampak laman rumah yang sangat indah dan mewah itu, pokok akasia yang hijau menutupi sekeliling pagar hitam, di mana di antara pokok-pokok yang rendang itu, terdapat bunga ros berwarna-warni yang ditanam berselang-seli. Lukman terus berlari ke depan menyambut Hamra yang masih terpegun melihat rumah secantik dan semewah itu.

"Hamra, kenapa tak masuk?" tanya Lukman yang mengejutkan Hamra. "Eh . . . Lukman, cantiknya rumah Lukman. Besar dan indah." ungkap Hamra ikhlas dengan matanya yang bulat memandang Lukman. Lukman tersenyum seraya mempersilakan Hamra.

"Tuan Puteri Malaya, silakan masuk ke istana hamba yang tak seberapa ini. Lukman menundukkan badannya, seraya tangan kanannya mendekap bahu kirinya dan tersenyum.

"*Hmm* . . . Lukman, kenapa pula ni? Berdirilah, nanti orang pandang kita," kata Hamra cemas. Di dalam hati Hamra berkata, "*hmm*, kalaulah lelaki rupawan dan hartawan ini menjadi teman hidup Hamra . . ." Namun, Hamra terus berjalan perlahan, dan kemudian bersalam dengan auntie Hamrina dan Zamalia serta memeluk Leena.

Leena yang memandang Hamra berbisik pada telinga Ibunya.

"Ma, nampaknya, wanita yang disegani Abang Lukman itu gemuk, tak sama seperti Kak Sofea." Cut Zamalia hanya tersenyum mendengarkan kata-kata Leena itu.

"Kak, *auntie* sudah menyediakan makan tengah hari, mari makan dulu." Ajak Cut Hamrina yang begitu gembira melihat Cut Hamizalia bersama keluarganya datang ke Jakarta. Cut Zamalia, terus tersenyum.

"Hamra, tentu kamu sudah lapar. Razali, silakan makan." Kata Cut Zamalia. Semua terus berjalan ke ruang tengah di mana, sebuah ruangan besar lebih kurang 200 meter persegi, yang dibatasi oleh kayu berukiran halus dan menghadap ke kolam renang yang begitu indah, pokok cemara membatasi antara laman belakang dan kolam renang itu.

"Assalamu'alaikum, kamu pasti Razali dan ini Hamra . . ." tanya seorang lelaki yang mengenakan kemeja batik sutera terus mendekati Razali yang sedang makan. Lelaki itu memeluknya dan berkata, "sungguh beruntung kamu, Razali, mengahwini wanita yang istimewa dan mempunyai anak gadis yang cantik jelita." Encik Razali bangun dan berpelukan."Terima kasih . . ." suara Razali terputus.

"Teuku Lendra Hakiem . . ." Lelaki itu menyambung perkataan Encik Razali. Mereka terus berpelukan. Cut Hamizalia terus menundukkan pandangannya, dia masih tidak sanggup memandang bekas tunangnya itu. Hamra terus berdiri dengan wajahnya sedikit comot kerana makanannya.

"Assalamu'alakum, Pak Cik Teuku, terima kasih kerana menjemput kami sekeluarga." Ucap Hamra. Teuku Lendra Hakiem tersenyum.

"Gadis yang cantik dan bijaksana seperti ibunya." Teuku Lendra Hakiem kemudian duduk di sebelah Cut Hamrina, di meja makan 'oval' dengan ukiran halus ala Jepara itu, di mana Lukman dan Leena berada di sebelah Cut Hamrina. Mendengar kata-kata itu, wajah Cut Zamalia berubah. Cut Hamizalia masih belum tahu bahawa Teuku

Lendra Hakiem adalah suami auntie nya dan bukan suami adiknya Cut Hamrina. Belum sempat berbual banyak dalam ruang makan itu, terdengar suara kanak-kanak menangis.

"Oh . . . Nyoya Lydia, biar saya gendong non Rianya. Ibu dan ayah tengah makan dengan tamu." Lydia adalah anak kedua bagi Teuku lendra hakiem dan Cut Zamalia. Dia yang berkulit kuning langsat, berkening lebat, rambutnya pirang, lensa matanya coklat muda, tingginya sekitar 164sm, tetapi hidungnya kurang mancung bila dibandingkan dengan Lukman dan Leena.

"Oh . . . Mama Hamrina'" Lydia kemudian mencium Cut Hamrina. Kemudian dia berjalan ke arah Cut Zamalia yang duduk tepat di sebuah kerusi yang terletak di penghujung meja makan 'oval' untuk sepuluh orang itu, seraya mencium Cut Zamalia.

"Mama Zamalia, apa khabar Ma?" Kemudian Lydia mula bersalaman dan memeluk Cut Hamizalia, dan Hamra. Lydia nampak lebih ramah dan mesra terhadap Hamra berbanding Leena. Selepas makan tengah hari, dua orang gaji mereka mengemaskan meja makan dan meminta agar keluarga Razali berada di ruang keluarga yang terletak di bahagian atas rumah itu.

"Mari *auntie*, sambil bercerita kita rasa jajan dan minum petang," suara halus Lydia mengajak Cut Hamizalia.

"Ya, Lydia, mak cik kamu pastinya penat, jadi perlu rehat sebentar. "kata Cut Hamrina yang memandang Cut Hamizalia nampak letih dengan perjalanan panjangnya itu.

"Eh . . . tak apa-apa lah, kan kakak boleh baring di ruang keluarga. Lagipun Pak Cik Razali sudah pergi dengan ayah, kan?" Cut Hamizalia menjawab pertanyaan Lydia.

Sementara itu, Hamra yang duduk berbual dengan Leena serta Lukman merasa bahawa keluarga itu sangat menyukainya. Cut Zamalia meninggalkan perbualan anak-anaknya dan berbual bersama Cut Hamrina dan Cut Hamizalia di ruang keluarga yang terletak di bahagian atas rumah itu. Seraya turun dari tangga Cut Zamalia terfikir dalam hati. "Nampaknya, Teuku belum dapat melupakan perasaannya terhadap Cut Hamizalia."

Wajah Cut Zamalia nampak sangat geram dengan pujian yang diberikan oleh suaminya kepada Cut Hamizalia semasa makan tengah hari tadi.

"Diri ini harus berbuat sesuatu kerana Teuku akan menerima Hamra sebagai isteri Lukman untuk menebus kesalahannya terhadap Cut Hamizalia dulu."kata Cut Zamalia di dalam hati.

Sementara itu, di ruang keluarga, senda tawa gembira terdengar bersahut-sahutan. Sebenarnya, Cut Zamalia adalah adik ibu dari Cut Hamizalia iaitu Cut Zamrina, namun usia Cut Zamalia setahun lebih muda berbanding usia Cut Hamizalia. Suasana keakraban keluarga amat terasa bagi Hamra, Leena dan Lydia. Ketiga-tiga anak Teuku Lendra Hakiem dan Cut Zamalia, memanggil sebutan Mama Hamrina kepada Cut Hamrina dan Mama Zamalia pada Cut Zamalia.

"Ah . . . rasanya, mungkin Teuku Lendra Hakiem berkahwin dua dengan Hamrina dan *Auntie* Zamalia, tapi bagaimana ini terjadi?" Di dalam fikiran Cut Hamizalia yang kalut itu terfikir. Cut Hamizalia hanya dapat terfikir dalam hati.

Pada makan malam itu. "Hamrina, ke mana Teuku? Dia tak bersama dengan kita untuk makan malam?" tanya Razali yang menarik kerusi kayu di ruang makan keluarga itu. Cut Hamizalia tak berkata apa-apa, dia segera menarik kerusinya dan duduk di sebelah suaminya.

"Ah . . . biasa Mas Teuku orangnya sibuk, dia tak dapat makan di rumah bersama dengan kita." Cut Hamrina tersenyum dan menjawab. Suasana makan malam itu, agak sunyi berbanding suasana makan tengah hari, di mana Leena, Lukman dan Lydia bersama dengan ayah, ibunya dan Cut Hamrina.

Setelah makan malam di ruang makan itu,

"Mbak . . . Mas Teuku tadi suruh saya sampaikan hajatnya, iaitu meminang Hamra untuk Lukman." kata Cut Hamrina tegas dan jelas. Walaupun Cut Zamalia agak terkejut dengan keinginan suaminya itu, tapi dia cuba untuk tersenyum seolah-olah setuju dengan kehendak suaminya.

Razali yang duduk berhadapan dengan Cut Hamrina terus mengangguk dan menjawab, "saya rasa itu adalah keputusan yang baik.,

"Ayah, Hamra mohon terima pinangan Lukman kerana Hamra memang sudah jatuh hati dengan Lukman." Hamra berbisik kepada ayahnya. Cut Hamizalia masih berfikir tentang siapakah isteri Teuku Lendra Hakiem sebenarnya, serta apa yang terjadi dengan keluarganya. Namun Razali sudah setuju dengan pinangan Cut Hamrina itu.

Tanpa berfikir panjang, Cut Hamrina mula berunding dengan Razali akan upacara perkahwinan Hamra dan Lukman.